光と風と夢

[日]中岛敦——著

六花——译

浙江人民出版社

# 目录

# 光风梦

## 一

一八八四年五月的某个深夜，三十五岁的罗伯特·路易斯·史蒂文森，在法国南部耶尔的旅馆中，突然咳血不止，已经说不出话。面对匆忙跑来的妻子，他在字条上用铅笔写道：“别怕，死哪有这么容易。”

此后，为了寻找到一个对健康有益的住所，他不得不开始四处辗转。在英国南部的疗养地伯恩茅斯待了三年后，史蒂文森遵循医生的建议，穿越大西洋，前往美国科罗拉多州居住。然而他对那里不甚中意，打算接下来去南太平洋旅行看看。乘着七十吨的纵帆船，历时一年半，途经马克萨斯群岛、土阿莫土群岛、大溪地、夏威夷、吉尔伯特群岛之后，史蒂文森于一八八九年年底，抵达了萨摩亚的阿皮亚港。

海上生活惬意，各个岛屿的气候也舒适得无可挑剔，就连他常常自嘲的“只剩咳嗽与骨头为伴”的身体也慢慢有了好转。他打算长居此地，于是在阿皮亚市外买下约四百英亩[①]的土地。当然，彼时的史蒂文森还没有考虑过自己将在这里终老。实际上，

---

① 1 英亩 =4046.856 平方米。——译者注，下同。

到翌年二月，史蒂文森就将购入土地的开垦和修建工作暂时委托给他人，去了悉尼。他打算在那里等一艘便船，回英国一趟。

然而不久之后，他不得不给远在英国的友人写下了这样一封信：

"……说实话，我估计自己最多只能再回英国一次了。而那一次，大概就是我死的时候。只有待在热带，我的身体才稍微健康些。哪怕是身处亚热带的此地（新喀里多尼亚），我也会立马感冒。在悉尼时，我到底还是咳血了。至于回到雾气浓重的英国，这事儿我现在连想都不敢想……你问我伤不伤心？其实唯一让我难过的，是无法跟英国的那七八个、美国的那一两个朋友见面。除却此事，其实我更喜欢待在萨摩亚。大海、岛屿，还有岛上的生活和气候，它们会为我带来真正的幸福吧。我从未觉得这趟'流放'是场不幸……"

那一年的十一月，史蒂文森的身体终于好转，又回到了萨摩亚。土著木匠已经在他买的土地上建好一座临时小屋。正式的建筑要靠白人木匠来完成。在此之前，史蒂文森便和妻子芬妮住在临时小屋里，亲自监工并一起参与开垦工作。

土地位于阿皮亚市以南三英里①，休眠火山瓦埃尔的山腹地带，是一片拥有五条溪流、三条瀑布以及几处峡谷断崖，海拔从六百到一千三百英尺的台地。当地人管这儿叫维利马，即"五条

① 1 英里 =5280 英尺 =63360 英寸 =1609.344 米。

河”的意思。对史蒂文森而言，在这片坐拥繁茂的热带雨林，尽享南太平洋浩瀚海景的土地上，靠自己的力量一点一点构筑起生活的基石，就像儿时的摆沙盘游戏一样，给他带来一种纯粹的快乐。史蒂文森意识到自己的生活正被自己的双手以最直接的方式支撑着——在这片土地上，他所住的房子由他亲手打下桩，他坐的椅子则由自己帮忙锯过的木头制成，平日里吃的蔬菜水果也都产自他开垦的田地——这让他再次体味到儿时第一次把自己独立完成的手工艺品摆在桌上欣赏时，那种充满成就感的喜悦。无论是建成这座小屋所用的圆木与薄板，还是每天吃的食物，他知道它们都来自何处——那些木材全都是从他的山上砍伐的，又在他的面前被刨平；那些食物的出处他也一清二楚（这个橙子是从哪棵树上摘的，这串香蕉来自哪片地）。对于自小只能放心吃下母亲亲手烹制饭菜的史蒂文森来说，这些事能带给他一种愉悦的安心感。

现在，他正践行着鲁滨逊·克鲁索[1]、沃尔特·惠特曼[2]的生活——

“热爱太阳、大地与生物，轻视财富，给乞讨者以施舍，将白人文明视作一种偏见，与那些没有受过教育、精力充沛的人一起阔步前行，在明媚的风与光之中，愉快地感受在劳动中沁满汗水的皮肤下的血液在奔流，忘却被人嘲笑之忧。只说真实的话，

① 丹尼尔·笛福创作的长篇小说《鲁滨逊漂流记》中的主人公。

② 美国著名诗人，代表作为诗集《草叶集》。

只做真正想做的事。”

这就是他全新的生活。

## 二

**一八九〇年十二月×日**[1]

五点起床时，东方天空呈现出美丽的鸽灰色，随后渐渐转变为明亮的金色。在遥远的北方，森林与街巷的彼端，镜面般的海面闪烁着光点。但在环礁之外，似乎依旧是波涛汹涌，浪花飞溅。侧耳倾听，确实能听到波浪声。

快六点时用早餐，一个橙子、两个鸡蛋。当我吃着饭，无意中瞥向阳台下方时，发现地里有两三棵玉米秆晃得厉害。我正好奇那是怎么回事时，眼见一棵玉米秆“哗”地倒下，顷刻跌进了茂密的玉米丛中。待我立马下去，走进田里时，只见两头小猪惊慌地向外逃去。

这些猪的恶作剧实在叫人头疼。欧洲的猪在文明驯化中已经成了家畜，这里的猪却完全不同。它们充满野性、活力充沛又健壮无比，说它们身上有一种美也不为过。我一直认为猪不会游泳，但南太平洋的猪竟然游得特别好。我曾亲眼见过一头大黑母猪游了五百码远。它们非常聪明，还知道把椰子放在太阳地里晒干后再砸开。有些凶猛的，偶尔还会去袭击并咬死小羊羔。最

---

① 此处及后文中带日期的内容，均为史蒂文森的日记。

近，芬妮每天都为了管理好这些猪而忙得不可开交。

六点到九点是工作时间。将前天开始写的《南洋来信》一章写完后，我又马上出去割草了。年轻的土著们被分成四组，分别负责田里的活儿和开拓道路。耳边是斧子的声响，鼻尖是燃烧的烟味。亨利·西梅勒的监督，似乎让工作有了很大进展。亨利虽是萨瓦伊岛酋长的儿子，但把他放在欧洲的任何地方，他都堪称一位优秀的青年。

一发现树篱中有丛生的咬咬草（或称伸伸草），我就要把它们割掉。这种草正是我们最大的敌人。它们是一种极其敏感的植物，拥有狡猾的知觉——当其他随风摆动的草叶触碰到它们时，它们毫无反应，但只要被人类轻触一下，叶片就会立马闭合。叶片收缩时，会像黄鼠狼咬住猎物一样咬紧。它们的根系则像紧扒在岩石上的牡蛎一样，会紧紧缠住土壤和其他植物的根系。收拾完咬咬草后，我还要去对付野生的酸橙树。我的手被树上的尖刺和弹性十足的吸盘弄出了许多伤口。

十点半，从阳台传来法螺号声。午餐有凉肉、木樨果、饼干和红葡萄酒。

饭后，我本想把诗写完，进展却并不顺利，于是吹起了竖笛。下午一点钟，我又出门去开辟通往魏德林河岸的小路。手握斧头，独自走进茂密的树林，头顶上是枝叶层叠交错的大树，满眼的大树。从树叶的缝隙间，时常能看到近乎银色的、白色光点般闪耀的天空。地面上倒下的大树随处可见，遮挡住去路。藤蔓类植物上攀下垂，彼此纠缠、连接，已经泛滥成灾，还有形态壮观的兰花、伸展着有毒触手的蕨类植物、巨大的白星海芋。对于汁液饱满的嫩树枝，只要一斧子下去，我就能将它们轻松砍断，可那些柔韧的老树枝就不容易对付了。

一片寂静，只听得到我挥动斧子的声音。这满眼是绿的世界，何其凄寂！这白昼中的巨大沉默，何其可怖！

突然，远处传来一阵低沉的声响，随后是短促而高亢的笑声。一股恶寒蹿上我的后背。那第一声响是什么声音的回声吗？笑声是鸟鸣？这一带的鸟不可思议地能发出近似人类的叫声。日落时分的瓦埃尔山中，总是回荡着孩子呼喊声一般的尖锐的鸟鸣。但是刚才的声音又有些不同。到最后，我也没弄明白那到底是什么声音。

回家路上，我脑海中忽然冒出一个作品构思，是以这个密林为舞台的情节剧。这个想法（以及其中的一个情景）子弹似的穿过我的身体。虽然不知道能否顺利完成，总之我先把它放在脑海的一角慢慢酝酿，就像母鸡孵小鸡那样。

傍晚五点用晚餐，有炖牛肉、烤香蕉，以及加了菠萝的红葡萄酒。

饭后，教亨利英语。准确地说，是英语和萨摩亚语的互相教学。这日复一日令人郁闷的黄昏学习时光，亨利究竟是怎么忍受下来的，真是不可思议（今天教英语，明天教初等数学）。在热衷享乐的波利尼西亚人中，个性尤其开朗的就是亨利他们这些萨摩亚人。萨摩亚人不喜欢强迫自己做事，他们喜欢的是唱歌跳舞、华美的衣服（他们是南太平洋上的时髦人士），以及沐浴和卡瓦酒。此外，还有说笑、演讲和马兰加——众多年轻人聚集在一起，从一个村到另一个村，持续数日的旅行游玩活动。受访的村庄必须以卡瓦酒和舞蹈热情款待他们。萨摩亚人开朗至极的个性，都是因为他们国家的语言中没有“借钱”或“借”这些字眼。近年来所使用的也都是从大溪地传入的词汇。一直以来，萨摩亚人从不做“借”这种麻烦事，什么东西都是直接向别人“要”，因此连与“借”相关的词汇都不存在。跟“要”“请求”“硬要”相关的词语倒是有不少。而且，根据所要东西种类的不同，譬如鱼、芋头、龟、草席等，使用的与“要”相关的词汇都各有区别。还有一个能说明萨摩亚人悠闲个性的例子——当地的土著囚犯被要求穿着奇怪的囚服去修路时，囚犯们的家人便换上华丽的服装，带着食物去找他们玩，这些家人在施工路段的正中央铺上草席，跟囚犯们一起喝啊唱啊，愉快地度过一整天。这是多么糊里糊涂的开朗个性啊！然而我们家的亨利·西梅勒却跟他的族人有些不同之处。这位青年心中有一种对持续性和组织化的渴求倾向，在波利尼西亚人中实属异类。与他相比，身为白人的厨师保罗等人可要愚钝得多。

负责管理家畜的拉斐尔，倒是个典型的萨摩亚人。萨摩亚人生来体格健壮，拉斐尔的身高就有六英尺四英寸多。可他个头虽大，却完全没有自尊心，是个迟钝、好求人的人物。这位外形颇似赫拉克勒斯[①]、阿基里斯[②]的大汉，会用撒娇的语气叫我“爸爸、爸爸”，真是让人受不了。他非常害怕幽灵，一到傍晚就不敢独自去香蕉田里了（一般情况下，波利尼西亚人说“他是人”

① 古希腊神话中的大力神，是宙斯与阿尔克墨涅之子，天生力大无穷。

② 古希腊神话中的英雄。

时，是指“他不是幽灵，是活着的人”的意思）。两三天前，拉斐尔跟我讲了件有趣的事，据说他的一位朋友见到了已故父亲的灵魂。一日傍晚，那人站在过世刚刚二十天左右的父亲墓前。忽然，他发现不知何时一只雪白的鹤立在了碎珊瑚堆的坟墓上。他正望着那鹤，想着那定是父亲的灵魂时，又有几只鹤飞了过来，其中还有黑鹤。又不知过了多久，那些鹤全都没了踪影，取而代之的是一只白猫出现在了坟墓上。不多时，灰色、三色、黑色等所有毛色的猫，幻影似的悄无声息地聚集到白猫身边。随后，它们的身影又消失在暮色中。此后，那个人便坚信自己见到了化身为鹤的父亲……

**十二月××日**

上午，借来棱镜罗盘开始工作。自一八七一年以来，我就没再碰过这种仪器，而且连想都没想起来过，二话不说，我先用它画了五个三角形。这让我重新感受到身为爱丁堡大学工科毕业生的自豪感。但我当时是个多么懒惰的学生啊！我忽然想起了布兰奇教授和泰特教授。

午后，又是与各种植物旺盛生命力的沉默斗争。如此挥舞斧头、镰刀干着只值六便士的活儿，就能让我感到满足；可在家坐在书桌前，写着价值二十镑的书稿时，我那愚蠢的良心却会为自己的懒惰和浪费时间而感到悲哀。这到底是为什么呢？

干活儿时，我突然想：“我幸福吗？”不过，幸福这东西本就无解。它在自我意识形成之前已然存在。但是若说到快乐，我现在就很明白——我明白各种各样、许许多多的快乐（尽管它们都不算完美）。但在这些快乐中，我愿将这份“在热带雨林的寂静之中独自挥斧”的伐木工作放在高位。这份“如火如歌”的工作实在令我着迷。我断然不愿拿现在的生活与其他任何环境做交换。但另外，说句实话，现在的我正因为某种强烈的厌恶感，常常感到战栗。这就是强迫自己投身于与本性不符的环境中时，必然会感受到的一种肉体上的厌恶吗？这种刺激神经的、粗鲁的、残酷的感觉，时常压抑着我的心。蠢蠢欲动、纠缠不清的憎恶感，对寂静神秘的周遭环境迷信式的恐惧感，我自己心中的颓废感，以及无休止杀戮的残酷感。我的指尖感受到这些植物的生命，它们的挣扎在我听来如同哀求。我觉得自己浑身沾满鲜血。

芬妮得了中耳炎，似乎还在痛。

木工的马踩碎了十四颗鸡蛋。昨晚，据说我的马跑到邻居（其实距离很远）的田地里，刨出个大洞。

我的身体状况非常好，但体力劳动似乎有些过量。晚上，躺在挂着蚊帐的床上，我的后背疼得像犯牙疼一般痛苦。而且近来每晚，只要一闭上眼，我总能看到无边无际的杂草，它们一根接一根，看起来是那么真切。也就是说，在我疲惫不堪躺着休息的那几个小时里，我精神上还在重复着白天的劳动。即便在梦里，我也在不停拉扯着那些顽固的植物藤蔓，为荨麻的尖刺而烦恼，被香橼树的刺弄伤，又被蜜蜂蜇得火灼般地疼。我的脚下是滑溜溜的黏土，那些怎么也拔不出来的草根、要命的暑热、突然而至的微风、从附近森林里传来的鸟叫声，以及某人玩闹时唤起我名字的声音、笑声和打暗号的口哨声……我的梦基本上是将白天的生活又过了一遍。

**十二月××日**

昨晚，有三头小猪被偷了。

今天早晨，大汉拉斐尔出现在我们面前时看起来畏畏缩缩的，我便问了他猪被偷的事，并给他下了个套。其实那不过是骗小孩的把戏，只是要让芬妮出面去做这件事，叫我有些不情愿。

首先，芬妮让拉斐尔坐到面前，她自己则站在离他稍远的地方，然后伸出双臂，用左右手的食指指着拉斐尔的双眼，并慢慢靠近他，芬妮煞有介事的样子早就让拉斐尔露出了惊恐的神情，待芬妮的手指快要碰到他眼皮时，他便闭上了双眼。此时，芬妮再将左手的食指和大拇指伸展开，去触碰他的左右眼皮，右手则绕到他的背后，去轻轻敲击他的脑袋和背部。如此一来，拉斐尔就会认为触碰他双眼的是芬妮左右手的食指。等芬妮收回右手，恢复到原来的姿势后，再让拉斐尔睁开双眼。这时，他的脸上写满疑惑，问刚才是什么碰了他的后脑勺。“是附在我身上的魔鬼。”芬妮说，“是我把他召唤出来的。已经没事了，魔鬼会帮我抓住偷猪贼。”

三十分钟后，拉斐尔带着担忧不已的表情，又来到我跟芬妮面前，追问她刚才所说的魔鬼是不是真的。

“当然是真的，今晚只要偷猪贼一睡着，魔鬼就会躺到他的身边，然后他可能马上就会生病吧。这就是偷猪的报应。”

这位相信幽灵存在的大汉，神色越发不安起来。尽管我觉得拉斐尔不是犯人，但他一定知道犯人是谁，而且今晚他很可能也会跟那个人一起享用那些小猪。只是，对拉斐尔来说，那会变成一场不甚愉快的大餐吧。

前段时间我在森林里想到的那个故事，似乎已经在我脑海中酝酿得差不多了。我想将它命名为“乌鲁法努亚的高原林”。“乌鲁”是森林的意思，“法努亚”是土地的意思，多么优美的萨摩亚语啊。我打算把这当作作品中岛屿的名字。这部尚未动笔的作品中的各个场景，像纸戏剧[①]里的画片似的，一幕幕地接连出现在我眼前。它或许会成为一部不错的叙事诗，但也极有可能变成一部无聊腻人的情节剧。以我现在这种略带浮躁的状态，没法从容地写出目前执笔中的《南洋来信》那样的游记。写随笔或诗歌（其实我的诗只是转换心情的娱乐性创作，不值一提）时，绝不能被这种兴奋感所扰。

傍晚时分，在大树的枝头、在那山的背后，正上演着壮观的晚霞。不久后，当满月自洼地和海面的彼端升起时，这里少有的寒意开始袭来。人人都被冻得睡不着觉，大家都起床去找被子。也不知是到几点的时候，外边亮如白昼。原来是月亮升到了瓦埃尔山的山顶上，那是正西方的位置，鸟儿们也神奇地一齐安静了下来。家后边的那片森林，看起来也正被这份寒意折磨得难

① 一种通过图画展示和表演的讲故事形式。表演人会在变换画片的过程中，推进演绎故事，调动观众感情。

以成眠。

气温一定降到了六十度[1]以下。

## 三

过了年，时间进入一八九一年正月，劳埃德将伯恩茅斯的旧宅——斯克里沃亚山庄的家具什物全部收拾妥当后，也来到了萨摩亚。劳埃德是芬妮的儿子，已经二十五岁了。

十五年前，当史蒂文森在枫丹白露森林[2]与芬妮初次相遇时，她已经是一位年近二十岁女孩和九岁男孩的母亲。女孩名叫伊莎贝尔，男孩叫劳埃德。虽然当时在户籍上，芬妮仍是美国人奥斯伯恩的妻子，但很久之前，她就已经逃离丈夫，来到欧洲，靠着杂志记者等工作，独立养活两个孩子。

三年后，史蒂文森追随回到加利福尼亚的芬妮，跨越大西洋，也去了美国。为此，父亲几乎和他断绝了关系，朋友们恳切的劝告（他们都在担心史蒂文森的身体）也被他一一驳回。就这样，史蒂文森带着最糟糕的身体，和同样糟糕的经济状况出发了。等到抵达加州时，果不其然，他已陷入濒死境地。不过，经过一番挣扎，他最终总算是保住了性命。第二年，等芬妮跟前夫正式离婚后，史蒂文森终于跟她结了婚。那个时候，

---

① 指华氏温度，约为 15.5℃。

② 法国最美丽的森林之一。橡树、枥树、白桦等各种针叶树密布，在十九世纪自然风景画和早期摄影艺术发展中占据重要地位。

芬妮四十二岁，比史蒂文森年长十一岁。去年，芬妮的女儿伊莎贝尔成为施特朗夫人，并生下一个男孩，因此现在的芬妮已经是位祖母了。

就这样，这位尝尽世间艰辛的中年美国女人，与自小娇生惯养、任性却才华横溢的年轻苏格兰男人的婚姻生活开始了。丈夫的体弱多病和妻子的年龄，很快就让他们俩从夫妻变成了近似艺术家和经纪人的关系。作为经纪人，芬妮着实优秀，她拥有大量史蒂文森所缺乏的实干才能。然而，有时过分优秀也会带来缺憾，特别是当她超越经纪人的身份，跨入评论家行列的时候。

事实上，史蒂文森的原稿都必须在芬妮那里经过一轮校阅。将史蒂文森三晚没睡写成的《化身博士》[①]初稿扔进火炉的是芬妮；坚决地没收了他结婚前写的恋爱诗歌，并阻止其出版的也是芬妮；在伯恩茅斯，以为了丈夫的健康为由，固执地禁止史蒂文森的所有老朋友进入病房的还是芬妮。这些事也让史蒂文森的朋友们感到非常不快。性情爽直的W.E.亨利[②]（一个活像加里波第将军[③]的诗人）头一个发了火："那个皮肤浅黑、眼睛像鹰隼似的美国女人，她凭什么多管闲事？就因为她，史蒂文森完全变了个样！"如果是在自己的作品中，这位豪爽的红胡子诗人一定会对

① 罗伯特·路易斯·史蒂文森创作的长篇小说，其代表作之一。书中主角"杰科和海德"是文学史上的首位双重人格形象。

② 威廉·埃内斯特·亨利（1849—1903），维多利亚时代的英国诗人。自幼体弱多病，患有肺结核，一只脚被截肢，一生都在努力与病魔斗争。

③ 朱塞佩·加里波第（1807—1882），意大利解放运动的领袖，军事家。他是意大利家喻户晓的传奇人物。

这份因家庭和妻子而发生变化的友情做出足够冷静的观察，但是现在，当他亲眼看到自己最具魅力的朋友被一个女人抢走时，却失去了理智。

其实对于芬妮的才能，史蒂文森有失算之处。但凡有些智慧的女人，都具备敏锐洞察男性心理的本能。此外，不可否认的是，他将芬妮的记者才能高估成了艺术评论能力。后来，当史蒂文森也意识到自己失算了时，便要时不时地为妻子那无法令人信服的批评（称其为干涉也无妨的强硬态度）而感到为难。“如钢铁般认真、如刀锋般耿直的妻子”——在某一首戏谑诗中，史蒂文森曾这样表达对芬妮的屈服。

劳埃德在与继父共同生活期间，不知不觉也产生了写小说的念头。这位青年跟他的母亲相像，似乎也具备优秀的记者才能。儿子创作的内容由继父润色，之后再交由母亲批评指点，这是多么奇妙的一家人啊。这对父子之前已经合作完成过一部作品，如今在维利马一起生活之后，他们又制订了新的合作作品计划——《退潮》。

进入四月，房子终于建好了。那是一座被草坪与扶桑花环绕、红色屋顶、深绿色外墙的木造二层小楼，令土著们眼前一亮。他们已然确信无疑，这位史蒂文朗先生，或者是叫施特来宾先生（能念对史蒂文森名字的土著很少），或是图西塔拉（当地土话，意为“故事作家”），一定是位大富豪、大酋长。没过多久，他建了一幢阔气宅邸的消息就乘着独木舟传至斐济、汤加群岛去了。

不久之后，史蒂文森的老母亲也从苏格兰来跟他们一起生活。与此同时，劳埃德的姐姐伊莎贝尔·施特朗夫人也带着长男奥斯汀，来到了维利马。

史蒂文森近来的身体状况好得出奇，连伐木、骑马都不会累。至于写作，他每天规定自己要写五个小时左右。毕竟建筑费花了三千英镑，就算不情愿，他也要坚持写下去。

## 四

**一八九一年五月×日**

我在自己的领地（及周边地区）内探险。前几天已经去过魏德林河流域，今天就去瓦埃尔河的上流看了看。

大致摸清丛林中的方向后，我开始向东进发。好不容易才走到河流尽头，河床已然干涸。我牵着杰克（马）一起走到这里，由于河床上低矮的树木丛生，马无法通过，我只能把它拴到一棵树上。顺着干涸的河道向上走，峡谷渐渐收窄，洞穴四处可见，不必弯下腰就能从横倒着的大树下穿行而过。

急转向北，听到了水流声。再走片刻，一道耸立的岩壁出现在眼前，水流顺着岩壁，如竹帘般稀疏流下。那水落到地面后，立刻便潜入地下，不见了踪影。岩壁看样子是爬不上去的，我便借树干登上了旁边的堤岸。青草的气味里裹挟着热气，真热。遍地都是含羞草与蕨类植物的“触手”。脉搏在我的体内狂跳。突然传来一阵声响，侧耳倾听，似乎是水车转动的声音，而且是巨大的水车从我脚下发出的轰鸣，或者说是像远雷一般的声响，一共响起了两三次。随着声音逐渐变大，寂静的大山仿佛也随之摇晃起来。是地震。

继续沿水路向前，这里的水多了起来，是极其冰冷而清澈的水。

夹竹桃、香橼树、露兜树、橙子树，在这些树木的圆形树冠下穿行而过时，水又逐渐消失了，流进地下的熔岩洞穴走廊中去了。我从洞穴走廊上而过，走了许久，都没能从被树木遮掩的井底出去。又继续走了相当长的距离，繁茂的树木才终于变稀疏，自树叶的缝隙间已能看到天空。

忽然，传来一阵牛叫声。那些正是我们家的牛，不过它们并不认识我这个主人，贸然靠近还是很危险的。我停下脚步，观察了它们一番后，总算是巧妙地绕了过去。又走了一阵，碰上一道熔岩堆积而成的崖壁，一条浅浅的、漂亮的瀑布高挂其上。瀑布下方的水潭里，手指长的小鱼正轻快地游来游去，水里似乎还有小龙虾。我还看到了枯朽倒下后，一半浸在水中的大树的树洞，以及溪流水底的一块岩石，正泛出不可思议的红宝石般的色彩。

不多时，我又走到了干涸的河床地带，这下终于要登上瓦埃尔山陡峭的山坡了。类似河床的地貌逐渐消失，靠近山顶时，一块台地展现在眼前。徘徊片刻后，我在台地东侧大峡谷边缘的崖壁一带，看到了一棵壮观的大树。那是一棵榕树，高度足有二百英尺吧。粗壮的树干和不计其数的气生根，好似肩负起地球的阿特拉斯[①]一般，支撑起宛如怪鸟展翅的巨大树枝群；而在枝节交错

---

① 古希腊神话中的擎天巨神，他被宙斯降罪要用双肩支撑天空。

高耸的地方，蕨类和兰类植物又分别聚集生长，茂盛之态宛如两座小森林。

榕树上数不清的树枝组成了一个大得出奇的圆顶。它们层层叠叠，繁茂生长，高耸的身姿与明亮的西方天空（此时已接近黄昏时分）相对而居。而那榕树的影子竟长达数英里，从东面的山谷一直蔓延至原野！这是何其壮丽的景象啊！

时间已经不早了，我慌忙往回走。等我再次回到拴马的地方时，杰克已陷入半精神失常的状态。大概是被扔在森林里，独自待了半日，心生惊恐所致。据当地土著说，瓦埃尔山中有一个名叫艾图·法菲内的女妖怪出没，杰克或许是见到了她的真身。我安抚着杰克的情绪，有好几次都差点被它踢到，最后总算是把它带回了家。

**五月×日**

午后，配合贝尔（伊莎贝尔）的钢琴演奏，我吹起了竖笛。克莱斯顿牧师来访。他说想把《瓶中精灵》[①]翻译成萨摩亚语，刊登到《欧·莱·萨尔·欧·萨摩亚》杂志上。我欣然应允。在我创作的短篇小说中，最喜欢的就是很久以前写的《丑陋的珍妮特》和这篇寓言了。因为它是以南太平洋为背景的故事，说不定土著们也会很喜欢。如此一来，我也终于成为他们的“图西塔拉”（故事作家）了。

---

① 罗伯特·路易斯·史蒂文森以岛屿传说为基础创作的小说。

夜晚，准备入睡时，雨声响起。隐约的闪电声从遥远的海面传来。

**五月××日**

我去了城里。这一整天几乎都在忙汇票的事。在这里，银价的涨落变成了相当重大的问题。

午后，我看到停泊在港内的船只上都降下了半旗，原来是汉密尔顿船长去世了。这位船长娶了土著女人为妻，被大家称呼为“萨梅索尼”，很受岛民们的爱戴。

傍晚，步行前往美国领事馆。这是一个满月高悬的美妙夜晚。转过马塔乌图的拐角时，从前方传来赞美歌的合唱声。许多女人（土著女人）正站在逝者家的阳台上歌唱。遗孀玛丽（就是那个萨摩亚妻子）正坐在家门口的椅子上。玛丽与我相识已久，她请我进去，让我坐到她的身旁。我看到逝者的遗体被床单包裹着，平躺在屋里的桌子上。赞美歌唱毕，土著牧师起身，开始发表讲话。他讲了很长时间。灯光自房门和窗户照到了外边，有许多褐色肌肤的少女坐在我近旁。天气闷热异常。牧师讲话结束后，玛丽带我进了家。已故船长的手指被交叉着摆放在胸前，他的表情很安详，仿佛他随时会开口说些什么。我从未见过如此鲜活美丽的面容，如蜡制工艺品一般。

行过礼之后，我向外走。月光皎洁，橙子树的香气不知从何处飘来。面对结束了此世战斗，在如此美妙的热带之夜，被少女们的歌声包围着安然睡去的这位老友，我心里生出一种甘美的羡慕之情。

**五月××日**

《南洋来信》招来了编辑和读者的不满。也就是说，“南洋[①]研究的资料搜集，或是科学观察，自会有别人去做。读者希望从罗伯特·路易斯·史蒂文森笔下看到的当然是文笔优美的南洋猎奇冒险故事”的说法并非戏言。我在写那份书稿时，脑海中浮现的范本都是十八世纪的游记。那些游记的作者会抑制着自己的主观观察和情感，将实事求是的客观观察贯彻始终。难道说《金银岛》[②]的作者永远都要写海盗和神秘宝藏的故事，却没有去考察南洋殖民状况、土著人口减少现象和传教现状的资格吗？更让人受不了的是，连芬妮都和这位美国编辑持相同意见。“你要写的不是准确的观察，而是华丽有趣的故事。”她这样说。

其实，我最近开始渐渐讨厌自己从前那种绚烂多彩的描写。我近来的文体，都在追求以下两种风格：一、消灭多余的形容词；二、向视觉描写宣战。《纽约太阳报》的编辑和芬妮，还有劳埃德，至今都无法理解我的想法。

《救援船》的写作进展顺利。除劳埃德外，又多了伊莎贝尔这位更加细心的记录者，这给了我很大的帮助。

我向管理家畜的拉斐尔询问目前的家畜数量，共有奶牛三

---

① 文内的“南洋”“南洋群岛”是日本人的说法，并非中文语境下所指的东南亚。其大致范围是指现在的密克罗尼西亚群岛，包括北马里亚纳群岛、帕劳、马绍尔群岛和密克罗尼西亚联邦。

② 罗伯特·路易斯·史蒂文森于1883年出版的长篇小说，讲述了英国少年寻找海盗宝藏的故事。这部作品开了寻宝题材小说的先河，是史蒂文森的代表作品之一。

头，公母小牛各一头，马八匹（以上这些不问我也清楚），猪三十多头。鸡、鸭因为是四处乱跑的，没有个准确数目。此外，还有大量野猫横行。野猫也算家畜吗？

**五月××日**

听说环岛巡演的马戏团来城里了，我们全家出动去看表演。正午，在露天场地里，在土著男女们的喧闹声中，在微热的风中，欣赏了杂技表演。对我们来说，这就是唯一的剧场。我们的普洛斯彼罗[①]就是那只踩球的黑熊，而米兰达正骑在马背上乱舞，钻过火圈。

傍晚，回家。心情不明缘由地愉快不起来。

**六月×日**

昨晚八点半左右，我和劳埃德正待在各自房间里时，米泰勒（一个十一二岁的少年用人）来了，他说跟他睡在一起的帕塔里塞（一个十五六岁的少年，最近刚从户外劳动力晋升为室内侍者。瓦里斯岛上的人都不懂英语，就连萨摩亚语也只会说五句）突然开始说胡话，看着让人害怕。他说帕塔里塞说什么“现在要去跟森林里的家人们见面”，而且别人说什么，他好像都听不见。

我问米泰勒：“他家在森林里吗？”

“才不是呢。”他答道。

我立即叫上劳埃德，一起去了他们的寝室。帕塔里塞看起

---

① 与后文中的“米兰达”均为莎士比亚创作的戏剧《暴风雨》中的人物。

来像睡着了，但嘴里却说着胡话。他时不时地还会发出受惊吓的老鼠似的叫声。我摸了摸他的身体，很凉。脉搏并不算快，呼吸时，腹部起伏非常明显。突然，他从床上站起身，低垂着头，身体前倾得像要摔倒了似的，向着门口走去（其实他的动作特别慢，活像一个发条松了的机械玩具，看起来非常怪异）。我跟劳埃德上前抓住他，把他按回到床上。不一会儿，他又想往外逃。这一次他的力气很大，没办法，我们只能一起把他绑到床上（用床单和绳子）。就这么着，帕塔里塞的身体被控制住了，但他时不时地还会嘟囔些什么，偶尔又像生气的孩子一样哭起来。除了反复念叨"法阿莫雷、莫雷"（请务必）之外，帕塔里塞似乎还在说"家人在叫我"。这时候，少年阿利克、拉斐尔，还有赛威尔来了。赛威尔和帕塔里塞出生在同一座岛上，两人之间没有沟通障碍。把帕塔里塞交给他们之后，我跟劳埃德便各自回了房间。

突然，阿利克又来叫我。我匆匆跑去，发现帕塔里塞已经挣脱捆绑，正被大汉拉斐尔抓住。他拼命地抵抗。尽管我们五个人控制住了他，但"疯子"的力气不可小觑。我和劳埃德分别压住他的一条腿，却被他踢出去足有两英尺远。直到深夜一点钟，我们才总算制服住帕塔里塞，把他的手腕脚腕绑在了铁床柱上。这感觉令人不快，但我们不得不这么做。自那之后，帕塔里塞的发作似乎越发激烈了，不过好在没出什么事。这简直就像莱特·哈葛德[①]故事中发生的事（说到哈葛德，他的弟弟现在正以土地管理

---

① 亨利·莱特·哈葛德（1856—1925），英国维多利亚时代颇受欢迎的小说家。作品多以浪漫的爱情与惊险的冒险故事为题材，代表作为《所罗门王的宝藏》。

委员的身份居住在阿皮亚市）。

拉斐尔说："他发疯得太厉害，我回去把我们家的祖传秘药拿来吧。"然后就出去了。没多久，拉斐尔带着几枚我没见过的树叶回来了，他把叶子嚼了嚼，贴到发疯少年的眼皮上，又把叶子汁水滴进他耳朵里（《哈姆雷特》中的场景？），最后连鼻孔也塞了个满。凌晨两点左右，发疯少年进入熟睡状态，此后一直到早晨都没再发作过。

今天早晨我听拉斐尔说，那个药是轻而易举就能杀死一家人的剧毒药物，昨晚他还担心药劲会不会太大。除他以外，岛上还有一个人知道这药的配方，那人是个女的，曾用这毒药干过坏事。

早上，我请进港军舰上的医生来给帕塔里塞看诊，说是没有异常。少年不听劝，说今天就要开始工作。吃早饭时，大概是想为昨晚的事道歉，他吻了家里的每一个人。他疯狂的吻让大家都难以招架。不过，当地的土著们都相信帕塔里塞说的胡话。他们说，是帕塔里塞逝去的家人们从森林里来到他的寝室，叫他一起前往冥界。还说那天下午，帕塔里塞刚过世的哥哥肯定在树林里跟他见过面，还敲打了他的额头。他们坚信，昨晚我们是跟死者的灵魂战斗了一夜，最后死灵们以失败而告终，不得不逃回暗夜之中（那是他们的栖身之地）。

**六月×日**

柯文寄来照片。芬妮看过后，情不自禁地落了泪（她向来与多愁善感的眼泪无缘）。

朋友——现在的我，最缺的就是朋友！（在各种意义上）可以平等交流的朋友，拥有共同回忆的朋友，在交流中不需要增添说明的朋友，虽然说话时用词随意，心里却彼此敬重的朋友。在现在这样气候惬意又丰富多彩的每一天里，我唯一欠缺的就是这样的朋友。

柯文、巴克斯特、W.E.亨利、格斯，还有稍晚些认识的亨里·詹姆斯，如今想来，我的青春时代曾充满友情。他们都是比我更优秀的人。与亨利的失和，至今都是最让我悔恨的回忆。若是讲道理，我一点也不觉得自己有错，但道理并非问题的关键所在。想想二十多岁的时候，那个卷胡子红脸膛、只有一条腿的大个儿男人，和面色苍白瘦弱的我一起漫游秋日苏格兰时那朝气蓬勃的快乐吧！那个男人的笑声——不只是表现在脸上，而是从头顶到脚后跟调动全身的笑，仿佛现在还萦绕在我耳畔。亨利是个不可思议的男人，只要与他交谈，你就会觉得这世上没什么事是不可能的。在跟他交流的过程中，连我都不由得感觉自己变成了富豪、天才、王者，变成了拥有神灯的阿拉丁。

昔日里那些令人怀念的面容一一浮现在我眼前。为了逃避这无用的感伤，我投身工作中去，继续写前几天开始动笔的萨摩亚纷争史，或者叫"白人在萨摩亚的蛮横史"。

话说回来，我离开英国和苏格兰，至今正好已有四个年头。

## 五

萨摩亚自古以来实行地方自治制，由于该制度已经根深蒂固，所以，即使萨摩亚名义上有王国，国王也几乎不掌握政治实权。实际的政治事项，全部经由各个地方议会做出决定。国王并非世袭，也并非常设职位。在萨摩亚，自古以来只有五大名誉称号的保持者，才能获得成为国王的资格。在各个地方的大酋长中，（依据声望或功绩）能够获得全部或过半数称号的人，将被推举为国王。不过，通常由一人独自兼任五大称号的情况极其少有，多数情况下，在国王之外，还有其他人拥有一到两个称号。所以，国王会一直受到其他王位资格拥有者的威胁。因此可以说，这种状态中必然隐藏着内乱纷争。

——J.B.斯泰尔《萨摩亚地方志》

一八八一年，在五大称号中，拥有“玛丽埃托亚”“纳托伊特雷”“塔马索阿里”这三个称号的大酋长拉乌佩帕，被推举为国王。拥有“图依阿纳”称号的塔马塞塞，与拥有“图亚阿托阿”称号的马塔阿法，则会按规定轮流接任副王，首先担任副王的人是塔马塞塞。

正是从这时开始，白人对萨摩亚内政的干涉愈演愈烈。从前，是由议会及其实际掌权者——大地主们操纵国王；而现在，这一角色被住在阿皮亚市里的极少数白人取代。原本，英国、美国、德国分别在阿皮亚派驻了领事，然而最大的掌权者并非这些领事，而是德国人经营的“南洋拓殖商会”。这个存在于岛内白人贸易商中的商会，就像是身处小人国的格列佛[①]。管理商会的

---

① 英国作家乔纳森·斯威夫特的幻想游记体讽刺小说《格列佛游记》中的主人公。

经理还曾兼任德国领事一职，后来，他因为跟本国领事发生冲突（他是位年轻的人道主义者，反对商会虐待土著劳动者），才被迫卸任。阿皮亚西郊穆里努角附近一带的广袤土地，都是德国商会的农场，那里种植着咖啡豆、可可豆、菠萝等。那里的近千名劳动者，主要来自比萨摩亚开化程度更低的其他岛屿，或是遥远的非洲大陆，他们都是被当作奴隶带到这里的。

强制性的过度劳动和白人监工的鞭打，让这些黑色、棕色人种的惨叫声每日不绝于耳。逃跑者相继出现，但他们多数会被抓回来或是被杀害。与此同时，在这座早已遗忘了昔日食人习俗的岛上，还出现了奇怪的流言。据说外来的黑人会把岛民的孩子抓走吃掉。萨摩亚人的肤色是浅黑色或棕色，所以在他们眼中，非洲来的黑人应该非常可怕吧。

岛民对商会的反感日渐高涨。在土著们眼中，修整漂亮的农场就像一座公园，对天生好玩的他们来说，禁止自由进出其中，简直就是一种无理的侮辱。看着辛辛苦苦种出来的那么多菠萝都要被装船运走，自己却一个也吃不上时，大部分土著都觉得这实在是愚蠢至极、荒谬至极。

由此，深夜悄悄潜入农场，破坏田地成为一种流行。这种行为被视作罗宾汉式的行侠仗义，博得岛民一片喝彩。自然，商会的人也不会坐视不管。他们不单会把抓住的潜入农场者立即关进商会的私设监狱，还会反过来跟德国领事联手利用这件事去要挟拉乌佩帕国王——索要赔偿自不必说，他们甚至逼迫国王在专断的税法（只对白人，特别是对德国人有利的税法）上签字。国王连同岛民们自然不堪忍受这种压迫，他们决定去投靠英国。之后，一件荒唐至极的事发生了——国王、副王和各大酋长决议，要向英国提出“将萨摩亚的支配权委托给英国”的请求。然而，这场“以狼代虎”的商议很快就被德国人知晓。勃然大怒的德国商会和德国领事，当即将拉乌佩帕逐出穆里努的王宫，有意让副王塔马塞塞取而代之。另有一说，其实是塔马塞塞与德国人勾结，背叛了国王。但不管怎样，英、美两国都极力反对德国的做法。纷争持续，最终，德国派遣出五艘军舰进驻阿皮亚港（俾斯麦的行事风格），在这种威慑之下，萨摩亚人毅然掀起武装政变。塔马塞塞被任命为国王，拉乌佩帕则逃往南方的山地深处。岛民并不认可新的国王，但在德国军舰的炮火面前，各地暴动的人民也只能保持沉默。

前任国王拉乌佩帕躲避着德国士兵的追缉，辗转藏身于各个森林之中。一夜，他的一位心腹酋长派出的使者来到他身边。“如果明天早上陛下不去德国阵营露面，这座岛上将发生更大的灾难。”使者如是说。尽管拉乌佩帕是个意志薄弱的男人，但他身为岛上贵族的道义心却并未丧失，因此，他当即做好了自我牺牲的心理准备。

当晚，拉乌佩帕回到阿皮亚，秘密会见了之前的副王候补者马塔阿法，向他托付后事。马塔阿法早已知晓德国人对拉乌佩帕提出的要求——他必须登上德国军舰，暂时先被带到其他地方去。“不过，德国舰长已做出保证，在舰上期间，会尽可能地让拉乌佩帕享受到身为前任国王的厚待。”马塔阿法补充道。拉乌佩帕不相信这些话，他知道，自己再也无法踏上萨摩亚的土地了。他写下一首给全体萨摩亚人的诀别词，交给了马塔阿法。两人挥泪作别后，拉乌佩帕前往德国领事馆。当日午后，他被带上德国军舰“俾斯麦号”，不知去向。而他留下的诀别词，字字感伤。

“……为了我热爱的岛屿，为了我热爱的所有萨摩亚人，我将自己交给德国政府。他们将对我为所欲为吧。我不愿再看到高贵的萨摩亚之血因我而流。只是，我至今都不明白，到底是我犯的哪项罪行，让他们那些白皮肤的人（对我，以及对我的国土）如此愤恨……”最后，他哀伤地呼唤了萨摩亚各地的名字。“马诺诺啊，永别了！图图伊拉啊，阿纳啊，萨法莱伊啊……”岛民们读着这封信，个个潸然泪下。

这件事发生在史蒂文森在岛上定居的三年之前。

岛民对新国王塔马塞塞的反感非常强烈。众望全部聚集到马塔阿法身上。武装暴动接连发生，在毫不自知的情况下，马塔阿法自然而然地被推选为叛军首领。拥立新国王的德国，和与其对立的英、美两国（它们并非对马塔阿法示好，只是在对抗德国这件事上，要事事与新国王作对）之间的冲突逐渐激化。

自一八八八年秋季开始，马塔阿法公然集结兵力，据守在群山密林地带。德国军舰沿海岸来回航行，炮轰叛军部落。英、美随之提出抗议，三国的关系就此落入危险境地。马塔阿法屡破王军，将新国王驱逐出穆里努王宫，包围进阿皮亚以东的拉乌利伊一带。为了营救塔马塞塞而登陆的德国海军陆战队，却在法加利峡谷与马塔阿法军队交战时，遭受惨败，许多德国士兵战死。面对如此战果，岛民们与其说欢欣鼓舞，不如说是大为震惊。因为至今都被视作半个神的白人，竟被他们棕色皮肤的英雄打倒了。

塔马塞塞国王逃亡到海上，至此，德国支持的政府被彻底击溃。

愤怒不已的德国领事打算动用军舰，对全岛展开过激性的攻击报复。但这再次遭到英、美两国，特别是美国的正面反对，各国分别调集军舰火速进入阿皮亚港，事态变得越发紧张。一八八九年三月，阿皮亚湾内，两艘美国军舰、一艘英国军舰与三艘德国军舰展开对峙，而在城市背后的森林中，马塔阿法率领的叛军正虎视眈眈地静候时机。就在激战一触即发之时，上天却施展出了剧作家般绝妙的本领，引来世人惊叹。那场历史性的大灾难——一八八九年大飓风来袭。超乎想象的大暴风雨持续了一整个日夜之后，前一天傍晚还停泊在港内的六艘军舰遭受重创，却仍有一艘能漂浮在海面上。白人和土著们已然无暇顾及彼此是敌是友，他们团结起来，开始忙于修复工作。连潜伏在城市背后密林里的叛军也来到大街和海岸上，担负起尸体收容和看护伤员的工作。此时，德国人已无心逮捕土著叛军。这场灾难为对立双方带来了意外的和睦。

这一年，在遥远的柏林，三国关于萨摩亚的协定确立。其结果是，萨摩亚依然会拥戴名义上的国王，英、美、德三国组成的政务委员会则承担抚政职能。而在委员会之上，还设有政务长官和掌控全萨摩亚司法权的首席法官（法院院长），这两个最高职务将由欧洲派遣来的人员担任。此外，在日后的国王推选中，政务委员会的赞同意见将必不可缺。

同年（一八八九年）年末，自从两年前消失在德国军舰上之后就没了音信的前任国王拉乌佩帕，突然形容憔悴地回到了萨摩亚。从萨摩亚到澳洲，从澳洲到德属非洲西南部，再从非洲到德国，从德国到密克罗尼西亚，拉乌佩帕被监禁护送着转来转去。然而，他此次归来，是因为德国人打算把他当作傀儡，再次推上王位。

如果要选出国王，不管是从顺序，还是人品和声望上来说，马塔阿法都理应当选。但是，马塔阿法的剑曾在法加利峡谷一战中，沾满了德国海军士兵的鲜血。所有德国人都坚决反对选他为王。其实，马塔阿法自己也不急于成为国王，他乐观地认为，按照顺序，自己早晚能当上国王，而且他对两年前跟自己洒泪告别，如今归来时却憔悴不已的老前辈还抱有一份同情。而在拉乌佩帕这里，他本就打算将王位让给最具实力的马塔阿法。他知道自己是个意志薄弱的男人，两年的流浪生活又让他经受了数不清的不安与恐惧，从前的雄心壮志早已完全丧失了。

然而，白人们的幕后策动与岛民们强烈的党派意识，硬是将这二人的友情扭曲变形。遵照政务委员会的指示，拉乌佩帕迫不得已地登上王位。但就在他即位后不到一个月的时间里，（让关系仍然很好的两人大吃一惊的是）国王和马塔阿法之间的不和传闻开始四散。两人为此都觉得非常为难。随后，经过一个怪异而令人心酸的过程，这两个人的关系真的陷入窘境。

刚来到这座岛上时，史蒂文森就对这里白人们对待土著的方式愤怒不已。对萨摩亚而言的一大不幸是，那些白人——从政务长官到环岛行商——全都是为了挣钱而来。在这一点上，英国、美国、德国毫无差别。他们之中没有一个人（除了极少数的牧师）是因为爱这座岛和这座岛上的人们而留下来的。史蒂文森最初是为之惊讶，后来惊讶变成了愤怒。若是从殖民地常识来看，他的惊讶情绪或许相当反常，但他真的生了气，还向远在伦敦的《泰晤士报》投稿，控诉岛上的现状。他写白人的蛮横、傲慢、无耻，以及土著的悲惨，等等。然而，这份公开信只为他招来了嘲笑，人们说："大作家在政治上的无知真是令人咂舌。"蔑视"唐宁街俗物们"的史蒂文森（当初，当他听说首相格莱斯顿[①]为了寻找初版《金银岛》而遍访旧书店时，他完全不觉得虚荣心得到了满足，而是感到无聊至极，很不愉快）确实不了解政治，但无论如何，他都不认为自己"殖民政策也应从热爱当地土著着眼"的想法是种错误。史蒂文森对岛上白人的生活及政策的谴责，在他与阿皮亚的白人们（也包括英国人在内）之间划下了一道鸿沟。

史蒂文森非常怀念故乡苏格兰高地人的氏族制度，萨摩亚的族长制度就有与之相似的地方。当史蒂文森第一次见到马塔阿法时，就从他那魁梧的身形和威严的风度之中，感受到了一位真正族长应有的魅力。

马塔阿法住在阿皮亚以西七英里的玛利尔。尽管他不是名义上的国王，但与公认的国王拉乌佩帕相比，他拥有更高的声望、更多的部下和王者风范。对于白人委员会拥立的现任政府，他一次都不曾表示过反对。就连白人官员疏于亲自纳税的时候，也只有马塔阿法会按时去交税。如果部下犯了罪，他会老老实实地随时接受法院院长的传唤。尽管如此，不知从何时起，他被现任政府

---

① 威廉·尤尔特·格莱斯顿（1809—1898），英国政治家，曾四次出任英国首相。

视作一大敌人，被畏惧、被忌惮、被憎恶。甚至有人向政府告密说，马塔阿法正在秘密收集弹药。岛民们要求改选国王的呼声正威胁着政府，但马塔阿法自己从来没有提出过这种要求。他是一位虔诚的基督徒，独身，如今已年近六十岁。他说，这二十年以来，他都在起誓“如主活在人世时”那样地活着（是就男女关系而言），并实行至今。每天夜里，召集各地来的说故事的人围坐在灯下，听他们讲古老的传说和叙事诗，是他唯一的乐趣所在。

## 六

**一八九一年九月×日**

近日，岛上流传起奇怪的谣言。“威辛加诺的河水被染成了红色。”“在阿皮亚湾捕捞的怪鱼肚皮上写着不祥的文字。”“酋长开会时，无头蜥蜴飞速爬过墙壁。”“每晚，阿波利马海峡上空的云层里，都会传来吓人的呼喊声。那是乌波卢岛的神明们和萨瓦伊岛的神明们在对战。”……土著们当真将这些传言视为必将到来的战争的前兆。他们期待着有朝一日，马塔阿法会站出来打倒拉乌佩帕和白人们的政府。这并非无理的期待，如今的政府实在糟糕，官员们只知道贪婪地拿着巨额薪水（至少在波利尼西亚是这样），却什么都——真的是一件事都——不做，整日游手好闲。法院院长赛达尔·克兰茨作为普通人并不算惹人厌，但身为一位官员，他实在是无能。连政务长官冯·皮尔扎赫也是事事都在伤害岛民的感情。他们光会收税，却一条路也没修过。就任以来，他们从来没有任命过当地土著为官，也没有为阿皮亚的街道、为国王、为这座岛花过一分钱。他们忘记了自己住在萨摩亚，也忘记了萨摩亚人还有眼睛、耳朵以及些许智慧。政务长官做过的唯一一件事，就是提议为自己建造一座富丽堂皇的官邸，且已经着手建造。而国王拉乌佩帕的住所就在那座官邸的正对面，那是一座只有岛上中等偏下水平的简陋建筑（或者说是小屋？）。

让我们来看看上个月的政府人员薪资明细吧。

法院院长的薪水：500美元

政务长官的薪水：415美元

警察署署长（瑞典人）的薪水：140美元

法院院长秘书的薪水：100美元

萨摩亚国王拉乌佩帕的薪水：95美元

窥一斑而知全豹，这就是新政府之下的萨摩亚。

“一个对殖民政策一无所知的作家却要多管闲事，对无知的土著施以廉价的同情，R.L.S[①]先生就像堂吉诃德附体似的。”以上这话出自阿皮亚的一个英国人。首先，我得感谢他给予我这份光荣，将我的爱同那位奇特的正义之士对全人类的博大之爱作比。事实上，我确实对政治一无所知，且以这种无知为荣。我也不知道何为关于殖民地，或者说半殖民地的常识。即便我知道，

① 罗伯特·路易斯·史蒂文森：19世纪后半叶的英国小说家，R.L.S是其名字首字母。

身为一个作家，只要是我没有打心底里认同的事，我就不会将那种常识当作自己的行为基准。

只有那些真正且直接触动我心灵的东西，才能促使我（或者说所有艺术家）采取行动。你要是问对现在的我而言，所谓的“直接触动我心灵的东西”是什么的话，那就是“我已然不是以一位旅行者的好奇视角，而是以一位居住者的眷恋之情，爱上了这座岛以及这座岛上的人们”。

总而言之，现在必须采取手段防范眼下危机四伏的内乱，以及会诱发内乱的白人压迫。但在这件事上，我无能为力！我连选举权都没有。尽管我试着跟阿皮亚的政界要人说过这件事，但我知道他们并没有把我当回事。就算他们耐心听完我的话，也不过是因为碍于我身为作家的名声。等我离开之后，他们一定会在背后嘲笑我。

这种无力感深深地刺痛着我。我亲眼看着那些愚蠢、非正当、贪婪的行为日甚一日，却什么都做不了！

**九月××日**

马诺诺岛上又发生了新事件。真是个骚乱频发的岛，明明是座小岛，全萨摩亚70%的纷争却都发生在这里。马诺诺岛上支持马塔阿法的青年们，袭击并烧毁了拉乌佩帕支持者的家。小岛陷入了大混乱。由于法院院长正在斐济公费旅行，皮尔扎赫长官只得亲自前往马诺诺岛，独自登岛（看来这个男人有点勇气，还算值得赞赏）劝说暴徒。他命令犯人们事后到阿皮亚去投案。这些犯人也确实颇有男子气概地主动去了阿皮亚。他们被判了六个月监禁，当即就被送进了监狱。

跟随他们一起来的几位彪悍的马诺诺人，在押送犯人去监狱的路上，朝他们大声呼喊："会救你们出来的！"

被三十位荷枪实弹的士兵包围行进的犯人们则答道："不用了，我们没事。"

这事按说应该结束了，但白人们坚定地认为，他们八成会来劫狱。为此，监狱内设置了森严的警戒。日夜担心不已的守卫长（年轻的瑞典人），终于想到了一个粗暴至极的防范措施。他对政务长官说要在监狱地下安装炸药，如果遭受袭击，就将暴徒和犯人们一起炸死。长官赞成了他的提议。于是，守卫长跑到停泊在港内的美国军舰上去（美国将前年在湾内被大飓风吹沉的两艘军舰赠送给了萨摩亚政府，为了打捞沉船，眼下救援船正停泊在阿皮亚湾里），打算找他们要些炸药，没承想竟遭到拒绝，最后似乎是从救援船上弄到的炸药。这件事被传到普通百姓中，近两三周里，相关流言频频出现。由于事情闹得实在有些大，最近，惶惶不安的政府突然将犯人们带上船，把他们转移到托克劳岛去了。想炸死老实认罪的人实属荒谬至极，但把监禁罪随意改为流放罪也是毫无道理。这种卑鄙、怯懦、无耻是文明在野蛮面前的典型姿态。我绝不能让土著们认为，所有白人都赞成这种做法。

我即刻向长官寄出了关于此事的询问信，但至今都没有收到回复。

**十月×日**

长官的回信终于来了。满纸都是些孩子气的傲慢、狡猾的遣词，完全不得要领。我立刻又寄去一封询问信。其实我很讨厌像这样跟别人争来吵去，但也没法默默看着土著们被炸药炸飞。

岛民们还在保持沉默，我不知道这能持续到什么时候。白人的不受欢迎程度与日俱增，就连我们家那位性情温和的亨利·西梅勒今天也说："海边（阿皮亚）的白人真讨厌。他们总是乱耍威风。"原来是有个自大的白人醉汉对着亨利举起伐木刀，恐吓他说："我要砍了你小子的头。"这是文明人该有的行为吗？总的来说，萨摩亚人都很恭敬有礼（虽然不能说是时刻保持文雅）、性情温和，（除却偷盗癖不谈）他们有自己的名誉观，而且开化程度至少跟那位"炸药长官"持平。

今天还写完了在《代笔人》杂志上连载的《救援船》的第二十三章。

**十一月××日**

东奔西走，我完全沦为了政客。这算喜剧吗？秘密会议、密封信件、黑夜中的赶路。深夜在岛上的森林中穿行时，我看到地上散落着一片星星点点的淡绿色磷光，非常美丽。听说那是一种菌类发出的光。

有一个人不肯在写给长官的询问信上署名，我跑去他家劝说，最后成功了。我的神经变得多么迟钝、顽强啊！

昨天，我去访问了拉乌佩帕国王。那是个低矮、寒酸的房子，就连穷乡僻壤也鲜有那样的房子。就在他们家正对面，耸立着政务长官那快要竣工的官邸，国王不得不成日仰视着那座建筑。鉴于对白人官员的顾虑，他似乎不太希望与我们会面。谈话很无趣。不过这位老人的萨摩亚语发音，特别是重元音的发音很好听，真的非常好听。

**十一月××日**

《救援船》终于写完了。《萨摩亚史的注脚》亦在进行中。写现代史真难，特别是当登场人物都是自己的熟人时，困难倍增。

前些天，我访问国王拉乌佩帕果然引发了大骚动，政府出了新布告——未经领事许可及官方认可的译员陪同，任何人都不能会见国王。真是个神圣的傀儡。

长官提议要跟我会谈，想必是怀柔政策，被我拒绝。

这么一来，我相当于是公开与德意志帝国为敌。常来我家玩的那些德国军官，也捎口信来说出海之前不能上门来告别了。

有趣的是，政府在城里的白人中也变得不受欢迎。这全是因为他们随意刺激岛民的感情，让白人的生命财产置身险境。白人比土著更不愿意纳税。

流感猖獗。城里的舞场也关门了。听说瓦伊莱莱农场里一下病倒了七十个小工。

**十二月××日**

前天上午，收到了一千五百颗可可树种子，下午又收到了七百颗。因此，从前天中午到昨天傍晚，我们全家出动，一直在忙着播种。大家都弄得满身是泥，阳台也变得像爱尔兰的泥炭沼泽一样。可可豆要先种在由可可树叶编成的筐里。十个土著在屋后的森林小屋里负责编这种筐，四位少年则负责挖土装箱，并运到阳台来。劳埃德、贝尔（伊莎贝尔）和我筛掉土里的石头和黏土块后，就会把土装进可可树叶编的筐里。小奥斯汀和法奥马则把这些筐再送到芬妮那里。芬妮在每个筐里埋下一颗种子后，就把它们并排放在阳台上。大家都累散了架。今天早晨，虽然累劲儿还没过去，但邮船来的日子快到了，我抓紧将《萨摩亚史的注脚》的第五章写完。它不算艺术品，不过是被匆匆写就，也该被匆匆读过的东西。若非如此，就没有意义了。

政务长官辞职的传言出现。这消息并不可靠，想来是因为他和领事们发生了冲突才有此传言的吧。

**一八九二年一月×日**

下雨天。暴风似乎要来了。关好门窗，点上油灯。我的感冒总难痊愈，风湿痛也犯了。这让我想起某位老人的话——“在所有病痛中，最糟糕的就是rheumatism[①]。”

从前些天开始，作为一种休养，我开始写自曾祖父那一代起的史蒂文森家史。写得非常愉快。如今想起曾祖父、祖父和他的三个儿子（也包括我的父亲）相继在雾气弥漫的北苏格兰海上，默默无闻地建造灯塔时那令人尊敬的身影，我才终于感觉心中充满自豪。题目叫什么呢？《史蒂文森家的人们》《苏格兰人之家》《工程师一家》《北方的灯塔》《家族史》，还是《灯塔工程师之家》？

祖父留下了当年克服难以想象的困难，在贝尔礁[②]建造灯塔

---

① 即风湿病。

② 位于苏格兰东部近海的一处沙岩暗礁。

时的详细记录。在阅读那些记录时，我（或者是尚未出生的我）不禁感觉自己仿佛真的经历过那些事。我不再是我以为的那个我自己，在距今八十五年前，在被北海的风浪和浓雾所折磨的日子里，我曾跟那个退潮时才会露出海面的魔鬼海角真正战斗过。猛烈的风、冰冷的海水、摇摆的舢板、海鸟的鸣叫，连这些我都能真切地感觉到。我突然觉得心中火热。贫瘠的苏格兰群山，茂盛的欧石楠，湖水，早晚听惯了的爱丁堡城号角，彭特兰、巴莱黑特、柯克沃尔、拉斯角，啊！

我现在所在的地方是南纬十三度，西经一百七十一度。恰好与苏格兰分居地球的两头。

## 七

在翻阅《灯塔工程师之家》的资料时，史蒂文森不禁回想起一万英里之外的爱丁堡的美丽街道。在早晚雾气中隐约露出的起伏山丘，以及从山丘之上屹然耸立的古老城堡，绵延到遥远的圣吉尔斯大教堂钟楼的崎岖剪影，都栩栩如生地浮现在他眼前。

少年史蒂文森气管不好，每到冬日拂晓时分，总会开始剧烈地咳嗽，折磨得他难以成眠。这时他就会从床上起来，在奶妈卡米的搀扶下，裹着毛毯坐到窗边的椅子上。卡米坐在少年身旁，直到他的咳嗽停下为止，这两个人会一直沉默不语、一动不动地望着窗外。玻璃窗外的赫里欧大街上还是夜色弥漫，四处散落着朦胧的路灯光。不一会儿，马车的嘎吱嘎吱声传来，那是前往市场的蔬菜车从窗前滚过，拉车的马不停吐出白色的哈气……这就是爱丁堡城留在史蒂文森记忆之中的最初印象。

爱丁堡的史蒂文森家族，世代以灯塔工程师闻名。小说家史蒂文森的曾祖父托马斯·史密斯·史蒂文森是北英灯塔局的第一位工程师长，祖父罗伯特也子承父业，建造出有名的贝尔礁灯塔。罗伯特的三个儿子艾伦、大卫、托马斯也先后继承了灯塔工程师的工作。小说家史蒂文森的父亲托马斯，作为旋转灯、总光反射镜的制作者，在当时已是灯塔光学界的泰斗。他和兄弟们合作建造了斯克利维亚、奇克恩斯等多座灯塔，并修理好许多港湾。托马斯是一位能干而务实的科学家，是大英帝国忠诚的技术官，虔诚的苏格兰教会信徒，也是有着"基督教西塞罗[①]"之称的拉克坦提乌斯[②]的忠实读者，他还是一位古董和向日葵的爱好者。根据儿子史蒂文森的记载，托马斯·史蒂文森对于自身价值总是持非常否定的态度，他身上有一种凯尔特人式的忧郁，会经常想到死亡，看破人世之无常。

青年时期的罗伯特·路易斯·史蒂文森对那个高贵的古都及住在那里的宗教徒（包括他的家人）有一种强烈的厌恶感。这座长老会[③]的中心城市，在他看来完全是个伪善之都。十八世纪后

---

① 马尔库斯·图利乌斯·西塞罗（前106—前43），古罗马著名的哲学家、政治家、作家、雄辩家。

② 拉克坦提乌斯（240—320），古罗马基督教作家之一，著有大量解释基督教的作品，到文艺复兴时期仍具有广泛影响力。

③ 基督新教三大流派之一，产生于十六世纪的瑞士宗教改革运动，后流行于苏格兰、法国及北美等地。

期，这座城市中有个名叫迪肯·布罗迪的人。他白天做木工，是一位市议会议员，而到了夜晚，就摇身一变，成了一个活跃的赌徒、穷凶极恶的强盗。直到很久之后，他的罪行才终于败露，他被送上绞刑架。但二十岁的史蒂文森认为，布罗迪这种人正是爱丁堡上流人士的象征。

放弃了经常出入的教堂，史蒂文森开始常常混迹于平民商业区的酒吧。他的父亲勉强认可了儿子的作家志向（史蒂文森的父亲最初打算将儿子也培养成一位工程师），却唯独无法容忍他的叛教行为。在父亲的绝望、母亲的泪水和儿子的愤怒中，父子间的冲突总是反复爆发。托马斯看着已经成人的儿子正陷入毁灭的深渊而不自知感到很绝望，明明还是个孩子，却听不进父亲的忠告。然而，这种绝望在极具自省精神的他身上，演变成一种奇妙的形态。在数次争吵之后，托马斯已经不打算再责备儿子了，而是开始一味地埋怨自己。他独自跪下，含泪祷告，强烈自责——都是因为自己的失职，才让儿子沦为神的罪人，他向神谢罪。而对史蒂文森来说，他实在无法理解身为科学工作者的父亲为何要做出这般愚蠢的行为。

而且，每每跟父亲争论过后，史蒂文森总是会想“为什么一到父母面前，我只能做出这种孩子气的争论呢”，然后陷入自我厌恶之中。和朋友们交谈时，自己明明能出色地发表一番意气高昂的（至少是成人式的）议论，这到底是为什么呢？最低级的教理问答[①]，幼稚的奇迹反驳论，用最拙劣的哄小孩事例证明的无神

① 指基督教各派教会对初信者传授基本教义的简易教材，大多以问答体形式编成。

论——史蒂文森觉得自己的思想绝没有幼稚到这种地步，但只要到了父亲面前，不管是什么时候，最后总会以幼稚的争论告终。这绝不是说因为父亲的辩论逻辑出众，自己才会失败的意思。毕竟，父亲从来不会去仔细思考教义，想要驳倒他是件极其容易的事，但就是在做这件容易之事的过程中，史蒂文森的态度会在不知不觉间变成连他自己都讨厌的样子，孩子似的歇斯底里地闹脾气，以致争论的内容都变得愚蠢可笑。是自己心里还残留着对父亲撒娇的意识（也就是说他还没有成为真正的大人），再加上“父亲还把自己当成小孩”这一想法的相互作用，才招致这种结果吗？还是说，自己的思想原本就是没有价值的、不成熟的他人之物，当它被摆放在父亲朴素的信仰面前，被剥去烦琐花哨的装饰后，就现出了原形呢？那段时间，每当跟父亲发生冲突后，史蒂文森的心中总会生出这些令人不快的疑问。

当史蒂文森表明了要跟芬妮结婚的想法时，他们父子的关系再次陷入僵局。在托马斯看来，芬妮是个美国人，带着孩子，年龄还比儿子大。即便暂且不管她的实际条件如何，眼下她在户籍上仍是奥斯伯恩夫人才是最大的问题。于是，这位任性的独生子在他三十岁这一年，第一次决意要独立生活——他甚至还下决心要养活芬妮的孩子，毅然离开了英国。

此后，这对父子间便断了联系。一年之后，当托马斯听说在几千英里之外的大海与陆地的另一头，儿子连五十美分的午餐也吃不起，且正在跟疾病作斗争时，他终于忍不住伸出了援助之手。芬妮从美国向这位未曾谋面的公公寄去了自己的照片，并留言道：“鉴于照片照得比本人好看，请勿把它当真。”

后来，史蒂文森带着妻子和继子回到了英国。意外的是，托马斯·史蒂文森对儿子的妻子相当满意。从前，他虽然非常认可儿子的才能，但又觉得从通俗意义上来讲，儿子身上总有些令他放心不下的地方。不管儿子长到几岁，这种不安都从未消失。但是现在，他觉得有芬妮在（虽然当初他反对他们结婚），儿子就得到了一个务实而可靠的支柱——一个能够支撑起他那如花儿般美丽而脆弱的身体的、生气勃勃的坚韧支柱。

经过长时间的关系不和之后，史蒂文森一家——父母、妻子和劳埃德，一起在布雷玛山庄度过了一八八一年的夏天，直到现在，史蒂文森也能愉快地回忆起这件事。那是个阿伯丁地区特有的东北风混杂着雨水和冰雹，连日呼啸不停的、沉闷的八月。和往常一样，史蒂文森的身体状况不太好。

一日，埃德蒙·格斯来访。他是位比史蒂文森年长一岁，博学多识、温文尔雅的青年，跟史蒂文森的父亲也很谈得来。每天早晨，格斯用过早餐，就会上二楼的病房去。那时，史蒂文森已经坐在床上等他，他们会一起下国际象棋。由于医生说“病人上午不能说话”，所以这成了一场无声的对弈。下累了的话，史蒂文森会敲击棋盘边缘示意，随后，格斯或芬妮就会扶他躺下。为了让他躺着时也能想写就写，史蒂文森的被子被叠放得非常巧妙。到晚饭时间为止，史蒂文森都是一个人躺着，他歇歇再写写，写写再歇歇。他一直在写根据少年劳埃德画的某张地图而构想出的海盗冒险故事。一到晚饭时间，史蒂文森就会下楼去。因为上午的禁令终于解除了，这时候他的话也变得多起来。到了晚上，史蒂文森会把当天写的内容读给大家听。窗外是激烈的风雨声，自窗缝灌进来的风吹得烛台灯火摇曳。大家各自摆着舒服的姿势，饶有兴致地聆听着故事。读完之后，每个人会谈谈自己的意见或评价。大家每晚兴致渐长，连父亲都提议："我来负责想比尔·博恩斯[①]宝箱里的东西吧。"然而此时，格斯望着眼前幸福欢聚的景象，心里却带着一份黯然，另有所思。"这位饱受疾病折磨的耀眼的英才，他的身体到底能撑到什么时候呢？这位现在看来如此幸福的父亲，能够免遭白发人送黑发人的不幸吗？"他如是想。

不过，托马斯·史蒂文森在生前幸而没有目睹这一不幸。就在儿子最后一次离开英国的三个月前，他在爱丁堡过世了。

## 八

**一八九二年四月×日**

没想到拉乌佩帕国王带着护卫来访。我们在家里用了午餐，今天他也表现得相当和蔼。他问我为什么不去看他。我说是因为会见国王必须得到领事们的同意。他说不必在意那些要求，还说想跟我再次共进午餐，让我来定日子。于是，我们约定这周四一起聚餐。

国王离开后不久，又来了一个佩戴着徽章像是巡查的男人。他并不是阿皮亚市的巡查，而是所谓的叛乱者那边的人（阿皮亚

---

① 《金银岛》中一位海盗船长的名字。

政府的官员们如此称呼马塔阿法那边的人）。他说自己是从玛利尔一路走来的，他带来了马塔阿法的信。如今我也能阅读萨摩亚语了（虽然还不能说）。这是一封回信，前几天我曾写信提醒他保重身体，他在信中还说想见我一面，让我下周一去玛利尔一趟。以当地土话版的《圣经》作为唯一参考（“吾诚告汝”式的回信，他看了一定会吃惊吧），我用结结巴巴的萨摩亚语写下了答应赴约的字句。接下来的一周里，我将会跟国王和他的对立者分别见面。希望我的斡旋能起到些实际作用。

**四月×日**

身体状况不太好。

按照约定，我前往穆里努那寒酸的王宫赴宴。王宫正对面的政务长官官邸一如既往地碍眼。拉乌佩帕今天的谈话很有趣。他讲了五年前自己带着悲壮的决心只身前往德国阵营后，被军舰载着前往未知土地时的事。他质朴的表达很是打动人心。

“……白天，他们不让我上甲板去，只有到了夜里才行。航行了很久之后，我们抵达了一个港口。上岸后，我看到在热得不得了的土地上，囚犯们两个两个地被铁锁锁着脚腕在劳动。那儿的黑人多得像沙滩上的沙砾……那之后我又坐了很久的船，当听说快到德国时，我看到了一条不可思议的海岸。放眼望去，雪白的悬崖在太阳光底下闪闪发亮。更让人惊讶的是，三个小时后，那片景色又消失进了天色里……登陆德国后，我先是穿过了一个玻璃屋顶的巨大建筑，那里边停放了很多叫‘火车’的东西。之后我又乘上像家一样有窗户和连廊的马车，住进一个有五百个房间的房子里……离开德国，在海上又航行了很久之后，我们的船慢慢进入一片河流般狭窄的海域。有人告诉我，那就是《圣经》里提到过的红海，我既高兴又好奇地向海面眺望。随后，当海面上摇曳起耀眼鲜红的余晖时，我又被转移到另一艘军舰上……”

拉乌佩帕用古老而美丽的萨摩亚语发音，不紧不慢地讲述出来这些故事，非常有意思。

国王似乎很怕从我口中蹦出马塔阿法的名字。他是个喜欢聊天、性情温和的老人，只是，他对于自己现在的处境缺乏自知。他让我后天一定再来看他。但是与马塔阿法会面的日子快到了，我的身体状况又不太好，不过我还是先答应了他的邀请。我打算以后请惠特米伊牧师来做翻译。我跟国王约好，后天在牧师家里见面。

**四月×日**

清晨，骑马进城。八点左右前往惠特米伊家，准备会见国王。等到十点钟，国王一直没来。使者来传话，说国王现在正在跟政务长官进行重要会谈，无法前来，晚上七点左右应该能过来。我先回了趟家，傍晚时又来到惠特米伊家，等到八点钟，国王到底还是没来。白跑了一天让我感觉很疲惫。软弱的拉乌佩帕连逃离政务长官的监视，悄悄来赴约都做不到。

**五月×日**

清晨五点半出发，芬妮、贝尔同行。我带了厨师塔罗罗来做翻译兼桨手。七点，划出环礁湖。身体仍旧不太舒服。抵达玛利尔时，我们受到了马塔阿法的热烈欢迎。不过，芬妮和贝尔似乎都被当成了我的妻子。塔罗罗作为翻译，完全不合格。马塔阿法说了很长一段话，这位翻译却只翻译出“我非常惊讶”。不管人家说什么，他光会说“惊讶”。把我的话翻译过去时，似乎也一样。会谈毫无进展。

喝卡瓦酒，吃阿罗·卢特做的饭菜。饭后，同马塔阿法散步。我在自己所掌握的贫乏的萨摩亚语允许的范围内，跟马塔阿法交谈。为了招待跟我同行的女伴，他们还在家门前举办了一场舞会。

天黑后返程。这一带的环礁湖非常浅，我们的船总是触底。月牙散发出淡淡的光。驶入海面很久之后，我们被从萨瓦伊岛归来的几只捕鲸船超了过去。那是亮着灯，有十二对摇橹，能乘四十人的大型船只。每只船上的人们都在一边划船一边合唱。

由于时间已晚，赶不回家，我们便在阿皮亚的旅馆住了一夜。

**五月××日**

早晨，骑马冒雨前往阿皮亚。跟负责今天翻译的萨雷·泰勒碰头，下午再次前往玛利尔。今天走陆路，七英里远的路上一直在下暴雨，道路泥泞不堪，野草高至马的颈部，大约跳过了八处猪圈栅栏。抵达玛利尔时，已是傍晚时分。玛利尔的村庄里有许多相当气派的民宅，都是有着高高的圆形茅草屋顶，地面铺着小石子，四周没有墙壁的建筑。马塔阿法的家当然也很气派。但此时他家很暗，房间正中点着用椰壳制成的灯。四位仆人走出来，说马塔阿法正在礼拜堂里。歌声从礼拜堂方向传来。

不多时，主人走进房间，待我们换掉湿透的衣服后，正式向他行礼。卡瓦酒被端了上来。马塔阿法向在座的诸位酋长介绍我道："这位是不顾阿皮亚政府的反对，为了帮助我，冒雨前来的朋友。各位今后要和'图西塔拉'多亲近，不管遇到任何情况，都要不遗余力地帮助他。"

晚餐时我们谈论政治，充满欢笑声，喝卡瓦酒，一直持续到了半夜。为了身体经受不住疲惫的我，他们特意将家中一角围起来，在里边做了一张床。我就在那张用五十张上等垫子摞成的床上独自睡了。武装护卫兵和几位夜间警卫，整夜守在房子的周围。从日落到第二天日出，他们都没有换过班。

凌晨四点左右醒来。我听到淡淡的、柔和的笛音自外边的黑暗中传来。那音色十分愉悦，平静而甜美，仿佛即将消失……

后来经过打听才知道，每天早晨的这个时间，都会响起这种笛声，是为了给家中还在熟睡的人们送去好梦。多么优雅的奢侈啊！据说马塔阿法的父亲非常喜欢小鸟们的鸣叫声，还被称作"小鸟之王"，想来马塔阿法也遗传了父亲的这一点。

早餐过后，跟泰勒一起骑马回家。因为马靴湿得没法穿，我们只好光着脚。早晨天已放晴，道路依然泥泞，野草打湿了我们的腰部。

由于骑得太快，跨越猪圈栅栏时，泰勒的马把他甩下去两次。黑色的沼泽。绿色的红树林。红色的螃蟹、螃蟹、螃蟹。一到城里，就听到帕特（小木鼓）声，身着华丽服饰的土著姑娘们正走进教堂。今天是星期日。我们在城里吃过饭后才回家。

跳跃过十六道栅栏，长达二十英里的骑行（而且前半段还是在暴雨中），持续六个小时的政论。这跟当年在斯克利维亚，像蜷缩在饼干里的谷象虫似的我比起来，变化是多么大啊！

马塔阿法是一位善良、优秀的老人。我觉得昨晚的交流，让我们的感情达到了高度共鸣。

**五月××日**

雨、雨、雨，像是要弥补之前雨季降水不足似的，这些天雨下个不停。可可豆的芽似乎也吸饱了水。雨滴落在屋顶的声音刚停下来，又传来急切的水流声。

《萨摩亚史的注脚》完成。当然，这并不是文学作品，而是公正明确的记录。

阿皮亚的白人们拒绝纳税，理由是政府的会计报告数据不够清晰。委员会也没法传唤他们。

最近，我们家的大汉拉斐尔的老婆法奥马跑了，拉斐尔垂头丧气的，还把他的朋友怀疑个遍，不过现在他已经放弃了，打算开始寻找新的老婆。

完成《萨摩亚史》，我终于可以专心写《大卫·巴尔弗[①]》了。它是《绑架》的续作，我曾数次动笔又中途放弃，这次估计可以坚持写到最后。《救援船》写得不太好（不过据说它还挺受欢迎，这让我有些意外）。但是《大卫·巴尔弗》才应该算是我在《巴伦特雷的少爷》之后的又一力作。我对青年大卫的喜爱，他人一点都无法理解。

---

① 罗伯特·路易斯·史蒂文森创作小说《绑架》中的主人公。

**五月××日**

首席法官赛达尔·克兰茨来访。是什么风把他吹来的呢？他跟我的家人若无其事地闲聊了一阵就走了。他应该已经读过我最近在《泰晤士报》上发表的公开信（我在里边狠狠地批了他一顿）。他是带着什么心思来的呢？

**六月×日**

因为收到了马塔阿法的大宴会邀请，我们一大早便出发了。同行者——母亲、贝尔、陶伊洛（我们家厨师的母亲，附近部落的酋长夫人。她的体形大得惊人，比母亲、我和贝尔三个人加在一起还要大上一圈）、混血儿翻译萨雷·泰勒，此外还有两名少年。

我们分乘独木舟和小船。途中，小船在平浅的环礁湖里走不动了。没办法，只得光着脚走到岸边。我们在海滩上步行了约一英里，头上顶着热辣辣的太阳，脚下是滑溜溜的泥沙。我那刚从悉尼寄来的衣服，还有伊莎贝尔镶花边的雪白礼服都遭了殃。午后，全身是泥的我们终于抵达了玛利尔。母亲所在的独木舟一行已经到了。战舞表演早已结束，我们只能从食物奉献仪式的中途（虽说如此，其实也花了足足两小时）开始观看。

在房前的绿地周围，有一排用椰树叶、黑海带围成的临时小屋，在一片巨大矩形区域的三条边上，土著们按照各自的部落聚集在一起。他们的服装可真是五彩缤纷，有穿着树皮衣的人、裹着拼接布的人、把撒了粉的白檀别在头上的人，还有戴了满头紫色花瓣的人……

在正中央的空地上，食物堆成的山一点点变大。那是大小酋长向他们衷心敬佩的真正的国王（而非白人设立的傀儡）献上的礼物。官员和小工排成一列，边唱着歌边将礼物一个接一个地搬进去。每份礼物都会被高高举起，展示给众人，负责接收的官员则会以一种郑重礼节式的夸张姿态，大声喊出物品名称和赠送者的名字。那位官员是个身形健壮的男人，他全身似乎涂满了油，油亮亮地发着光。他将整头烤猪抡过头顶，汗流得像瀑布一样，那场面实在是壮观。当我们献上的饼干罐被高高举起时，我听到了自己被介绍为“阿利伊·图西塔拉·奥·雷·阿利伊·奥·玛罗·特特勒”（故事作家酋长、大政府酋长）的声音。

在特意为我们设置的座席前，一位头戴绿树叶的老者正坐在那里。他那略显阴沉严厉的侧脸像极了但丁。他是这座岛上特有的职业说故事人之一，且是其中的最高权威，名叫波波。他身边坐着他的儿子和同行。马塔阿法正坐在距离我们右手边相当远的位置，他的嘴唇时不时地动动，手腕上的念珠也不时摇晃着。

大家同饮卡瓦酒。国王喝下一口后，波波父子突然发出一种非常奇妙的吼叫声以示庆祝，这着实吓了我一跳。我从没听过那么不可思议的声音，很像狼嚎声，但那似乎是“图伊阿图阿万岁”的意思。不久后，开始用餐。当马塔阿法用餐结束时，又响起了奇怪的吼声。我看到这位非公认的国王的脸上，有一瞬间流露出自豪满满、雄心勃勃的神采，但又马上消失了。或许这是自马塔阿法跟拉乌佩帕对立以来，波波父子第一次来到他身边，并以“图伊阿图阿”之名称赞他吧。

食物搬送已经结束。礼物正被按顺序仔细清点并记录在册。说故事的人开玩笑地用奇怪的音调，将物品名称和数量一一喊出，引得听众大笑。“芋头六千个”“烤猪三百一十九头”“大海龟三只”……

自那之后，我至今从未见过的奇异光景出现了。波波父子突然起身，手持长棒，跳进堆满食物的院子里，开始跳一种奇怪的舞蹈。父亲伸展手臂，挥棒起舞，儿子则蹲在地上，以一种难以形容的姿势蹦跳着，他们在舞蹈中画出的圆圈逐渐变大。凡是被他们跨过的东西，都将归他们所有。这位中世纪的但丁竟忽然变成了奇怪可鄙的家伙。就连萨摩亚人也被这种古老的（且地方性的）礼仪引得大笑。我献上的饼干和一头活的小牛犊也被他跨过去了。不过，在他宣布了那些东西归他所有后，大部分食物会被再次献给乌塔阿法。

接下来终于轮到我这个故事作家酋长出场。波波虽然没有跳舞，但他将五只活鸡、四只灌了油的葫芦、四张草席、一百个芋头、两头烤猪、一条鲨鱼，以及一只大海龟送给了我。这些都是“国王赠给大酋长的礼物”。随后，按照指令，几位身着比兜裆布还短的下装的年轻人，准备从食物堆中挑出这些赠礼。他们在那座食物小山上一弯腰，不大工夫，就迅速而准确地挑拣出了指定数量的物品，又倏地将它们整齐堆放在稍远的地方。多么灵巧的身手啊！就像是一群在麦田里觅食的小鸟。

突然，约九十位缠着紫色裹腰布的大汉出现，在我们面前站停。紧接着，他们个个都铆足了力气，将手中的小鸡高高抛向半空。只见近百只鸡胡乱拍打着翅膀往下坠，待它们被大汉们接住后，便又被抛回空中。如此反复多次。嘈杂声、欢笑声、鸡的惨叫声。挥舞、扬起的健壮的古铜色手臂、手臂、手臂……这景象确实有趣，但到底要弄死多少只鸡呀！

和马塔阿法在家中谈话结束，来到水边时，赠送给我的那些食物已经被堆进船里。正当我们准备上船时，有飑[①]袭来，再次返回室内，等了半小时后，于五点钟出发，我们还是分乘独木舟和小船。水面之上，夜幕降临，岸边的灯光很美。大家唱起了歌。身材如小山般庞大的陶伊洛夫人的歌声动听极了，叫我大为吃惊。途中再次遭遇飑。母亲、贝尔、陶伊洛、我，还有海龟、猪、芋头、鲨鱼和葫芦都被淋湿了。我们一路泡在船舱的温水里，终于在快晚上九点时，抵达了阿皮亚。这一夜在旅馆留宿。

**六月××日**

用人们说在后山的草丛中发现了骸骨，骚动一片，我带着他们一起去探明情况。那确实是一具骸骨，不过已经放了很长时间。若说是岛上成人的骸骨，似乎又太小了些。因为一直藏在草丛深处的阴暗潮湿地带，才会至今都没被发现吧。我又去翻了翻骸骨周边的草丛，从中发现了另一具头盖骨（这次只有头部）。上面留着一个大约能塞进我两根大拇指的弹孔。将两个头盖骨并排放置在一起，用人们提出了一种略显浪漫的解释——这位可怜的勇士在战场上砍下了敌人的头颅（萨摩亚战士的最高荣誉），然而他自己也受了重伤，没法向战友们炫耀，最后爬到了此地，只能抱着敌人的头颅，抱憾而终。（若真是如此，那就是十五

---

① 一种突然发生的持续时间短促的强风，是海上特有的风暴现象。飑过境时会出现风向突变，风力突增，往往还伴有雷雨、冰雹、龙卷风等剧烈天气。

年前拉乌佩帕和塔拉沃对战时期的事？）拉斐尔他们当即将骸骨埋了。

傍晚六点左右，我骑着马正要从后山上下来时，看到前方森林上空飘浮着一片巨大的云，那云清晰地呈现出一个男人侧脸的形状——他有着独角仙似的额头和长长的鼻子。他的脸颊部分恰是一团绝妙的桃红色，帽子（大大的卡拉马克人式帽子）、胡子、眉毛则是略带蓝的灰色。这个如同儿童画的图案，鲜明的色彩以及硕大的尺寸（实在是大得出奇），都让我看得目瞪口呆。当我还在眺望时，他的表情又发生了变化，闭起一只眼，还收了收下巴。突然，他又将铅灰色的肩膀向前探去，遮挡住了脸。

我又将视线移到别的云上去。突然，只见宏大、明亮的云柱巍然林立，美得让人不禁屏住了呼吸。那些云柱自水平线上立起，顶部直抵距离天顶三十度的地方。那是何其崇高的景象啊！下方的云恍若冰河的阴影，向上看去，从深蓝色到朦胧的乳白色，所有微妙的色彩变化尽收眼底。云柱之后的天空正被悄然降临的夜幕染上浓厚的深蓝色。而在那蓝色的深处，还舞动着蓝紫色的娇艳而深沉的光与影。小山已被余晖笼罩，但那巨大云朵的最上方依旧光亮如白昼，那是如火如宝石般的至为华美而柔和的光芒，照亮了整个世界。那是比想象所能抵达的所有高度都更高的地方。从地上的夜色中仰望，那种清净无瑕、华丽璀璨的庄严感，令人叹为观止。

在云的近旁，升起一轮细细的上弦月。西边月亮尖儿的正上方，有一颗几乎跟月亮一样明亮的星星。大地上，逐渐暗下来的森林里，鸟儿们黄昏时分的高亢合唱开始了。

八点左右再去看夜空时，月亮比刚才又亮了许多，那颗星星则转到了月亮下边，亮度倒是没什么变化。

**七月××日**

《大卫·巴尔弗》总算进展顺利。

“库拉索号”进港，与吉布森舰长一起用餐。

据坊间传闻，R.L.S应该被驱逐出岛。据说英国领事已向唐宁街提出这一请求。难道说我的存在妨害了岛内治安？我到底是位多么伟大的政治人物啊？

**八月××日**

昨天，再次前往玛利尔，去赴马塔阿法的邀约。亨利（西梅勒）负责翻译。交谈中，马塔阿法称呼我为“阿菲欧加”，亨利大吃一惊。此前，我一直被唤作“斯斯加”（相当于“阁下”的意思吧？），而“阿菲欧加”是对王族的称呼。在马塔阿法家留宿一晚。

今早，用过早餐后，观看了大灌祭典。这是用卡瓦酒浇灌象征王位的古老石块的仪式，是一种连在这座岛上，都几近被遗忘的楔形文字式的典礼。战士们身着正装，头盔上用老人的白胡须制成的饰毛正随风飘动，脖子上挂着兽牙项链，他们个个身高足有六英尺五英寸，体格健壮，周身肌肤都是古铜色，那模样着实令人震撼。

**九月×日**

出席阿皮亚市妇女会主办的舞会。芬妮、贝尔、劳埃德和哈加德（莱达亚·哈加德的弟弟，是一个豪爽的男人）同行。舞会进行过半时，法院院长赛达尔·克兰茨现身。这是数月前那次不明所以的访问以来，我第一次看见他。稍事休息后，我跟他分到一组跳四对方舞[①]。这是多么奇怪而可怕的四对方舞啊！照哈加德的话来说，我们的舞蹈“活像奔马的跳跃”。当我们这两个公敌分别被一位身形庞大、值得尊敬的女士抱着、牵着手，踢起腿跳来跳去时，大法官与大作家同时威严扫地！

一周前，这位首席法官唆使混血儿翻译，迫不及待地想抓住对我不利的证据，而今天早晨，我也将猛烈攻击这个男人的第七封公开信寄往《泰晤士报》。

可是现在，我们正相视而笑，专注于奔马的跳跃！

**九月××日**

终于写完了《大卫·巴尔弗》。与此同时，它的作者已是筋疲力尽。如果请医生来看诊，他一定会向我再讲一遍热带气候“对温带人的危害”。我实在不相信他那番言论。这一年以来，我在烦心的政治骚乱中持续完成的创作，若是置身于挪威，是绝不可能完成的。总之，我的身体已达到疲惫的极限。我对《大卫·巴尔弗》基本满意。

昨天下午被派去城里跑腿的少年阿利克，到了深夜才缠着

---

① 一种欧洲宫廷舞，由四对或以上的男女构成方阵跳的舞。

绷带，眼里闪着光地回来。他说是跟马莱塔部落的少年们进行了决斗，他打伤了对方三四个人。今天早上，他可成了我们家的英雄。他做了一把单弦的胡琴，自己演奏起胜利之歌，还跳起了舞。兴奋起来的阿利克着实是位美少年。刚从新赫布里底群岛来的时候，阿利克曾因为我们家的饭菜好吃而进食过量，结果搞得肚子鼓起来老高，难受了很久。

**十月×日**

从早晨开始，胃一直疼得厉害。服用了十五片鸦片酊。这两三天没有工作，我的精神正处于停摆状态。

曾经，我似乎也是一位引人注目的青年。之所以这么说，是因为比起我的作品，那时我的朋友们更喜欢我的性格和讲话内容中的精彩之处。但是，人不可能永远做爱丽儿[①]或帕克[②]。《维琴伯斯·普鲁斯克集》[③]的思想和文体，成为我现在最讨厌的东西。其实，在耶尔的旅馆里咳血过后，我就感觉自己仿佛看透了一切。我早已对任何事都不抱希望，就如同一只死青蛙。在做任何事时，我都抱有一种沉着的绝望态度。这就像坚信自己随时会溺水的同时，还毅然走向大海。话虽如此，我也并非自暴自弃。相反，到死为止，我都不会失去快活开朗的心态吧。这种确定无疑的绝望，甚至可以成为一种愉悦。这是一种近似于信念的东西，

---

① 莎士比亚创作的戏剧《暴风雨》中的一个淘气活泼的精灵。

② 莎士比亚创作的戏剧《仲夏夜之梦》中的一个精灵。

③ 罗伯特·路易斯·史蒂文森于1881年出版的一部作品合集。

它使人清醒，给人勇气与喜悦，足以支撑我走过往后余生。我不需要快乐，也不需要灵感。我有自信只靠义务感来继续生活，也有自信带着蚂蚁的心态，像蝉那样一直引吭高歌。

在市场　在街头
我敲得鼓儿咚咚响
我身穿红衣向前走
头上的丝带随风扬

我要寻一位新战士
我敲得鼓儿咚咚响
我跟朋友约定好
约定生之希望，约定死之勇气

## 九

年满十五岁以后，写作成了他的生活中心。天生就该当作家变成他的信念，虽然连他自己都不明白这种想法从何时何地而生，总之，到了十五六岁时，去想象自己将来会从事作家以外的职业，已成为一件不可能的事。

从那时开始　外出时他总会在口袋里放一个笔记本。他练习着将路上的所见所闻，以及想到的一切都当场记在本子上。此外，当他从读过的书中发现“恰当的表达”时，也会全都摘抄在那本笔记本里。他还热衷于学习各种写作风格。每当读完一篇文章，他会以几位不同作家的——或是哈兹里特[1]，或是拉斯金[2]，或是托马斯·布朗爵士[3]的——写作风格，将同样的主题重写好几遍。在少年时代的那些年里，他不知疲倦地重复着这种练习。当少年期刚刚结束时，尽管他还没有写出过一部完整的小说，但就像国际象棋名人对自己的棋艺充满自信一样，他对自己的表达技术也已充满自信。继承了工程师血统的他，即便在自己选择的人生道路上，也早早拥有了身为技术大师的骄傲。

他几乎是出于本能地明白“我并非我以为的那个我自己”，也知道“即便想法有误，本性也不会出错。就算乍看之下有误，但是最终，对真正的自己而言，那将会是最忠实、明智的选择”。他还知道“潜藏在我们身体中的我们所不知道的东西，要比我们更加充满智慧”。于是，在设计自己的人生时，他决定只在那唯一的路上——比我们更智慧的东西所指引的那唯一的路上，以至高的忠诚和勤勉，全力以赴地走下去。与此同时，他还将放弃其他一切选项，且绝不留恋。不顾他人的嘲讽和父母的悲叹，他将这种活法从少年时代一直坚持到死亡降临的那一刻。“浅薄”“虚情假意”“好色”“自恋”，且是个“自私自利的利己主义者”，以及“装腔作势得令人生厌”的他，唯有在写作这一条路上始终如一，他就像一位修道士，在虔诚的修行上从未松懈过。他几乎没有一天不写作，这早已成为他身体的一种习

① 威廉·哈兹里特（1778—1830），英国散文家、评论家。
② 约翰·拉斯金（1819—1900），英国作家、艺术家、艺术评论家。
③ 托马斯·布朗（1605—1682），英国医师、作家、哲学家。

惯。二十年来，即便肺结核、神经痛、胃痛无休止地折磨着他的肉体，他也未曾改变这种习惯。当肺炎、坐骨神经痛和结膜炎同时发作时，他会给眼睛打上绷带，以绝对静养的仰卧姿势，小声口述《炸弹党员》，让妻子帮忙做笔录。

死亡常常就在咫尺之间。在他咳嗽不止时用来捂嘴的手帕上，极少情况下会看不到血丝。在面对死亡的精神觉悟上，这位尚不成熟、装腔作势的青年，与大彻大悟的高僧有着相似之处。平时，他总是将用于自己墓志铭的诗句偷偷揣在口袋里。“繁星闪烁的夜空之下，有我静静安眠。我若是快乐地活过，此刻便能快乐地死去”云云。

比起自己的死，他更害怕朋友会死去。他早已习惯了自己的死，甚至可以说还向前迈了一步，他感觉现在自己正在跟死神嬉戏、打赌。在被死神那冰冷的手抓住之前，他还能织就多少美丽的“幻想与语言的织物”呢？他认为这是一场相当奢侈的赌局。他觉得自己就好像一位出发时间日益迫近的旅人，他一个劲儿地写啊写啊。就这样，他确实留下了一些美丽的“幻想与语言的织物”，譬如《奥拉勒》《丑陋的珍妮特》《巴伦特雷的少爷》。

“那些作品的确很美，魅力非凡，但全是些缺乏深度的故事。史蒂文森说到底就是个通俗作家。”很多人这样说。然而，史蒂文森的忠实读者势必会对此提出反驳。他们或许会说：“史蒂文森那聪明的守护天使（在其指引下，史蒂文森才走上他身为作家的命运之路）知道他的寿命短暂，所以才让他放弃了揭露人性的近代小说之路（因为要想在四十岁前写出杰作，对任何人而言大概都是不可能的），取而代之的是指引他去练习独具魅力的奇妙故事的结构，以及精妙的表达技巧（如此一来，即便他英年早逝，至少还能留下几部精彩优美的作品）。”他们还会说：“这就好像一年之中大部分时间都处于冬季的北方植物，也会在极短暂的春夏时节匆匆开出花，结出果。他的命运也是大自然的巧妙安排之一。”或许有人会说，俄国、法国那些最优秀、作品最具深度的短篇小说作家，不也是在跟史蒂文森年纪相仿，或者更年轻的时候就去世了吗？可是那些人都不曾像史蒂文森那样长期遭受疾病的折磨，始终活在短命预感的威胁之下。

他曾说小说是环境之诗。比起事件本身，他更喜欢从环境中自然诞生出来的场景效果。以传奇小说作家自居的他，（无论是不是自己意识到的）打算将自己的人生塑造成自己作品中最宏大的传奇故事（他也关心在现实中能成功到何种程度）。因此，身为主人公的他时常要求自己所处的环境，必须跟小说描写的一样充满诗意，富于传奇的浪漫色彩。身为环境描写大师的他，如果发现自己在现实生活中的一个个行动场景，并不总是值得他用精妙的描写来记录的话，就会觉得无法忍受。旁人眼中他那令人不快的装腔作势（或者叫纨绔主义）的真实面目，正源于此处。

他为什么会异想天开地牵着头驴，在法国南部的山区中游荡呢？他这个正经人家的儿子又为什么要打上皱巴巴的领带，戴上一顶系着长长的红色缎带的旧帽子，假装成一个流浪汉呢？他为什么一定要用让人作呕的得意扬扬的口吻，说些“玩偶虽然外表漂亮，但身体里全是锯末”之类的妇女论[1]观点呢？二十岁的史蒂文森是个极其爱装腔作势的人，他是令人讨厌的无赖，也是被爱丁堡的上流人士排斥的家伙。这位在森严的宗教环境中成长起来的体弱多病的白面少爷，突然开始以自己的纯洁为耻，他曾半夜逃出父亲的宅邸，徘徊于烟花巷柳之中。这个假装自己是维庸[2]、卡萨诺瓦[3]的风流男孩非常清楚，只有在作家这条唯一的路上，赌上自己衰弱的身体和必定不长的生命，他才能获得拯救。哪怕是在灯红酒绿和香脂艳粉的座席之间，他所选择的路也始终如同雅各在沙漠之中梦到的光之梯[4]一样，光辉灿烂，直通渺远的星空。

## 十

**一八九二年十一月××日**

由于邮船日临近，贝尔和劳埃德昨天就到城里去了，他们走后，伊奥普开始脚疼，法奥马（大汉拉斐尔的妻子像无事发生似的又回到了丈夫身边）的肩膀上长了肿包，芬妮的皮肤上则开始出黄斑。法奥马的肿包可能是丹毒所致，单靠土方子恐怕治不好。晚饭后，我骑马去找医生。这晚月色朦胧也无风，从山那边

---

① 指德国社会民主党领袖奥格斯特·倍倍尔（1840—1913）的著作《妇女与社会主义》。

② 维庸：约（1431—1474），法国中世纪最杰出的抒情诗人。

③ 贾科莫·卡萨诺瓦（1725—1798），极富传奇色彩的意大利冒险家、作家。18 世纪享誉欧洲的大情圣。

④ 典出《旧约·创世记》第 28 章的“雅各在伯特利梦见天梯”一节。

传来雷鸣声。我匆匆穿过森林，又看到那种发绿光的蘑菇在地上星星点点地亮着。拜托医生明天来看诊后，我又跟他一起喝啤酒，谈论德国文学直到九点。

昨天开始构思新的作品。时代背景是一八一二年前后。地点在拉姆马摩尔的赫米斯顿附近，以及爱丁堡地区。书名未定。《黑色地带》？或者《赫米斯顿的韦尔》？

**十二月××日**

扩建完成。

今年的账单寄来了，大约四千英镑。今年或许能做到收支相抵。

入夜，听到了炮声。英国军舰入港了。城中传言，我最近似乎要被逮捕押送出境。

卡斯尔出版社来信，提议将《瓶中精灵》与《法莱萨海滩》收入一册，以《岛上夜话》为名出版。这两个故事的风格相差甚远，放在一起不奇怪吗？我在想，把《声之岛》和《流浪的女人》加进去怎么样？

芬妮不同意加入《流浪的女人》。

**一八九三年一月×日**

低烧持续不退。消化情况也很差。

《大卫·巴尔弗》的校样[①]还没送到。怎么回事呢？现在至

① 指稿件经排字或制版后印出的样张，供校对使用。

少应该印好一半才行。

天气非常糟糕。雨、水花、雾、寒气。

本以为能付清的扩建费，结果只付了一半。我们家的花销怎么会这么大呢？我并不觉得过得特别奢侈。每个月初，我跟劳埃德都要为了钱的事绞尽脑汁，可总是这边刚填上坑，那边又冒出亏空。有的月份似乎终于能收支平衡了，却又赶上必须设宴招待进港的英国军舰上的士兵们。有人说我们家的用人太多。其实我们雇用的人数并不算多，只是他们的亲戚朋友总是在这儿闲待着，才搞得算不清准确的人数（即便加上他们，也超不过一百人吧）。不过，这都是没办法的事，我是族长，是维利马部落的酋长。大酋长不应该抱怨这等小事。而且实际上，不管有多少个土著，他们的伙食费都是有数的。还有傻瓜因为我们家女佣的长相略高于岛上一般标准，就拿维利马跟苏丹的后宫作比，说就是因为这样，钱才花得多。这显然是故意诽谤，开玩笑也得有个限度。我这个苏丹别说精力充沛了，至多不过是个苟延残喘的病秧子。还有人拿我跟堂吉诃德、哈伦·拉希德[①]作比，总之众说纷纭。现在，比较对象或许变成了圣保罗、卡利古拉[②]。此外还有人说我过生日时请来一百多名客人太过奢侈。我可不记得我请过那么多人，都是他们擅自来的罢了。看在他们都是带着对我（或者说至少是对我们家的饭菜）的善意而来的分儿上，这不也是没

---

① 哈伦·拉希德（764—809），阿拉伯帝国阿拔斯王朝最著名的统治者。

② 卡利古拉（12—41），罗马帝国的第三位皇帝。他被认为是罗马帝国早期的典型暴君，在位期间建立恐怖统治，行事荒唐暴虐。

法拒绝的事吗？至于有人说办庆贺宴时不能邀请土著，那可真是荒谬之谈。我可是宁愿谢绝白人，也想邀请他们来。这些事项的所有费用都已提前计入预算，我估计还是足以应付的。不管怎么说，在这样的岛上，就算想奢侈也做不到。总之，我去年靠写作挣了四千多英镑。但这些仍然不够用。我想起了沃尔特·司各特爵士[①]。他人到晚年却突然破产，随后又失去了妻子，还不停地遭受债主催逼，迫使他只能像个机器似的，匆匆写出很多拙劣之作。对他来说，只有最后到了墓地里才能得到休息。

战争的传闻再起。真是拖泥带水的波利尼西亚式战争。看似要开战却迟迟不开，看似快要停火，却又冒起了烟。这次只是在图图伊拉岛西部的酋长们之间出现了小摩擦，想来也不会出什么大事吧。

**一月××日**

流感肆虐。我们家的人几乎都被传染上了。我还额外伴有咳血。

亨利·西梅勒干活真的很卖力。原本，就连身份最低贱的萨摩亚人也很讨厌搬运便桶，但身为小酋长的亨利，每晚都会毅然提起便桶，钻出蚊帐去倒掉。眼下大家的流感都快好了，他却成了最后一个被传染者，发起了烧。最近，我开玩笑地称呼他为大

---

① 沃尔特·司各特（1771—1832），英国知名的历史小说家、诗人。代表作有《艾凡赫》《惊婚记》等。

卫（巴尔弗）。

在病中，我又开始创作新作品，我口述，贝尔做笔录。这次写的是一位在英国当俘虏的法国贵族的经历。主人公的名字叫安诺·得·桑托·伊夫，我打算用它的英语读法“圣·艾夫斯”做标题。我拜托巴克斯特和柯文帮我寄来罗兰德森的《文章的写法》，以及关于十九世纪一十年代法国和苏格兰的风俗习惯，特别是监狱状况的参考书。《赫米斯顿的韦尔》和《圣·艾夫斯》这两本书都需要这些资料。这里没有图书馆，跟书店沟通又太费工夫，这两点实在令人为难。不过，在这里没有被记者追问的烦恼倒是件好事。

有传言称政务长官和法院院长都将辞职，但阿皮亚政府那些不讲道理的政策依然没有改变。为了强行征税，他们准备加强军队力量，赶走马塔阿法。然而不管成功与否，白人的不受欢迎，人心的不安，以及岛上的经济疲敝只会越发严重。

参与政事已让我烦心不已。我甚至觉得，在这方面的成功不会给我带来除损坏人格之外的任何结果。……但我对政治的关心（关于这座岛的政治）并未减少。只不过，受长期卧病、咳血等问题的影响，我能用在创作上的时间已经受到了限制，此外还要为了政治问题花费宝贵的时间，就不免感到厌烦。但是一想到可怜的马塔阿法，我就总觉得没法集中精神。一想到自己只能给予他精神上的支持，我就觉得窝囊！但是，就算给了你政治权力，你到底想做些什么呢？让马塔阿法当国王？不错。但你真觉得只要那么做，萨摩亚就能永世长存了吗？可悲的作家啊！你当真那么相信？还是说，你不过是在预料到萨摩亚即将衰亡的同时，对马塔阿法施舍些多愁善感的同情，一种最白人式的同情？

柯文在来信中说，我的书信中总是过多提及“你的黑色人和棕色人”。他觉得，对黑色人种和棕色人种的关心会过度剥夺我的创作时间，我并非不理解他的担忧。但说到底，他（以及其他在英国的朋友）没有真正理解我对于我的黑色人种和棕色人种，拥有怎样一种情同骨肉的感情。不只这件事，在其他所有事情上，四年没有见面，一直身处跟英国完全不同环境中的我与他们之间，或许已出现了一道难以逾越的鸿沟吧？这种想法让人害怕。跟亲近的人长期分离可不是什么好事。即便分开后想念得要哭，但等到真正见面的那一刻，双方会意外同步地意识到这道鸿沟的存在，顿感乏味无趣吧？尽管说来可怕，但这恐怕就是事实。人会改变，时时刻刻。我们可真是一群怪物啊！

**二月××日　在悉尼**

自己给自己放假，预计花五周时间从奥克兰玩到悉尼，但同行的伊莎贝尔犯牙疼，芬妮得了感冒，我则是从感冒发展到胸膜炎。真不知道这趟是为什么而来。不过，我还是在本市的长老会总会和艺术俱乐部，分别做了一场演讲。被拍照，被做成纪念章，走在街上，人们回头看我，指着我，悄悄说着我的名字。名声？真是个奇怪的东西。是什么时候，我竟成了自己曾经蔑视的那种名人？这可太滑稽了。在萨摩亚，在土著眼中，我是个住在大宅邸里的白人酋长。对阿皮亚的白人们来说，我是政治上的敌人或伙伴。那才是一种健全得多的状态。与这个温带地区褪了色的幽灵般的风景相比，我那维利马的森林，是多么美丽啊！我那轻风拂过的家，又是多么耀眼！

和引退在此地的新西兰之父——乔治·格雷爵士[①]会面。讨厌政治家的我请求与他见面，全是因为我相信他是个真正的人——为毛利族奉献出最博大无私之爱的人。见面后，我发现他确实是一位了不起的老人。他真的非常了解土著，甚至对土著们微妙的生活情感也了如指掌。他让自己变身为一个真正的毛利人，事事为他们着想。作为殖民地的总督，这实属异例。他赋予毛利人跟英国人同等的政治权利，并准予他们参选众议院议员。为此，白人移民大为不悦，还辞去了职务。然而，多亏了他的这些努力，如今的新西兰已成为最理想的殖民地。我跟他讲了自己在萨摩亚所做的事和想做的事，尽管我无力帮他们实现政治自由，但我打算为了土著们将来的生活和幸福而竭尽全力。老人对我说的话一一回以共鸣和鼓励。他说：“决不能绝望。我是能够真正领悟任何情况下绝望都是无用的为数不多的长寿老人之一。”我的心情也好了很多。洞悉低级庸俗之事，却没有丧失高尚品质的人，理应得到尊重。

摘一片树叶来看看，不同于萨摩亚那油光发亮的浓郁绿意，这里的树叶完全没有生气，像是褪了色一般。等胸膜炎一痊愈，我就要赶快回到岛上去，回到那个绿金色的微粒子无论何时都在

---

① 乔治·格雷（1812—1898），英国军人，探险家。曾两次担任新西兰总督，以及新西兰总理。

空中闪闪发光的耀眼小岛上去。文明世界的大都市简直让我窒息。噪声是多么烦人！金属碰撞出的坚硬机械声响真令人焦躁！

**四月×日**

澳洲行归来之后，我和芬妮的病情终于好转。

令人愉悦的清晨。天空的颜色美丽、深邃、崭新。现在，只有遥远太平洋的轻声细语，才能打破这里莫大的沉寂。

就在之前的短途旅行及随后生病的期间，岛上的政治形势变得非常紧张。政府一方对马塔阿法，或者叫叛乱者一方的挑战态度越发明显。据说，他们打算没收土著手上的所有武器。眼下政府的军备肯定相当充足。与一年前相比，形势明显对马塔阿法不利。见过官员们和酋长们之后，他们中没有一个人在认真考虑怎样避免战争，这让我非常意外。白人官员只想着利用这次战争来扩充自己的控制权，而土著，特别是青年土著们，他们只是一听到“战争”二字，就会变得热血沸腾。马塔阿法却是出乎意料地沉着。他还没有意识到形势对他的不利。他以及他的部下，似乎都把战争当成一种跟自己的意志无关的自然现象。

拉乌佩帕国王拒绝了我想在他与马塔阿法之间进行的调停。当我们面对面时，他是个非常亲切和蔼的人，但一见不到面，他就立马变成了这样。显然，这并非他自己的意思。

除了将波利尼西亚人的优柔寡断不易引发战争当作唯一的希望，我就无能为力，只能袖手旁观了吗？拥有权力是件好事——如果能拥有不滥用权力的理性的话。

在劳埃德的帮助下，《退潮》的创作正在缓慢进行中。

**五月×日**

苦心创作《退潮》。花了三周时间，终于写完二十四页。但从整体来看，还有重写一次的必要（一想到司各特那惊人的写作速度就心烦）。最重要的是，《退潮》是一部无趣的作品。从前，我是那么喜欢重读自己前一天写的东西。

为了跟政府交涉，马塔阿法那边的代表每天都要往返于玛利尔与阿皮亚之间，听说此事后，我把他们带回家，让他们以后从我家去阿皮亚。毕竟每天都要往返十四英里太辛苦了。不过因为这件事，我现在被公认为叛乱者中的一员。寄给我的书信必须一一接受首席法官的检阅。

晚上，阅读雷南[①]的《基督教的起源》，内容非常精彩有趣。

**五月××日**

今天是邮船日，但我只寄出了十五页稿子（《退潮》）。我已经厌倦了这份工作。要继续写史蒂文森家的历史吗？还是《赫米斯顿的韦尔》？我对《退潮》实在不满意。就行文而言，语言上的修饰过多，我想要更坦诚的书写。

收税官来催缴新家的税款。去邮局取了六本《岛上夜话》。书中的插画让我大吃一惊，这个插画家一定没有见过南洋。

① 欧内斯特·雷南（1823—1892），法国哲学家、历史学家、作家。

**六月××日**

消化不良、吸烟过多，加上赚不来钱的过度疲劳，我感觉自己真的要死了。

《退潮》总算是写到了一百页。还有一个人物的性格没有准确把握住。而且，我最近连文字表达都很费力，这可真是不像话，为了写好一句话要花上半个小时。即便随意将好多个类似的句子放在一起看，也总是找不出满意的那一句。这种愚蠢的辛苦，创造不出任何东西。这只是毫无意义的蒸馏。

今天，从早晨开始一直刮西风，下雨、水花四溅、降温。我站在阳台上，忽然间，一种不同寻常的（乍一看毫无根据的）情感穿过我的身体。我打了个踉跄。随后也终于找到了原因。我意识到，自己又找到了苏格兰式的气氛和苏格兰式的精神与肉体的状态。这种完全不同于平日里萨摩亚的寒冷、潮湿、灰蒙蒙的风景，让我不知不觉地又找回了那种状态。高原上的小屋。泥炭燃烧的烟。潮湿的衣服。威士忌。那条有鳟鱼跃出水面的打着漩涡的小河。此刻，就连瓦伊特林卡河传来的水声，都让我感觉像是在高原上听到的急流声。

我是为了什么离开故乡，来到这么遥远的地方？难道就是为了带着这种揪心的思念，回忆起万里之外的故乡吗？忽然，我心中冒出一个毫无关联的奇妙疑问——至今为止，我在这片土地上留下过什么伟大功绩呢？这种想法真奇怪。我为什么又期望着知道这种事呢？过不了多久，我、英国、英语，就连我的子孙，全部都会从人们的记忆中消失。尽管如此，人们总是希望自己的形象能留在他人心里，哪怕只是一段短暂的时间。真是毫无意义的自我慰藉……

我会被这种阴郁心情搅扰，想来也是疲劳过度与创作《退潮》的痛苦所招致的结果。

**六月××日**

《退潮》陷入触礁搁浅状态，暂时放置不管，《工程师之家》的祖父一章已写完。

《退潮》会成为我最糟糕的作品吗?

我开始讨厌小说这种文学形式——至少是我笔下的小说形式。

医生来看诊，嘱咐我该稍微休养一段时间。还说让我停止写作，只做些轻松的户外运动。

## 十一

他不相信医生。医生只能止住一时的苦痛。虽然医生能找出患者肉体上的问题（与一般人的普通生理状态比较而言的异常问题），但是关于这一肉体问题与患者自身精神生活的关联，以及估算这种肉体问题在患者的人生规划中应当占据何种程度的重要性，医生全都一无所知。如果单单依据医嘱就要改变一生的计划，那将是多么应该被唾弃的物质主义、肉体万能主义啊！“不管怎样，开始你的创作吧！哪怕医生无法保证你还有一年，甚至一个月的余命，也要无所畏惧地继续工作，然后看看你在一周里取得的成果吧！值得我们赞美的有意义的劳作，不只有那些被完成的工作。”

然而，面对自己稍微疲劳过度就会立刻晕倒或咳血的状况，他也没了办法。无论他多么想无视医生的话，唯有这些症状是令人无能为力的现实（不过说来奇怪的是，除却疾病会妨碍他创作这一实际问题，他看起来并没有为自己的体弱多病感到那么不幸。即便在咳血时，他也会从自己身上找出些R.L.S式的东西，并为之感到些许满足：如果他得的是会导致脸部出现难看浮肿的肾炎，定会觉得非常讨厌吧）。

就这样，当他年纪轻轻便意识到自己的寿命短暂时，理所当然地想到了一条安逸的未来之路——以一个业余爱好者的身份活下去。放弃辛苦的创作，找一份轻松的工作（因为他的父亲相当富有），将自己所有的智慧和教养都用在鉴赏和享受上。那将是多么美好快乐的生活方式啊！事实上，即便身为鉴赏家，他也有自信不落入二流。然而，某种无法逃脱的东西带他远离了那条安逸的道路。那种东西无疑并非他自己本身。当它降临在他身上时，如同坐在秋千上被高高推向半空的孩子，他只能茫然地把自己交给那股力量。他仿佛浑身充满电流，只顾不停地写啊写啊。至于写作会让寿命缩减的担忧，早就被他不知忘到何处去了。就算努力保养身体，又能多活多久呢！就算能长命百岁，如果不是活在写作这条路上，又有什么意义呢！

如此，二十年过去了。医生曾说他活不到四十岁，他也已经又多活了三年。

史蒂文森时常想起他的表哥鲍勃。对二十岁前后的史蒂文森而言，这位年长他三岁的表兄，是在思想和兴趣上，对他有着最直接影响的老师。鲍勃是一位才华横溢、兴趣高雅、知识渊博的深不可测的才子。但他做过些什么呢？他没有任何成就。他现在在巴黎，跟二十年前一样，依然通晓万事，却毫无所成，不过一介业余爱好者。并不是说他没有闯出名声，而是说他的精神从年轻时起就再没有成长过。

二十年前将史蒂文森从业余爱好中拯救出来的戴蒙，着实值得称赞。

大概是受到童年时期最熟悉的玩具——“一便士黑白，两便士彩色”的纸戏剧（从玩具店买回来后在家组装，然后自己导演着玩，内容有《阿拉丁》《罗宾汉》《三根手指的杰克》等）的影响，史蒂文森的创作总是从他回忆起来的一个又一个情景开始。最初，脑海中浮现出一个情景，然后才会联想到跟这个情景氛围相符的故事事件、人物性格。随着十几个情景接连出现，能将这些舞台情景串联起来的故事也一齐涌进他的脑海。最后，通过将这些鲜活的场景一个接一个地依次描写出来，他的故事便愉快地诞生了。这就是被评论家说成浅薄、缺乏性格的R.L.S创作的通俗小说。除此之外，他完全没有考虑过其他的创作方法——譬如，以举例论证某个哲学观点为目标，再确定故事的整体构思，或者是为了说明某种性格而虚构事件。

在史蒂文森眼中，他在路边偶然看到的一个情景，都仿佛是在讲述一个至今没人写过的故事。一张面庞、一个动作，在他看来都同样可以成为一个未知故事的开始。如果说像《仲夏夜之梦》那样，能为那些没有姓名和归宿的事物赋予明确表达的人就是诗人——作家的话，史蒂文森毋庸置疑是一位天生的故事作家。看着一处风景，在脑海中构思出一个与之相符的事件，对史蒂文森来说，这件事从小时候起，就已然是跟食欲一样强烈的本能。每次去柯林顿外祖父家时，他总是会为那里的森林、河流和水车，创造与之相符的故事，并让《威弗利》[①]中的诸位人物——盖伊·马纳林、罗布·罗伊、安德鲁·冯萨比斯等人尽情登场表演。这位面色苍白、身体羸弱的少年的癖好，直到现在也不曾改变。更确切地说，除了这种幼稚的妄想以外，可怜的大小说家R.L.S对创作冲动一无所知。如云般涌现的妄想情景，如万花镜像般的画面狂舞，史蒂文森只是将自己的所见如实地化作文字（因此，剩下的只有技巧问题。而他对自己的写作技巧充满自信）。这就是他独一无二、快乐无比的创作方法。也谈不上是好还是坏，因为史蒂文森并不知道其他方法。

“不管别人怎么说，我都会坚持用我的方法，写好我的故事。人生短暂。人，不过就是Pulvis et Umbra[②]。干吗要为了讨牡蛎、蝙蝠们的欢心而让自己痛苦，去写那些乏味严肃，拾人牙慧的作品呢？我只为我自己而写。哪怕我连一个读者都没有，只要我自己这个最忠实的读者还在，我就要为自己写下去。就来见识见识你们亲爱的R.L.S的独断专行吧！”

事实上，作品一写完，他就会放下自己的作者身份，变身为这部作品的忠实读者。一位比任何人都充满热情的忠实读者。他会把它完全当成别人的作品，以一个不知道其情节、结局的读者

① 沃尔特·司各特创作的历史小说，在当时深受读者欢迎。

② 拉丁语，“灰尘与阴影”之意。

身份，兴致勃勃地埋头阅读。不过，唯有这次的《退潮》是强忍着也读不下去。是他的才能干涸了吗？还是肉体衰弱导致的自信减退？史蒂文森辛苦地喘着气，几乎是只依靠着惯性，有气无力地继续写着书稿。

## 十二

**一八九三年六月二十四日**

战争不远了。

昨天，拉乌佩帕国王戴着面具骑着马，不知是为了什么事，匆匆忙忙从我们家门前的路上经过。厨师说他是亲眼所见。

另外，马塔阿法每天早晨一睁开眼，必定会看到昨晚还没出现过的，新的白人的箱子（弹药箱）包围在家门外。至于那些箱子从哪里汇集于此，他自己也不清楚。

列队行进的武装士兵和酋长们之间的往来，都逐渐频繁起来。

**六月二十七日**

去城里打探消息。真是众说纷纭。听说昨天深夜时有鼓声响起，人们拿起武器赶往穆里努，最终却无事发生。眼下，阿皮亚市内还平安无事。虽然也询问过市参事官，但他只说没有新消息。

从市里走到西边的渡口，我想着去看看马塔阿法那边村子的情况，便骑上了马。一路朝着威姆斯方向而去，路边的人家里传来人们的吵嚷声，但他们并没有武装起来。穿过河，走了三百码后，又遇到一条河。河对岸的树荫下，有七个肩扛温彻斯特步枪的哨兵。当我靠近时，他们不动也不发问，只是用目光紧盯着我。我打发马喝水，向他们打招呼道“塔洛法”，便从他们把守的地方走了过去。哨兵队队长也回我道“塔洛法”。

再往前走，只见村子里挤满了武装兵。我经过了一栋中国商人居住的洋楼。洋楼门口飘扬着“中立旗”。阳台上站着很多人，有许多女人正站在那里向外张望，其中还有人拿着枪。不单是这个中国人，住在岛上的所有外国人都在拼命保护自己的财产（听说首席法官和政务长官已从穆里努跑到蒂沃利旅馆去避难了）。途中，遇到一队土著民兵扛着枪，带着弹药筒，神采奕奕地行进而来。

抵达威姆斯。村子广场上站满了全副武装的男人。会议室里也挤满了人，一位演讲者正脸朝外站在门口，大声发表着讲话。每个人的脸上都是愉悦而兴奋的神采。我去了熟识的老酋长家，他跟上一次见面时变了许多，看起来朝气蓬勃，充满活力。稍事休息后，我们一起吸了斯路易。出门准备回家时，一个脸上勾画着黑色图案，身后的腰布卷起，露出臀部刺青的男人走上前，展示起奇怪的舞蹈，他把短刀高高扔向半空，又准确无误地接回手里。真是野性又充满幻想、生气勃勃的表演。我曾见过少年做这种表演，想来定是某种战时的仪式吧。

回到家后，他们那紧张而幸福的脸庞，依然在我脑海里打转。我们身体里古老的野蛮人觉醒，如种马一般亢奋不已。但是，我必须无视这些骚乱，按兵不动。因为事到如今，做什么都无济于事。对他们那些可怜人而言，我不去插手，或许还能帮上一些忙。至于捅破脓包之后的处理工作，我们也许还能提供一点点帮助。

无力的文人啊！我压抑着自己的情绪，带着纳税一般的心情继续写书稿。脑海中不时浮现出扛着温彻斯特步枪的战士身影。战争的确是个太大的诱惑。

**六月三十日**

带着芬妮和贝尔去城里。在国际俱乐部用午餐。饭后前往玛利尔那边看了看。跟前些天不同，今天那里格外安静。街上一个人都没有。家里也没有人在，也看不到枪支。回到阿皮亚，到公安委员会去露了个面。晚餐过后，顺路去参加舞会，跳到疲惫后回家。在舞会上听闻莱托努的酋长曾说："是图西塔拉引发了这次纷争，他和他的家人理应受到惩罚。"

我必须战胜出去加入战争这种幼稚的诱惑。我的头等任务是要守护好自己的家。

阿皮亚的白人中也弥漫起恐慌情绪。比如想着战争一旦爆发，就要跑去军舰上避难。眼下，有两艘德国军舰在港。"奥兰多号"应该也快要进港了。

**七月四日**

近两三天，政府军队（土著民兵）陆续在阿皮亚集结。成群的小船满载着古铜色的战士，顺风驶入港口。船头上，一个男人正做着空翻以提振军心。战士们在船上发出威吓似的奇异的呐喊声。胡乱敲击的鼓声。调子混乱的喇叭声。

阿皮亚市内的红色手帕已经脱销。因为红色手帕做的包头巾是马列托亚（乌拉佩帕）军队的制服。脸上勾画着黑色图案、裹着红色包头巾的青年们搞得城中混乱不堪。打着欧式阳伞的少女与装扮奇异的战士一起走在街上的光景，看起来实在有趣。

**七月八日**

战争终于开始了。

晚饭后，有人来传话说，负伤者们被送到了宣教之家。我跟芬妮、劳埃德一起提着灯笼，骑马前往。夜晚的气温降了不少，但星星很多。把灯笼留在塔努加马诺诺，剩下的路只需借着星光行进。

阿皮亚市以及我自己，都处在某种奇妙的兴奋状态中。我的兴奋其实是一种忧郁而残忍的情绪，而其他人的兴奋则处于茫然，或者说愤怒的状态中。

充当临时医院的是一座长方形的空旷建筑，屋子正中央摆放着手术台，在场的十个伤员分散躺在角落里，每个人身边都有人守着。个子娇小，戴着眼镜的护士拉吉小姐，今天看起来格外可靠。德国军舰上的看护兵也来了。

医生到现在还没有来。一位伤员的身体正在逐渐变凉。那是一位体格相当健壮的萨摩亚人，肤色极黑，一副阿拉伯人似的鹫形长相。他的身边围着七个亲戚，正在帮他按摩手脚。他好像是肺部被打穿了。已经有人匆忙跑去请德国军舰上的军医了。

我也有我需要做的工作。为了收容后续会被送来的伤员，克拉克牧师他们说想借用公共礼堂，为此我跑遍城中，去把委员们叫醒（因为我最近刚刚加入公安委员会），召开了紧急委员会，确定可以提供公共礼堂（有一人反对，但最终被说服）。此外，关于筹集相关费用的提议也通过了。

半夜回到医院。医生终于来了。两位伤员已经生命垂危。其中一人腹部中枪，他的脸部扭曲着，却默不作声。其实他已经不省人事，那样子看着令人心痛。

刚才那位肺部受伤的酋长正靠在墙边，他看起来仿佛是在等待生命中最后的天使降临。家人们支撑着他的手脚，个个都沉默不语。突然，一个女人抱着将死酋长的膝盖，大声恸哭起来。哭声大约持续了五秒钟，她就再次陷入让人揪心的沉默中。

凌晨两点过后回到家。综合城里的各种流言来看，战况似乎对马塔阿法不利。

**七月九日**

战争的结果终于明朗。

昨天，拉乌佩帕的军队从阿皮亚出发向西进攻，正午时分，遭遇马塔阿法的军队。然而滑稽的是，起初他们非但没有交战，反而还相拥一团，对饮起卡瓦酒，开始了热闹的联欢。随后，某个人无意间突然打响的一发假炮，立刻让联欢转变为混战，最终演变成真正的战争。到傍晚时，马塔阿法军队撤退，据守在玛利尔外围的石墙一带，打了一夜防御战，但是到今天早晨，他们终于还是被击败了。听说马塔阿法烧毁村庄后，乘船逃亡到萨瓦伊岛了。

长期以来，马塔阿法都是岛民们的精神领袖，面对他的没落，我不知该说些什么。如果是一年前，他本可以轻松肃清拉乌佩帕和白人政府。我那些棕色皮肤的朋友，想必大多都要跟马塔阿法一起受罪了。我为他们做过什么？今后又能做些什么呢？我就是个该遭蔑视的墙头草！

午饭过后去城里。到医院时，乌尔（那位肺部受伤的酋长的名字）竟然不可思议地还活着。那个腹部受伤的男人已经死了。

斩获的十一颗头颅被带回了穆里努。令土著们惊恐不已的是，其中竟然有一颗少女的头颅。而且，她还是萨瓦伊岛上某个村子里的塔乌波乌（村里最美的姑娘）。在以南洋骑士自居的萨摩亚人中，这是不可饶恕的暴行。因此，听说只有这个少女的头颅被用最高级的丝绸包裹着，连同一封言辞恳切的道歉信一起，被立刻送回了玛利尔。这位少女一定是在给父亲运送弹药时中枪的。她留着男人式的短发，大概是剪下自己的长发为父亲做了头盔上的饰毛，有人说她是被误当成男人才被割下头颅的。不过，她被上天赐予的这种死法，跟她的美是多么不相称啊！

只有马塔阿法的侄子雷乌佩佩的头颅和身躯都被运了回来。拉乌佩帕在穆里努的大街上，检阅了他的尸体，并向自己的部下们发表了感谢演说。

再次去医院时，护士和看护兵一个都没在，我只看到了伤员家属的身影。伤员和陪床的家人都枕着木枕在睡午觉。其中有一位患了轻伤的美少年，他身边有两个少女做陪护，她们俩一左一右地横躺在少年身边，跟他枕着一个枕头。而在另一处角落里，躺着一位没人陪床的伤员，他的脸上一副被人抛弃后毅然决然的神情。尽管跟那位美少年相比，他的神态要高雅庄严得多，但他的容貌并不算美。面部构造上的微小差别，竟然能带来这么大的差异！

**七月十日**

今天累到动不了。

听说又有更多头颅被带回穆里努。想要禁止猎头风俗并不是件容易的事。“除此之外，还有什么方法能证明自己的勇敢？”“大卫打败歌利亚[①]，不是也把巨人的头颅带回家了吗？”他们会如此反驳。不过，唯有这次砍下少女头颅的事，让他们感到非常羞愧。

马塔阿法已被安全迎接到萨瓦伊岛上的传闻，和他被拒绝登上萨瓦伊岛的传闻同时出现。到底哪个是真的，还无法辨别。如果他真的已经被迎接到萨瓦伊岛上，恐怕还会有更大规模的战争爆发吧。

**七月十二日**

仍无确切报道，只有流言频出。据说拉乌佩帕的军队已向马诺诺岛进发。

**七月十三日**

马塔阿法被萨瓦伊岛驱逐，又回到了马诺诺岛。这次是可靠消息。

**七月十七日**

拜访了最近刚停泊在港口的“卡图巴号”的舰长比克福德。

---

① 歌利亚，传说中的著名巨人之一。

他收到镇压马塔阿法的命令，明早拂晓时分，就要起航前往马诺诺岛。我请求舰长能够尽可能地善待他。

然而，马塔阿法会厚着脸皮投降吗？他的部下们会甘愿解除武装吗？

我找不到能往马诺诺岛寄去一封鼓励信的办法。

## 十三

面对德、英、美三国，败军马塔阿法显然是大势已去。火速赶到马诺诺岛的比克福德舰长，催促他在三个小时内投降。最终，马塔阿法投降，同一时间，追击而来的拉乌佩帕军队，将马诺诺岛烧毁并掠夺一空。马塔阿法被剥夺称号，流放到遥远的贾卢伊特岛，他手下的十三位酋长也分别被流放到其他岛上。叛乱一方的所有村庄被处罚款六千六百英镑。二十七位大小酋长被关进穆里努监狱。这就是此次战争的最终结果。

史蒂文森积极地四处奔走也毫无成效。流放者不允许带家属，而且其中几人还被禁止通信。能去拜访他们的只有牧师。史蒂文森想把给马塔阿法的书信和礼物托付给天主教的教徒转交，但遭到了拒绝。马塔阿法被切断了与所有亲友和熟悉土地的联系，只能在那个北方的低矮珊瑚岛上，喝着咸水度日（拥有丰富的高山溪流资源的萨摩亚人最不喜欢喝含盐分的水）。

马塔阿法到底犯了什么罪？他的“罪名”不过是遵从了萨摩亚自古以来的习俗，谢绝了本该属于他的王位，耐心地等待了太久。正因如此，他才会被敌人钻了空子，被拉入争斗，被冠以

“叛乱者”的称号。直到最后一刻都在向阿皮亚政府老实地缴纳税金的人是他。采纳少数白人提出的禁止猎头的主张，并第一个要求部下严格执行的人也是他。他是包括白人在内的所有萨摩亚居民中，最不会说谎的人（史蒂文森坚信）。但是，史蒂文森却无法为挽救这个不幸的男人做出一丁点儿贡献。马塔阿法曾经那样信任他。被禁止通信的马塔阿法，恐怕正对史蒂文森很是失望吧，他会认为史蒂文森只会说些热情的漂亮话，到头来不过是个不会给予自己真正帮助的白人（一个并不独特的白人）。

阵亡者家中的女人们来到自己亲属战死的地方，在那里铺上花席子。当看到有蝴蝶或其他昆虫被花席子吸引，并停留下来时，她们会先把其赶走，如果再来，就再次赶走。当它们第三次回到花席子上停留下来时，就会被当作在那里战死的亲人的灵魂。女人们会小心翼翼地抓住那些虫子，带回家里供奉。这种悲伤的场景随处可见。与此同时，有传言说那些被关进监狱的酋长，每天都要遭受笞刑。耳闻目睹着这些事的史蒂文森，责备自己是个毫无用处的文人。他又开始写许久没有给《泰晤士报》写过的公开信。

除了肉体上的衰弱与创作上的不顺，眼下，一种对自己、对世界的难以言状的愤怒，每一天都在折磨着史蒂文森。

## 十四

**一八九三年十一月×日**

快要下雨的恼人清晨，巨大的云团。海面上是同样巨大的蓝灰色云影。已是早上七点，但房间里依然开着灯。

贝尔需要服用奎宁，劳埃德吃坏了肚子，我则雅致地有一点点咳血。

真是个令人不快的早晨。错综复杂的悲惨情绪包围着我。存在于事物内部的悲剧正在发挥作用，逐渐将我封锁进难以获救的黑暗之中。

生活不是只有啤酒和九柱戏[①]。但是到头来，我还是相信事物存在有其终极的合理性。就算我会在某一天早晨醒来时坠入地狱，我的这一信念也不会改变。不过尽管如此，活着依然艰辛。我承认我在自己的活法上所犯的错，在结果面前，我只能悲惨而严肃地顿首……我只能接受一切，正所谓Il faut cultiver son jardin[②]。可怜人类智慧的终极表现便在于此。重新回到我那毫无进展的创作工作中。我再次捡起《赫米斯顿的韦尔》，可还是感觉很难继续下去。《圣·艾夫斯》也在缓慢进行中。

我知道脑力工作者都会经历一个转换期，因此我对现状并不感到绝望。只是，我在文学创作上遇到了障碍也是事实。我对《圣·艾夫斯》也没有信心。庸俗的小说。

为什么年轻时没有选择一种踏实平凡的职业呢？我现在忽然这样想。如果选择了那样的职业，遇到眼下这种低谷期，我也会靠自己的力量顺利渡过难关吧。

我的技巧抛弃了我，我的灵感也抛弃了我，就连我经过长时

---

① 现代保龄球运动的前身，主要流行于欧洲。

② 法语，意为“每个人都要耕种好自己的花园”。出自伏尔泰创作的短篇小说《老实人》。

间英雄般的努力所掌握的创作风格，好像也消失了。失去自己风格的作家是悲惨的。因为我必须靠一点一点的意志，去调动至今为止在无意识状态下运动的平滑肌。

对了，听说《救援船》的销量相当不错。对《卡特丽娜》（《大卫·巴尔弗》的改名）的评价不高，《救援船》竟然会畅销，这可真是一种讽刺。总之还是别太绝望，等待灵感的二次降临吧。今后，我不可能再次回到身体健康，头脑思路也变灵活的状态，但是，从思维方式上来看，文学这东西或多或少就是一种病态分泌。按照爱默生[①]的说法，人的智慧是根据其所怀希望的有无多少来计算的。所以，我也不能丢掉希望啊。

可是，我无论如何都不觉得身为艺术家的自己有多了不起。我自身的极限太过明显。我只当自己是个老派匠人。那也就是说，我现在的技术水平下降了？如今，我成了毫无用处的累赘。原因有二：其一，这二十年来积攒的辛劳与疾病；其二，能从牛奶中挤出的奶油已经被彻底挤尽了……

喧闹的雨声自森林方向靠近。转瞬间，猛烈的雨击屋顶声响起。湿润大地的味道。这种清爽的气息给人置身高原的感觉。窗外，暴雨就像是无数根水晶棒，在万物之上砸出激烈的水花。风，风带来了令人愉悦的凉意。雨很快就过去了，但它下在附近区域的声音，听起来依旧激烈。一滴雨水穿过竹帘，溅到我脸上。屋檐上流下的雨水，如同小河似的从窗前落下。真痛快！我

---

① 拉尔夫·沃尔多·爱默生（1803—1882），美国思想家、文学家、诗人。他是确立美国文化精神的代表人物。

心里的某种感觉仿佛被触动了。是什么呢？我说不清。沼泽地中雨水的古老记忆？

我走到阳台上，听着雨声，感觉很想说些什么。说什么呢？说些像这雨一样激烈的东西，我性格里没有的东西。比如世界是一个谬误之类的。为什么是谬误？我想得可没那么细致。因为我写不好小说，也因为有大大小小太多无聊烦心的事灌进耳朵。不过，在这些烦人的负担之中，没有比要不停挣钱这一永恒的负担更沉重的了。真希望能找到一个可以舒舒服服地躺着，两年都不用写作的地方！就算那地方是疯人院，我会选择不去吗？

**十一月××日**

因为腹泻，我的生日聚会被推迟了一周，改为今天举办。十五头蒸乳猪、一百磅牛肉、一百磅猪肉、水果，还有柠檬水的味道、咖啡的香气，以及波尔多红酒。楼上楼下到处是花、花、花。我们还临时设置了能拴六十匹马的场地。大概会来一百五十位客人吧？下午三点左右来，七点走。就像海啸来袭一样。大酋长塞乌马努将自己的一个称号赠送给我。

**十一月××日**

前往阿皮亚，在街上雇了一辆马车，和芬妮、贝尔、劳埃德一起光明正大地乘车进入监狱。此行是为了给关押中的马塔阿法的部下们送去卡瓦酒、香烟等礼物。

在镀金铁栏杆的包围下，我们跟我们的政治犯，以及监狱长乌尔姆布兰特一起喝了卡瓦酒。其中一位酋长在喝卡瓦酒时，先伸直了胳膊，将杯中的酒缓缓倒在地上，用祈祷时的语调说道：“请上帝也来加入我们吧。这是一场多么美好的宴席啊！”但我们送去的只是一种名叫斯匹特·阿瓦（卡瓦酒）的劣等酒。

最近，用人们都有点怠惰（虽说如此，但跟一般的萨摩亚人相比，他们绝对算不上怠惰。有个白人就曾说：“萨摩亚人通常只走不跑，只有维利马人是例外。”这话让我觉得很自豪），我便让塔罗罗帮忙翻译，训了他们一顿。还宣布最懒的人薪水要减半，谁知那个人只是老实地点点头，害羞地笑了笑。刚来这里的那段时间，我要是把用人的薪水减掉六先令，那个人就会立马停止工作。但是现在，他们似乎把我当成了他们的酋长。被减薪的是一位叫提亚的老人，他是个做萨摩亚菜（给用人们）的厨师，但却拥有一种堪称完美的出众气质。那是过去名震南洋的萨摩亚战士所拥有的典型体格和容貌。但是，谁能想到他其实是个软硬不吃的投机者！

**十二月×日**

万里无云，热得要命。受监狱中酋长们的邀请，午后，顶着烈日灼晒，骑乘四英里半，去狱中赴宴。这算是前几天那次探监的回礼吗？他们摘下自己的乌拉（用许多深红色种子穿成的项链），戴到我脖子上，称呼我是“他们唯一的朋友”。对身处监狱中的人而言，这是场相当自由丰盛的宴会。他们将十三枚花席子、三十把蒲扇、五头猪、成堆的鱼，还有比鱼更多的芋头送给我当礼物。我谢绝称东西太多拿不了，他们则说：“不行，请务必带上这些东西，从拉乌佩帕国王的家门前经过。国王一定会嫉妒你。”我脖子上的乌拉，似乎也是从前拉乌佩帕想要的东西。气一气国王是这些犯人酋长的目的之一。我将成堆的礼物放上车，戴着红色的项链，跨上马，像马戏团游行一般，在阿皮亚街头人们的惊叹声中，悠然自得地往家走去。我确实打国王家门前经过了，只是不知道他到底有没有心生嫉妒。

**十二月×日**

进展不顺的《退潮》终于写完了。它算是一部劣作吗？

最近，一直在读蒙田[①]的第二卷。二十岁之前，我曾为了学习创作风格读过这本书，真是一部惊世之作。那个时候，我从这本书中能读懂些什么呢？

读过如此伟大的作品之后，其他作家看起来便成了小孩，让人没有了读他们作品的欲望。这是事实。不过尽管如此，我还是不会质疑小说是所有书籍中最好（或者说最强）的一种。能够附身于读者，夺走其灵魂，化身其血肉，被完全吸收的书籍作品只有小说。而其他书籍中，总会残留一些燃烧不尽的东西。我现在在低谷中挣扎是一回事，而我在小说创作这条路上感受到的无比自豪感则是另一回事。

因在土著与白人中丧失威信，以及接连发生纷争，政务长官冯·皮尔扎赫终于引咎辞职。法院院长应该也会在近期辞职。眼

---

① 米歇尔·德·蒙田（1533—1592），文艺复兴时期法国思想家、作家。他所著的三卷《随笔集》名列世界文学经典。

下，他的法院已经关门，但他的口袋还为了接收薪水而敞开着。他的继任者已内定为伊达先生。总之，在新政务长官到任之前，萨摩亚还是和从前一样，实施由英、美、德三国领事掌权的三头政治体制。

阿纳地区有即将发生暴动的趋势。

## 十五

自从马塔阿法被流放之后，土著们的暴动从未停止过。

一八九三年年末，前萨摩亚国王塔马塞塞的遗孤，率领图普阿一族举兵起义。小塔马塞塞宣称要将国王和所有白人驱逐出岛（或歼灭），结果却遭到拉乌佩帕国王麾下的萨瓦伊军队攻击，最终在阿纳溃败。

作为对叛军的处罚，图普阿一族仅仅被没收了五十挺枪，征收了未付的税款，并被要求修建二十英里公路。与之相比，之前对马塔阿法的严惩就太不公平了。因为父亲塔马塞塞曾是德国人拥立的傀儡，所以小塔马塞塞得到了部分德国人的支持。史蒂文森又尝试向各方提出了无用的抗议。他提出的当然不是给予小塔马塞塞严惩，而是请求为马塔阿法减刑。如今，只要史蒂文森一说出马塔阿法的名字，人们就已然要笑出声了。但他是当真生了气，向本国的报纸和杂志，一次又一次地控诉着在萨摩亚发生的不公之事。

在这次骚乱中，猎头行为依然盛行。“猎头反对论”的支持者史蒂文森，立即提出了处罚猎头者的要求。在骚乱即将开始之前，新任首席法官伊达已经在议会上颁布了猎头禁止令，因此，史蒂文森的要求也是理所应当的。但是，处罚并没有被执行。史蒂文森非常愤怒。岛上的宗教人士对猎头行为意外地漠不关心，也令他气愤不已。目前，萨瓦伊族依然固守猎头习俗，不过图阿马桑加族以割耳朵替代了割头。马塔阿法的部下则跟他当年一样，大体上杜绝了猎头行为。史蒂文森认为，只要努力定能消灭这种恶习。

吸取了赛达尔·克兰茨弊政的教训，如今这位首席法官正在逐步恢复政府在白人与土著居民中的信誉。然而，小规模的暴动、土著之间的纷争，以及针对白人的恐吓，在一八九四年这一整年中，始终没有停止过。

## 十六

**一八九四年二月×日**

昨晚，我照例在家附近的小屋中独自工作时，拉斐尔提着灯笼，给我带来了芬妮写的字条。字条上写道："咱们家的森林里好像聚集了很多暴民，赶快回来。"我光着脚，带着手枪，跟拉斐尔一起往家走去。途中遇到来找我的芬妮，我们一起回到家，度过了可怕的一夜。

整个晚上，一直能听到从塔努加马诺诺方向传来的击鼓声和呐喊声。在那遥远的山下街道中，他们仿佛是在月光（月亮出来得很晚）下上演着发疯的戏码。我们家的森林里好像真的藏着土著，但他们却意外地安静。这么静悄悄的反倒让人害怕。月亮出来之前，停泊在港口里的德国军舰开启了探照灯，巨大的苍白光柱在黑暗的天空中盘旋，看起来非常美。我上床准备睡时，颈部的风湿痛又犯了，搞得我怎么也睡不着。等到第九次快要睡着的时候，又听到从男佣的房间那边传来古怪的呻吟声。我按着脖子，拿好手枪，往男佣的房间走去。原来他们都还没睡，正在打扑克牌赌博。刚才的夸张叫声是笨蛋密西弗罗输牌时发出的。

今早八点，伴随着击鼓声，一队像是巡逻兵的土著，从我家左手边的森林里冒出来。随后，右手边绵延向瓦埃尔山的森林里，也走出来几个兵。他们两队人马合二为一，一起走进我们家，看起来至多有五十人。我拿出饼干和卡瓦酒招待他们，吃饱喝足后，这些兵又老老实实地向阿皮亚市方向行进而去。

多么愚蠢的威吓。不过，领事们昨晚怕是一夜没睡吧。

前几天去城里时，一位不认识的土著给了我一个用蓝色信封装着的正式书信。那是一封恐吓信，说白人不应该跟国王的人扯上关系，也不应该接受他们的赠礼……他们是觉得我背叛了马塔阿法吗?

**三月×日**

在写《圣·艾夫斯》期间，我六个月前想要的参考书终于送到了。没想到一八一四年的囚犯们居然穿着这么奇怪的囚服，一周还会刮两次胡子！看来我需要全部重写了。

收到梅瑞狄斯[①]先生寄来的一封言辞诚恳的信。这让我感到非常荣幸。他的著作《包尚的事业》，至今仍是我在南太平洋上最爱读的书之一。

每天，除了为少年奥斯汀上历史课之外，最近还会在星期日去学校当老师。起初是因为受人所托，又觉得有趣才去的，现在要靠糖果和奖赏才能吸引孩子们来上课，也不知道这份工作能持续到什么时候。

查托与温都斯书局来信说，想按照巴克斯特和柯文拟订的方案，出一套我的作品全集。这套书将采用跟司各特四十八卷版《威弗利小说集》相同的红色装帧，一共二十卷，发行一千部限定版，使用添加了我名字首字母水印的特殊纸张印刷。我已成为生前就能出版如此豪华作品集的作家了吗？对此我虽抱有疑问，但朋友们的好意着实令人感激。不过，我浏览了一下目录，唯有那几篇年轻时令人汗颜的随笔，无论如何我都要让他们删掉。

我如今的人气（？）能持续到何时，我不知道。时至今日，我依旧无法相信大众。他们的批评是明智还是愚蠢呢？能从混沌之中挑选出《伊利亚特》[②]和《埃涅阿斯纪》[③]并让其留存至今，对此我不得不说他们是明智的。但是现实中的他们，即便是出于情面，能称得上是明智吗？老实说，我不相信他们。但是这么一

① 乔治·梅瑞狄斯（1828—1909），英国维多利亚时代的小说家、诗人。
② 相传是由盲诗人荷马创作的史诗，讲述了希腊人远征特洛伊城的故事。
③ 作者维吉尔，内容取材自古罗马神话传说，这部作品被称为“罗马的荷马史诗”。

来，我到底是在为谁写作呢？说到底，我还是在为他们而写，为了能让他们读我的小说而写。如果说我是为了他们之中少数的优秀之人而写，那自然是谎言。如果我的作品只能得到少数评论家的赞赏，却不被大众认可的话，那我显然是不幸的。我轻视他们，却又要完全依靠他们。这是不是有点像任性的儿子和他无知却宽容的父亲呢？

罗伯特·费格森。罗伯特·巴安兹。罗伯特·路易斯·史蒂文森。费格森预言了必将到来的伟大事物，巴安兹则让这一伟大事物成为现实，而我不过是在步前人后尘。在苏格兰的这三位罗伯特之中，除了伟大的巴安兹，费格森和我实在太过相似。在青年时代的某段时期里，我曾沉迷于费格森的诗（以及维庸的诗）。他和我出生在同一座城市，我们同样体弱多病，同样在糟蹋自己，同样被人厌恶、内心痛苦，最终，死在疯人院里（只有这点我跟他不同）。如今，他那些优美的诗作几乎已被人遗忘，但才能远逊于他的R.L.S却苟活至今，甚至还要出版一套豪华的作品全集。这种对比让我感到痛心。

**五月×日**

早晨，胃痛难忍，服用了鸦片酊[①]。由此感觉喉咙干渴，且频繁出现手脚麻痹感，身体的部分机能错乱，以及全身行动迟缓。

---

① 鸦片酊：鸦片也作“阿片”，由罂粟果内的乳汁经干燥而成，主要成分是吗啡，常用制剂为阿片酊。它具有一定的镇痛、止咳的作用，是一种处方药。

最近，阿皮亚的御用周刊对我展开大肆攻击，而且用词非常粗鄙。事实上，近来我应该早已不是政府的敌人了，因为我跟新任长官斯密特先生，还有新任首席法官相处得特别融洽，唆使报纸来攻击我的一定是那群领事。因为我曾屡次批评他们的越权行为。今天的报道实在卑劣。最开始看到这种报道时，我感觉很生气，但最近我反倒觉得这是一种光荣。

“看哪，这就是我的地位。我不过是个住在森林里的普通人，可他们却非要把我当作眼中钉！他们越是每周反复宣扬我没有势力，就越是说明我的势力不可小觑。”

攻击不只来自城里，也来自遥远的大洋彼岸。就算身处如此偏僻的岛上，我依旧能听到评论家们的声音。喜欢说长道短的人可真是多！更让人受不了的是，不管是赞扬的人还是贬斥的人，都立足于误解之上。且不论褒贬，能完全理解我作品的人只有亨利·詹姆斯（不过他是位小说家，不是评论家）。当优秀的个人置身于某种气氛中时，会产生连自己都想象不到的集体性偏见，而一旦像我现在这样，远离那些疯狂的群体之后，问题就变得容易理解得多。在这里生活给我带来的好处之一便是，让我学会使用客观视角，从外部来审视欧洲文明。格斯似乎也曾说过：“只有查令十字[1]周围三英里以内的地方适合文学生长。萨摩亚或许是个对健康有益的地方，但似乎并不是个适合搞创作的地方。”这话或许适用于某种文学形式。但这是多么狭隘的文学观啊！

---

① 位于伦敦西敏市的一个交汇路口，是伦敦的传统中心点。

将今天邮船送来的杂志上的评论浏览了一遍，其中谴责我作品的人，大体上分为两种。一种是以性格小说、心理小说至上的人，另一种是喜欢极端性写实的人。

有些作品喜欢自夸为性格或心理小说，但我只觉得那种小说过于啰唆。为什么要写如此复杂的性格、心理说明给读者看呢？性格和心理活动，难道不应该只通过描写其外在行动来表现吗？至少一位懂得节制的作家应该做到这一点。吃水浅的船爱晃。冰山也是，藏在水下的部分要远比露在水面之上的大。让我写那种一眼能望到舞台后台，或是像没拆除脚手架的建筑一般的作品，我绝对不会答应。越是精巧的机械，外观看起来不是越简单吗？

与此同时，我听说左拉[1]先生烦琐的写实主义正风靡西欧文坛。说是将目之所及的事物事无巨细地列出来，如此一来，就能呈现出自然的真实状态。如此浅见，真该被嘲笑。文学即选择。作家的眼睛，就是做选择的眼睛。说什么必须描写现实？谁又能捕捉到一切现实呢？现实是皮革，作品是皮靴。虽然皮靴由皮革制成，但它又不仅仅是皮革。

我曾思考过“无情节小说”这种不可思议的东西，但始终没能弄明白。由于离开文坛实在太久，我是不是已经无法理解年轻人的语言了呢？在我看来，作品的“情节”或“故事”就像脊椎动物的脊椎一样。蔑视“小说中的事件”，难道不是小孩子硬要装成大人时表现出的一种拟态吗？让我们来比较比较《克拉丽

---

① 爱弥尔·左拉（1840—1902），法国作家，自然主义文学流派创始人与领袖。代表作有《萌芽》《娜娜》等。

莎》[1]和《鲁滨逊漂流记》吧。“这两部作品啊，前者是艺术品，后者不就是通俗、幼稚的儿童故事吗？”想必人人都会这么说。没错，这的确是事实。我也完全赞同这种看法。只是，说出这种话的人，到底有没有完整阅读过哪怕一遍《克拉丽莎》呢？他又是否把《鲁滨逊漂流记》读过五遍以上呢？我只是对此抱有疑问。

这是个非常复杂的问题。我能断言的只是，完美兼具真实性与趣味性的作品，才是真正的叙事诗。去听听莫扎特的音乐吧！

如果提到《鲁滨逊漂流记》，我的《金银岛》自然也存在问题。暂且不论那部作品的价值，让我感到意外的是，大多数人都不相信我在那部作品中倾注了全部精力。写《金银岛》时的认真劲儿，可是跟我后来写《绑架》和《巴伦特雷的少爷》时的一样。奇怪的是，在写那部作品的过程中，我好像完全忘记了它是写给少年看的读物。直到现在，我也并不讨厌我那被当作少年读物的第一部长篇小说。我就是个孩子——世人无法理解这一事实。不过，认可了我心中这个孩子的人们，如今又无法理解我同时是个大人的事实。

说到成人和孩子，还有一事，是关于英国的烂小说和法国的好小说。（法国人的小说怎么就写得那么好呢？）《包法利夫人》是一部毋庸置疑的杰作。《雾都孤儿》却是一部多么孩子气的家庭小说啊！不过我觉得，跟写大人小说的福楼拜相比，写小孩子故事的狄更斯其实更成熟吧？但是这种想法存在危险。这种意义上的成熟大人，最后会不会什么都写不出来呢？威廉·莎士

---

① 英国小说家塞缪尔·理查逊创作的书信体小说。

比亚长大之后变成了查塔姆伯爵[①]，而查塔姆伯爵长大之后，却变成了无名的市井小卒（？）。

人们使用相同的语言，各自随心所欲地指出不同的事；人们又用各不相同的语言，一本正经地去表达相同的事，所有人都在不知厌倦地重复着争论。一旦离开文明社会，就越发能看明白这件事的愚蠢。对于我这个身处尚未受到心理学和认识论影响的偏远小岛上的图西塔拉而言，现实主义也好，浪漫主义也好，归根结底不过是写作技巧上的问题。它们之间的差别只是能否吸引读者以及吸引方法的不同而已。能让读者接受的就是现实主义，而能让读者着迷的便是浪漫主义。

**七月×日**

上个月患上的重感冒终于痊愈，这两三天，我连续去停在港口内的“库拉索号”上玩。今天早晨，早早地赶到城里，政务长官埃米尔·斯密特邀请我跟劳埃德去他那里共进早餐。随后我们一起去了“库拉索号”，在舰上用的午餐。晚上在芬克博士家参加了啤酒聚会。劳埃德早早就回家了，我则打算独自在旅馆留宿，便继续聊到很晚。而就在回旅馆的路上，我经历了一段非常奇妙的遭遇。我感觉非常有趣，暂且把它记下来吧。

看来是喝完啤酒后喝的勃艮第葡萄酒后劲儿太足，当我离开

---

① 指老威廉·皮特（1708—1778），英国辉格党政治家、首相。七年战争（1756—1763）中英国的实际领导人。

芬克家时，已是酩酊大醉。我朝着旅馆方向走去，刚走四五十步时，我好歹还能告诫自己："你可喝多了，必须小心点。"可不知不觉间，我的警惕性开始松懈，之后发生过什么事，就全都不知道了。

等我回过神时，发现自己正躺在散发着霉味的黑暗地面上。混杂了泥土味的热风吹到我脸上。就在这时，一个火球似的东西——"这里是阿皮亚，可不是爱丁堡啊"的念头——从远处逐渐靠近，它变得越来越大，最后啪地扑向我那隐约开始清醒的意识。（之后想来不可思议，我躺在地上时，感觉自己好像一直置身于爱丁堡）。这个念头一闪而过之后，我一下子就清醒了过来，但没过多久，意识便再次陷入模糊状态。在模糊的意识中，我的眼前浮现出奇妙的光景。我走在路上，突然感到一阵腹痛，便匆匆跑进路旁的一栋高大建筑里，想借用一下厕所。就在这时，一个正在打扫院子的老门卫厉声问道："你要干什么？"

"那个，我想借用下洗手间。"

"哦，这样的话，那请便吧。"老人答道，随后他再次用警惕的目光看了看我，才又开始挥动扫帚。

"这人真讨厌，什么叫'这样的话，那请便吧'呀。"

我忽然想起在很久以前，我曾在哪里——不是爱丁堡，大概是加利福尼亚的某座城市里——经历过这样的事。在我所躺地方的前面，立着一道高而黑的围墙。深夜里的阿皮亚街上，一片漆黑，往前二十码左右，这道高墙便断开了，而从墙后边似乎照过来一道昏黄的光。我摇摇晃晃地站起身，捡起掉在一旁的遮阳帽，沿着散发出难闻霉味的围墙——唤起我过去奇怪回忆的可能就是这种气味，向着光照射出来的地方走去。

很快就到了围墙断开的地方，我向后边望去，只见很远的地方亮着一盏路灯，那灯光小极了，像用望远镜看到的一般，显得非常清晰。那里有一条略宽的街道，在街道的一侧，又出现了跟这里一样的围墙，自墙头上探出来的树冠，被下方的路灯笼上淡淡的光，正在风中簌簌作响。不知怎的，我觉得只要沿着那条路走上一小段再向左拐，就能回到我在赫里欧大街的家（我少年时期在爱丁堡的家）。我似乎再一次忘了这里是阿皮亚，以为自己正身处故乡的街道上。

朝着光的方向又走了一阵儿，我忽然清醒了，这次我是真的清醒了过来。没错，是阿皮亚，这里是阿皮亚。我这才注意到街道上被暗淡灯光照亮的白色尘埃，以及自己鞋子上的污渍。这里是阿皮亚市，我现在正从芬克家往旅馆走去——直到这时候，我才终于完全恢复了意识。

我感觉自己大脑组织的某个地方出现了裂缝，这绝不单纯是喝醉后摔倒。

或许，想把这次奇怪的经历详细记录下来这件事本身，已然说明我有些病态。

**八月×日**

被医生下了执笔禁令。虽然我不可能完全不写，不过近来我每天早晨会在地里干两三个小时的农活。这似乎是份挺不错的营生。如果种植可可豆一天就能赚十英镑的话，文学就让别人去搞也无妨。

我们家地里栽种的东西有卷心菜、番茄、芦笋、豌豆、橙子、菠萝、西洋醋栗、苤蓝和芦荟等。

我觉得《圣·艾夫斯》写得不算差，但进展并不顺利。最近在读奥卢姆写的印度斯坦史，非常有意思。作品采用了忠实的非抒情性记述手法，很有十八世纪的风格。

两三天前，停泊在港口的军舰突然收到出动命令，要沿岸巡航，并炮击阿图阿的叛民。前天中午，从罗图阿努传来的炮声把我们吓得不轻。今天也能听到远处响起的隆隆炮声。

**八月×日**

瓦伊莱莱农场正在举办一场郊外骑马比赛。我的身体状况还不错，决定参赛。骑行了十四英里多，畅快至极。这是野蛮本能的释放，是对昔日快乐的再现。我感觉自己仿佛回到了十七岁。“活着，就是能感受到欲望，”在草原上疾驰时，我在马背上意气风发地如此想道，“就是能从所有事物中，感受到青春期时从女性身体上感受到的那种健康的诱惑。”

然而，跟白天时的快乐相反，入夜后的疲惫感与肉体上的痛苦实在是折磨人。久违的愉快一日过后，这种身体上的反抗让我的心情彻底沉重起来。

过去，我从未对自己做过的事后悔过。我只是常常对自己没有做的事感到后悔。没有选择的职业，没敢付诸实践的冒险（而且确实有行动的机会）。一想到那些我没能尝试过的经历，充满欲望的我就会倍感焦躁。但是最近，我针对某种行为的单纯欲望已经渐渐消失。像今天白天那样尽兴的快乐，我想恐怕再也没有机会体验了吧。晚上回到卧室后，因为太过疲劳，我像哮喘发作似的不停地剧烈咳嗽，关节也一跳一跳地跟着疼。因此，尽管我很不情愿，但也不得不这样想——

我是不是活得太久了？从前，我也曾一度想到过死。那是追随芬妮前往加利福尼亚的时候，在极度贫穷与衰弱中，我跟朋友和家人的联系也完全中断，待在旧金山贫民窟的出租房里呻吟时，我数次想过去死。但是那时候，我还没有写出过一部堪称我的纪念碑的作品。在还没有写出它之前，我是无论如何都不想死的。否则，也会辜负了那些一直鼓励支持我的珍贵的朋友（比起亲人，那时我先想到了朋友们）。正因如此，我在那一段连饭都吃不饱的日子里，咬紧牙关，写出了《沙丘上的凉亭》。

那么现在呢？我已经完成了力所能及的全部工作了吧？且不论那些作品能否优秀到足以成为我的纪念碑，总之我已经把自己能写的东西都写尽了吧？在这没完没了的咳嗽、哮喘、关节痛、咳血与疲劳的折磨下，我那里还有强行延长生命的理由。自从疾病断绝了我对行为的渴求，对我而言，人生便只剩文学。我能做的唯有文学创作。这不算快乐，也并不痛苦，仅此而已。因此我的生活不算幸福，也并非不幸。我就是一只蚕。正如无论幸福还是不幸，蚕都必须织茧一样，我不过是在用语言的丝，织出故事的茧。如今，我这只可怜多病的蚕，终于织好了茧。我的生存已经没有任何目标了吧？“不，还有。”一位朋友如是说，“你还要蜕变。变成蛾子，咬破茧，飞出去。”这可真是个漂亮的比喻。但问题是，我的精神和肉体中，是否还残留着足以咬破茧的力气呢？

## 十七

**一八九四年九月×日**

昨天，厨师塔罗罗对我说：“我岳父明天想和其他酋长一起来看您，说有事找您商量。”

他的岳父老坡耶是马塔阿法一方的政治犯，也是邀请我们到监狱里参加卡瓦酒宴席的酋长之一。上个月底，他们终于被释放。坡耶在入狱期间，受到了我的诸多关照。我帮他请医生到狱中看诊，还帮他办理了保外就医的手续，再次入狱时，我还帮他缴了保释金。

今早，坡耶和另外八位酋长一起来了。他们走进吸烟室，按照萨摩亚的习俗，蹲坐成一个圈。随后，他们中的代表开始讲话：

“在入狱期间，图西塔拉对我们表达了深厚同情。现在，我们终于被无条件释放。出狱后，我们大家马上商量了一下，觉得无论如何都要对图西塔拉的厚谊表示感谢。因为有些酋长以帮政府修路为条件，比我们提前出狱，现在他们中有不少人还在参与施工。所以我们大家一致决定，也要为图西塔拉家修一条路，以作为我们诚挚的赠礼。希望您务必收下这份礼物。”

他们是想在政府公路和我家之间，修一条连接的道路。

只要是熟悉当地土著的人，我想都不会相信这番话，不过总而言之，他们的提议让我非常感动。说实话，如果真要修路，我自己也必定要在工具、餐费和工钱（就算他们不愿接受，最终也要以慰问老人、病弱者的形式送出去）上破费不少。

然而，他们还在继续向我说明这个计划。接下来，他们几位酋长会先返回各自部落，从自己的族人中召集工人。部分青年人可以带着小船来阿皮亚市住，他们会通过海岸公路，负责为修路的工人们运送食物。只有工具需要由维利马帮忙提供，但他们绝不会带走这些工具，等等。这可真是令人震惊的非萨摩亚式勤快。如果这个计划真能被实施的话，恐怕将成为这座岛上前所未闻的大事件吧。

我向他们表达了真挚的感谢。我恰好坐在他们代表（我对这个男人并不熟悉）的正对面，初次打招呼时，他的表情看起来非常一本正经，但聊着聊着，当说到图西塔拉是他们在狱中唯一的朋友时，他的脸上突然流露出一种炽热而单纯的感情。我并不是要自夸，但我从未见过波利尼西亚人的假面具——一个白人完全无法解开的太平洋之谜——摘得像现在这般彻底。

**九月×日**

天气晴朗。天刚亮，他们就来了。来的尽是些身材魁梧、长相纯朴的青年。他们很快就开始了新路的施工。老坡耶的心情非常好，这个计划的制订让他看起来年轻了许多。他不时讲着笑话，到处走来走去，像是在向青年们炫耀自己成了维利马家族的朋友。

他们的这段热情能否持续到道路修完，对我来说早已不成问题。他们能够策划出这件事，并且开始实施了这件在萨摩亚前所未闻的事——单是如此，我就已经满足了。就把这当作一种尝试吧。要知道这可是道路施工——萨摩亚人最讨厌的事。在这片土地上，它是继征税之后，导致叛乱的第二大原因。不管是用金钱，还是用刑罚，都很难促使他们参与道路施工。

仅凭这件事，我就可以骄傲地认为——我至少为萨摩亚做成了一件事。我很高兴。真的是像孩子一样高兴。

## 十八

进入十月，道路基本完工。这在萨摩亚人中实属令人惊叹的勤勉与高效。这种时候常会发生的部落间的纷争，也几乎没有出现过。

史蒂文森想举办一场盛大的竣工纪念宴会。不分白人与土著，他向这座岛的所有主人发出了邀请函。但让他感到意外的是，随着宴会日期的临近，他从白人以及部分与白人交好的土著那里收到的回复，全都是拒绝参加。这场由孩子般天真的史蒂文森举办的喜庆宴会，在他们眼中变成了一次政治活动，他们觉得史蒂文森是打算召集反叛势力，重新树立起对政府的敌意。就连跟史蒂文森最亲近的那几个人，也连理由都没有说明，只传话来说无法出席。这场宴会几乎只有土著来参加。尽管如此，参与人数依然相当可观。

当天，史蒂文森用萨摩亚语发表了感谢演讲。几天前，他将自己写好的英文原稿送到某位牧师那里，请他帮忙把演讲词翻译成土话。

史蒂文森首先向八位酋长表达了诚挚谢意，随后又向大家讲述了这一美好提议的缘由和经过，还有他最初想拒绝这个提议的理由。那是因为，他深知这个国家正在遭受贫穷与饥饿的威胁，而且，酋长们的家和部落因主人长期不在，现在正是需要整顿的时候。但最终促使他接受这个提议的是，他觉得这件事能给予大家的教训，将比一二棵面包树更有效。同时，接受这番好意，也让他感受到了无与伦比的快乐。

“诸位酋长。看着大家辛勤劳动的身影，我觉得自己的心也跟着火热起来。这不仅是因为感谢，也因为我看到了一个希望。从你们身上，我看到了为萨摩亚创造美好未来的约定。我想说的是，大家以勇敢武士的身份应对外敌的时代已经结束了。现在，能够保卫萨摩亚的方法只有一个。那就是，修建道路、建设果园、种植树林，以及学会通过你们自己的手把它们卖出去。简而言之，你们要用自己的双手来开发自己国家的资源。如果在座的各位不亲自去做这件事，那么其他肤色的人就会来代替你们做。

“你们曾靠自己的力量做过些什么？在萨瓦伊、在乌波卢、在图图伊拉，你们任由他们像野猪一样蹂躏着你们的土地，难道不是吗？他们烧毁房屋，弄断果树，肆意大搞破坏，难道不是吗？他们不播种却收割，不播种却收获。不过，上帝替你们在萨摩亚的土地里埋下了种子，又赐予你们富饶的土地、晴美的太阳和充足的雨水。恕我再说一遍，如果你们不去保护、开发这些资源，它们终将会被别人夺走。你们以及你们的子孙，都将被抛弃在外边的黑暗之中，终日只能以泪洗面。我说这些话绝不是在吓唬你们，我所说的都是我曾亲眼见过的。”

史蒂文森讲起了他在爱尔兰、苏格兰高原，以及夏威夷所见的原住民的悲惨现状。随后，他说为了不重蹈他们的覆辙，现在正是发奋的时刻。

“我深爱着萨摩亚和萨摩亚的人民。我打从心底里爱着这座岛，我早已决意，在我的有生之年将一直居住在此，等我死后，我的墓地也会留在这里。所以，请不要把我的话只当作口头上的告诫。

“现在，诸位正面临着巨大危机。是被迫接受我刚才所说的那些原住民的命运，还是奋起反抗，让你们的子孙后代能在这片世代相传的土地上，颂扬你们的辉煌功绩？最后的危机已迫在眉睫！根据条约规定，土地委员会和法院院长的任期即将结束，在那之后，土地将回到你们手中，任你们自由处置。然而，奸恶的白人们也将在那个时候伸出魔爪。他们必定会带着土地测量仪，来到你们的村庄。为你们而燃的试炼之火已被点燃。各位到底是金，还是铅渣？

“真正的萨摩亚人必须闯过这一关。你问我要做什么？现在不是要让你们勾上黑脸去战斗，也不是让你们去放火烧毁房屋，更不是让你们去杀掉野猪，砍下受伤敌人的头颅。这些行为，只会让你们落入更惨的境地。真正能拯救萨摩亚的人，必须去开垦道路、去种植果树、去创造丰盛的收获，也就是说，只有能够开发上帝赐予你们的丰富资源的人才能拯救萨摩亚，才是真正的战士。酋长们啊，你们为图西塔拉而辛勤劳作，图西塔拉也为你们献上真挚的谢意。我希望你们能够成为全体萨摩亚人的榜样。换言之，如果这座岛上的每一位酋长、每一位岛民，都可以倾尽全力去开拓道路、经营农场、发展子弟教育、开发资源——并且不是因为对一位图西塔拉的爱，而是为了你们自己的同胞、子弟，甚至是尚未出生的子孙后代而努力的话，这座岛将变得多么美好！”

这次不太像谢辞，更像是警告甚至是教训的演说，取得了空前成功。令史蒂文森高兴的是，这番话并没有他预料中的那么难以被理解，大部分土著都完全听明白了他的意思。他快活得像个孩子，在他的棕色朋友们中间到处笑闹。

在新修建好的道路旁边，立着一块写有以下土话的路标——

感谢之路

当我们在狱中痛苦呻吟时，是图西塔拉给予了我们关怀，现在我们为他献上这条路。

我们建造的这条路，终日不会泥泞，永远不会崩塌。

## 十九

**一八九四年十月×日**

每当人们（白人）听到我还在提起马塔阿法的名字时，都会露出奇怪的神情。就像听到有人在谈论去年上演过的戏剧，有人还会默默冷笑，卑鄙地笑。我觉得，不管怎样，都不该把马塔阿法事件当成一件可笑的事。只靠一个作家的奔走，改变不了什么（小说家即便是在陈述事实，似乎也会被当成是在讲故事）。如果没有一位有实际政治地位的人来帮忙，一切都是无济于事。

我向素不相识的J.F.霍根先生寄去一封信，他曾在英国众议院就萨摩亚问题提出疑问。通过报纸，我知道他曾多次询问过萨摩亚内部纷争的状况，因此他应该相当关心这一问题，而且根据提问内容来看，他似乎也非常了解事件详情。在给这位议员的信中，我反复说明了对马塔阿法的处刑过于严苛的理由。特别是跟最近制造叛乱的小塔马塞塞相比，对马塔阿法的处刑就更显不公。无法被指出任何罪状的马塔阿法（因为可以说他只是被挑衅的一方）被流放到千里之外的孤岛，而扬言要消灭所有岛上白人的小塔马塞塞却只被没收了五十挺枪。哪有这么荒谬的事？现在除了天主教的牧师，任何人都不能前往贾卢伊特岛上的马塔阿法住处。连通信也遭到了禁止。最近，他唯一的女儿毅然冒犯禁令，去了贾卢伊特，但是被发现的话，她一定会被送回来吧。

为了拯救身处千里之内的马塔阿法，却要动用远在数万里之外的国度的舆论，这可真奇怪。

如果马塔阿法能回到萨摩亚，他一定会去当神职人员吧。因为他一直在接受那方面的教育，而且他的人品也很符合。即便不可能回到萨摩亚，如果能到斐济岛去的话，他就能吃上跟故乡一样的食物，喝上一样的饮品，只要他愿意，偶尔还能跟我们见见面，那样该有多好啊。

**十月×日**

《圣·艾夫斯》接近完稿，但是我突然想继续写《赫米斯顿的韦尔》了，于是又拾起了它。自从前年开始写《赫米斯顿的韦尔》，我曾数度放下又拿起它。这次感觉一定能设法写完。倒不是因为自信，只是有这样的预感。

**十月××日**

在这世上活得越久，我就越发觉得自己是个手足无措的小孩。我始终无法习惯这个世界。在这世上的所见所闻，我们的生殖方式、成长过程，故作高雅的生之表象与卑贱疯狂的内里的对比——对于这一切的一切，无论我长到多少岁，都始终无法习惯。我觉得自己年岁越长，就变得越赤裸、愚蠢。

“等你长大就明白啦。”小时候常听大人这样讲，但这无疑是谎话。我对任何事都变得越来越不明白……这着实令我不安。但另外，正因如此，我才没有丧失对生活的好奇心。

“这人生啊，我早就不知道活过多少遍啦。我能从人生中学到的东西早就没了。”这世上确实有许多老人会摆出这种态度。可又有哪一位老人真的在活第二遍呢？他的年龄再大，往后的生活对他来说，不都是人生中的初次体验吗？因此我蔑视、厌恶那些摆出一副早已领悟人生态度的老人（我还不算是所谓的老年人，但如果以现在的年龄到死亡之间的距离之短来衡量的话，那我断然算不得年轻）。我讨厌他们那缺乏好奇心的眼神，特别是“现在的年轻人啊”那得意扬扬的说话方式（只不过是因为比别人早降生在这颗行星上二三十年，就想强迫对方尊重自己意见的那种说话方式）。这正是Quod curiositate cognoverunt superbia amiserunt[①]——“他们在惊奇中看见的东西，终因他们的傲慢而消失”。我为疾病的痛苦没有过多磨灭我的好奇心而感到庆幸。

---

①这句是作者引用的法文。

**十一月×日**

在午后的烈日下，我独自走在阿皮亚的街道上。蒸腾的白色热气在道路上忽隐忽现，十分耀眼。放眼望去，直到街道的尽头都不见一个人影。道路右侧，绿色的甘蔗田呈现出和缓的起伏姿态，田地一直向北延伸而去，在它的尽头，浓郁藏蓝色的太平洋正折叠起它云母碎片似的小波浪，膨胀得又圆又大。摇曳着青色火焰的大海与深蓝色天空交接的地方，被夹杂着金粉的水蒸气晕染成朦胧的白色。在道路左侧，一片耀眼而繁茂的树林隔开满是巨大蕨类植物的峡谷，而在树林之上，似是塔法山山顶的突兀的绛紫色山脊线，正从炫目的雾霭中显露出来。周遭一片寂静。除了甘蔗叶彼此摩擦的声响，再听不到任何声音。我望着自己短短的影子，向前走着。走了很久之后，忽然，发生了一件奇怪的事。我对自己发问："我是谁？"名字不过是一个符号。你到底是谁？在这条热带的白色马路上投下一道瘦弱的影子，有气无力地走着的你，到底是谁？如水般来到地上，又如风一般离去的你，是个无名之辈吗？

这种状态就像是演员的灵魂脱离身体，去观众席上落座，欣赏起舞台上的自己。灵魂在对他的躯壳发问："你是谁？"然后又执拗地目不转睛地盯着躯壳。我心里一惊，感觉头晕目眩，几乎快要晕倒，最后好不容易才走到附近的一个土著家里，得以休息片刻。

我从未经历过这种虚脱的瞬间。仿佛是年幼时曾困扰过我的那个永恒谜题——对"自我意识"的疑问，经历过漫长的潜伏期之后，突然在今天发作，闯进我的脑海。

这是生命力衰退的表现吗？但是，我最近的身体状况比两三个月之前要好得多。即便情绪上的起伏波动不小，但精神上的活力已经基本恢复。最近，我甚至从所见风景的浓郁色彩中，再次感受到了初到南太平洋时感受到的那种魅力（任何人在热带地区住上三四年后，都会丧失这种感触）。我的生命力应该尚未衰退。不过近来，我的情绪变得有些容易激动，在那种状态下，已经忘记好多年的某个身影或情景，会像被烤墨纸[①]出来的图画一样，突然栩栩如生地在我脑海中复苏，就连当时的色彩、气味、形象都鲜明无比。这让我感到有些害怕。

**十一月×日**

精神上的异常亢奋与异常忧郁，交替到访。严重时，一天之中就会反复数次。

昨天午后，飑过后的傍晚时分，我在山丘上骑着马时，突然间，一种恍惚的感觉从心头掠过。随后，眼前一望无际的森林、山谷、岩石沿着巨大的山坡倾斜而下，绵延至海边的风景，在雨后的余晖中，眼看着就变得越发鲜明，引人注目。就连极远处的屋顶、窗户、树木，都如同铜版画一般，每一处轮廓都显得格外清晰。不仅是视觉，我觉得自己的所有感觉器官一下子都紧张了起来，某种超乎寻常的东西闯入我的精神世界。就在那一刻，我觉得多么错综复杂的逻辑原委，多么微妙的心理阴影，都无法逃

① 这是日本的一种游戏。用药水在纸上写字或画画，晾干后就会消失，但用火烤就会显现出来。

脱我的双眼。我几乎完全沉浸于幸福之中。

昨晚，《赫米斯顿的韦尔》进展可观。

然而，今天早晨，那种严重的反作用又来了。我感觉胃部坠得难受，心情也不太好。坐在书桌前，接着昨晚的内容继续写了四五页后，我停下了笔。当正托着腮思考如何下笔时，一个悲惨男人一生的幻影忽地划过我的脑海。那个男人被严重的肺病折磨着，个性却非常要强，他自大得令人厌恶，还是个装腔作势爱虚荣的人，缺乏才能却以一流艺术家自居，他过度驱使自己的肉体，拼命写些徒有形式、没有内容的劣作。现实生活中，他在诸事上故作幼稚的表现，为他招来不少嘲笑。在家里，比他年长的妻子让他承受着无尽的压迫。最终，他在南洋的尽头，含泪思念着北方的故乡，凄惨地迎来死亡。

一瞬间，这个男人的一生闪光似的浮现在我的脑海中。胸口仿佛被猛然一击，我瘫坐到椅子上，流出了冷汗。

过了一会儿，我才恢复过来。一定是我的身体出了状况，才会冒出这么愚蠢的想法。

但是，在评价自己的一生时，有这样一句话忽然出现在我的脑海中，挥之不去——

Ne suis-je pas un faux accord
Dans la divine symphonie?
在上帝指挥的交响乐中，
我就是那根走调的弦吗？

晚上八点，精神完全恢复。把至今写的《赫米斯顿的韦尔》重读了一遍。感觉还不错，何止是不错！

今天早晨我有些不对劲。我是个没有价值的作家？思想浅薄、缺乏哲学深度？就让想对我指指点点的家伙随便说去吧。总之，文学是一种技术。那些在概念上蔑视我的人，如果真的读过我的作品，绝对会被彻底吸引住。我就是我作品的忠实读者。就算在创作期间让我觉得非常厌恶，觉得毫无价值的作品，等到第二天重读时，我也必定会为自己的作品所折服。就像裁缝对自己的裁剪技术充满自信一样，我也可以对自己的描写技术满怀自信。你写出来的东西，不可能那么无趣！放宽心吧！R.L.S!

**十一月××日**

真正的艺术必须是自我告白（即使不是卢梭那样的作品，也是以其他某种形式呈现），我曾在杂志上看到过这种论调。如今讲什么事的人都有，炫耀自己恋爱史的，夸耀自家孩子的，（还有讲述昨夜梦境的）——本人或许觉得非常有趣，但在他人眼中，还有比这更无聊愚蠢的行为吗？

补记——躺在床上，思考良多之后，感觉必须对以上的想法稍加订正。我在想，写不了自我告白，对一个人来说，或许可以算是致命的缺陷（至于它是否也是作家的缺陷，对我来说，这是个非常难解的问题。尽管对某些人而言，这个问题可能非常简单明了）。总之，我思考了一下自己能否写出《大卫·科波菲尔》[1]那样的作品。结论是写不了。为什么？因为我无法像那位伟大而平凡的大作家一样，对自己过去的生活充满自信。跟那位单纯、易理解的大作家相比，我觉得自己跨越过的苦难要比他所经历的深重得多，但我对自己的过去（这么一说，我对现在也一样。坚强点！R.L.S！）缺乏自信。

幼年、少年时代所处的宗教环境，我可以大写特写，而且也已经写过了。青年时代的寻欢作乐，以及跟父亲的冲突，这些也是想写的话都写得来。而且我能写得深刻到让评论家们都喜欢。还有结婚的事，也并非不能写（虽然让我看着接近老年，已然不再像女人的妻子来写这些，必定是件相当痛苦的事）。但是，如果是写我决定跟芬妮结婚的同时，对其他女人说了些什么做了些什么呢？不必说，我要是写这些的话，或许会讨得部分评论家的欢心，他们还会说“无比深刻的杰作诞生了”之类的话。但是我写不了。因为遗憾的是，我无法认可自己当时的生活和行为。我知道有人会说：“你没办法认可，都是因为你的伦理观太肤浅，根本不像个艺术家。”那种彻底看透人类复杂性的观察方法，我也不算是不懂（至少是在观察他人时）。但说到底，我还是无法完全理解（我热爱单纯豁达的个性。就像比起哈姆雷特，我更喜

---

① 英国小说家查尔斯·狄更斯创作的长篇小说。全书使用第一人称叙事，融入了许多作者本人的生活经历。

欢堂吉诃德；比起堂吉诃德，我又更喜欢达达尼昂[①]）。被说成肤浅也好，什么也好，总之我的伦理观（对我来说，伦理观与审美观相同）无法肯定上述方法。那么，当时我又为什么要那么做呢？不知道，我完全不知道。过去，我常以“只有上帝知道如何辩解”为由佯装不知，但是现在，我会不加掩饰、双手伏地、满身是汗地说：“我不知道。”

我真的爱芬妮吗？可怕的疑问。可怖的想法。我不知道答案。我知道的只有我跟她结婚至今的这一事实（说到底，什么是爱？从这个角度出发，我能找到答案吗？我并不是在寻求爱的定义。我在想的是，能否立即从自己的经验中找出这个问题的答案。啊，全天下的读者们啊！你们知道答案吗？这位在众多小说中描写过众多男女的小说家罗伯特·路易斯·史蒂文森，年过四十，竟然还不知道爱为何物。但是，这没什么好惊讶的。试着把自古以来的所有大作家都绑来，面对面地向他们提出这个极其简单的问题吧——爱是什么？然后，让他们根据自己的感情和经验，给出最直截了当的回答。你定会意外地发现，无论是弥尔顿、司各特，还是斯威夫特、莫里哀、拉伯雷，甚至是莎士比亚，他们都会暴露出自己令人震惊的缺乏常识，甚至是不成熟的一面）。

---

① 大仲马创作的小说——火枪手三部曲《三个火枪手》《二十年后》《布拉热洛纳子爵》中的主角，他与三个火枪手成为好友，忠于国王路易十三，与权臣黎塞留进行斗争。

说回正题，问题在于，作品与作家的生活之间总归存在差距。悲哀的是，与作品相比，现实生活（人）要低得多。我就是我作品的残渣？就像汤底的残渣，如今我会这样想。时至今日，我从未想过除创作小说以外的事。我甚至从这种被单一目标统一起来的生活中感受到了美。当然，我不能否认创作作品的同时，也是在进行自我修行。这一点毋庸置疑。但是，就没有比写作更利于实现人类自我完善的方式了吗？（说什么其他世界——行为世界对体弱多病的我关上了门，那其实只是我怯懦的遁词。即便一辈子都要躺在病床上，也会有其他修行方式存在。当然，那种病人所能达到的成就，很容易变得失之偏颇。）我是不是在创作这一条路（技巧方面）上陷得太深了？我是在充分考虑到，只以笼统的自我完善为目标，缺乏一个具体的生活焦点（看看梭罗吧）所带来的危险的同时，在谈论这件事。我忽然想起那位我曾极其讨厌，今后也不会喜欢（之所以这样说，是因为在我南洋的贫瘠书库中，连他的一本作品都没有）的魏玛公国①的首相②。那个男人至少不是汤渣。不，与之相反，作品才是他的汤渣。啊！作家的名声于我而言即便不恰当，也已然超越了我的自我完善（或不成熟）。真是令人畏惧的危险。

想到这里，我感到一阵莫名的不安。如果彻底贯彻我刚才的想法，那么我至今的所有作品不是都该被作废了吗？这是一种使

---

① 位于德国魏玛地区的一座小城市，在历史上曾一度发展为公国体系。魏玛在德意志历史上占据着相当重要的地位。

②指德国著名思想家、作家歌德（1749—1832），他于1776年开始为魏玛公国服务，曾官至首相，主持公国大政。

人绝望的不安。比至今为止我生活中的独裁者——“创作”更具权威的人物登场了。

但另一层面，千万不要认为那些已然成为习惯、秉性——将文字连缀在一起时的奇妙快感，以及描写衷爱场景时的愉悦感，将舍我而去。写作无论何时都是我生活的中心，而且它绝非我的障碍。但是……不，我没什么可怕的。我应该满怀勇气。我必须无所畏惧地去迎接降临在我身上的变化。为了化茧成蝶，自由飞舞，我必须残酷地咬破我至今织就的美丽的茧。

**十一月××日**

邮船日。作品全集的第一卷到了。装帧、纸质等各个方面，我都基本满意。

把信件、杂志读过一遍之后，我感觉自己与身处欧洲的那些人的思考方式之间的差距越来越大。是我变得太通俗（非文学性的），还是他们的思考方式原本就太过狭隘呢？过去，我曾嘲笑那些学习法律的人（虽说如此，滑稽的是我却考取了律师资格）。因为法律只在某个被限定的范围内具备权威性。即便他们以通晓那些结构复杂的知识为傲，但我认为那些知识并不具备普遍的人类价值。而现在，我也想对文学圈作此评价。英国文学、法国文学、德国文学，充其量再扩展到欧美文学，或者说是白人文学，他们设置了这些范围，然后把自己的喜好当作神圣的规则一般去推崇，唯有在与其他世界不相通的，那种特殊而狭隘的约定之下，他们才能获得优越感。这一点，只有身处白人世界之外的人才能看得清楚。当然，这种情况不只存在于文学圈。在对人和生活的评价方面，西欧文明也制定出某种特殊标准，并坚信其具有绝对普遍性。只知道那种狭隘评价方法的人，根本不会理解太平洋土著的人格魅力，以及岛上生活的美妙之处。

### 十一月××日

在辗转于南洋各个岛屿之间的白人行商中，我发现了以下两种极其少见的类型（当然，大部分商人都是自私自利、奸诈狡猾的）。第一种人完全没有攒笔小钱后回到故乡，安度余生的想法（这是一般南洋行商的目的），他们只是单纯地喜爱那里的风光、生活、气候和航海，因为不想离开南洋而没有停止做买卖。第二种人在喜欢南洋和流浪这一点上与前者相同，但他们的生活方式更为乖戾激烈，他们故意以冷眼看待文明社会，可以说他们是活着却任由肉体经受着海风吹雨打的虚无之人。

今天，在城里的酒吧，我就遇到了一个第二种类型的人。那是个四十岁左右的男人，当时他正坐在我隔壁桌上独自喝酒（跷着二郎腿，不停地抖动着）。他的穿着很寒酸，长相却显得敏锐聪慧。他那通红而浑浊的眼睛明显是因为喝酒所致，他的皮肤粗糙，嘴唇却非常红润，让人看着有些不舒服。虽然只跟他聊了不到一个小时，但我非常确信他毕业于英国的一流大学。在这样的港口城市，他操着一口罕见的地道英语，称自己是一名杂货行商。他从汤加来，不过已准备乘下一班船去托克劳斯了（当然，他并不知道我是谁）。关于生意上的事情，他只字未提。

他稍稍谈及白人往各个海岛带去恶性疾病的话题。还说自己一无所有，妻子、孩子、家、健康以及希望。对于我提出的是什么带他陷入这种生活的愚蠢问题，他答说："并没有像小说里常见的那种具体原因啊。而且，虽然你说是'这种生活'，但我现在的生活也没什么特别的吧？如果是跟以人类的形态降生于世这种更加特别的事情相比的话。"他轻轻干咳着，笑着说。

这就是难以抵抗的虚无主义。直到我回到家，躺到床上之后，那个男人话语间那种极其礼貌却无药可救的语调，依然在我耳边徘徊。

Strange are the ways of men.[①]

在这里定居之前，乘着纵帆船在岛屿间游历时，我也遇到过各种各样的人。

在马克萨斯群岛的内海岸，别说是白人，那里连土著都很少见得到，但我却在那儿遇见了一个美国人，他自己盖了一座小屋，以一本彭斯[②]、一本莎士比亚的书为友，独自一人（在大海、天空与椰子树之间，完全只有他一人）居住着（而且他毫无悔意，还打算死后埋葬在那里）。他是一位船匠，年轻时读过介绍南太平洋的书之后，忍受不了对热带大海的向往，终于离开故国，来到这座岛上并定居了下来。我停靠在那个海岸时，他还写了一首诗送给我。

还有一个苏格兰人，他曾在太平洋上最神秘的岛屿——复活节岛（在那里，无数座怪异的巨型石像遍布全岛，它们都是由已

① "不可思议的是人们的生活方式"之意，指每个人的活法各不相同。

② 罗伯特·彭斯（1759—1796），苏格兰农民诗人，他复活并丰富了苏格兰民歌，在英国文学史上占有重要地位。

经灭绝的原住民留下来的）上短暂居住，并当过那里的尸体搬运工，后来，他又继续流浪在各个岛屿之间。一天早晨，当他在船上刮胡子时，身后传来船长喊他的声音："喂！你怎么了？怎么把耳朵剃掉了！"他这才发现自己把耳朵剃了下来，而且还全然不知。于是他当即决意，搬到癞病岛莫洛凯上去住，最后在那里度过了无怨无悔的余生。当我去拜访那个被诅咒的小岛时，这个男人看起来快活极了，还给我讲了他昔日的冒险故事。

阿佩玛玛的独裁者特姆比努克现在过得怎么样呢？这位南太平洋上的古斯塔夫·阿道夫[①]用遮阳帽替代了王冠，穿着苏格兰短裙，打着欧式绑腿。他还特别喜欢新鲜玩意儿，曾买下大量火炉，囤放在他位于赤道的仓库里。他将白人分为以下三类："稍微骗过我的人""骗过我好几次的人""狠狠骗过我的人"。当我乘帆船离开他的岛时，这位豪放朴实的独裁者，几乎落下了眼泪，还为我这个"一点也没骗过他的人"唱起了送别歌。因为他也是那座岛上唯一的吟游诗人。

夏威夷的卡拉卡瓦国王近况如何呢？那个聪明但常常忧郁感伤的卡拉卡瓦，是太平洋人种中，唯一一个能跟我讨论马克斯·缪勒[②]的人。曾梦想着波利尼西亚大联合的他，现在正静静目

① 古斯塔夫·阿道夫（1594—1632），即古斯塔夫二世，瑞典王国瓦萨王朝第七位国王，欧洲杰出的军事家、军事改革家。

② 弗里德里希·马克斯·缪勒（1823—1900），德裔英国东方学家、宗教学家，精通印度宗教与哲学。

睹着自己国家的衰亡，专心阅读赫伯特·斯宾塞[1]吧。

夜半难眠时，我听着遥远的涛声，那些昔日里见过的形形色色的人，在蓝色的海流与清爽的信风之间，一个接一个地不断浮现在我眼前。

人啊，其实不过就是一种造梦的物质。话虽如此，那一个又一个的梦，又是何其多种多样，何其可怜可笑啊！

**十一月××日**

《赫米斯顿的韦尔》第八章完成。

这本书也终于有走上正轨的感觉了。因为我总算是准确地抓住了对象。在书写的过程中，我自己也能感受到某种沉重、厚实的东西。在创作《化身博士》和《绑架》时，我虽然写得非常快，但在整个过程中，都缺乏那种确切的自信。我预感它们或许能成为精彩的作品，但又害怕这完全是我的自以为是，它们不过是可耻的劣作也未可知。因为我的笔仿佛是被自己以外的东西引导着、驱使着。但这次不同。虽然也和写那些作品时一样，进展轻松而高效，但这次我明显牢牢地掌控住了所有书中人物的命运。就连最终的完成效果，我感觉也能准确把握。这可不是我情绪激动下的骄傲自满，而是经过冷静计算得出的结论。就算按最差效果估算，它也应该能成为《卡特丽娜》之上的作品。尽管

---

① 赫伯特·斯宾塞（1820—1903），英国哲学家、社会学家、教育家。他是在理论上阐述进化论的英国哲学家先驱，先于达尔文，被称作“社会达尔文主义之父”。

我还没有写完，但这点可以确信。正如岛上的那句谚语所言——“是鲨鱼还是鲣鱼，光看尾巴就知道”。

**十二月一日**

天还未亮。

我站在山丘上。

入夜便开始下的雨终于停了，但风依旧很强。我脚下的大斜坡一直延伸到远方，云脚匆匆掠过铅色海面，向西逃去。自云层的缝隙间，偶尔有拂晓前暗淡的白光，流淌到大海和原野之上。天地之间还没有一丝色彩。如同北欧初冬时节的寒冷气息四处弥散。

裹挟着湿气的狂风迎面袭来。靠在大王椰子树的树干上，我才能勉强站住。我感觉某种像是不安与期待的感觉正从心底涌出。

昨晚，我也在阳台上待了很久，任大风与交织在风中的雨滴拍打在我身上。今早，我又像这样顶着大风而站。真想猛地撞到某种强烈的、残暴的、暴风雨似的东西上。真想将那层限制我的壳打破。违逆身体的意志，在云、水、山之间屹然独立，迎接觉醒的时刻！何其痛快！我逐渐感受到一种英雄式的心境。“O! Moments big as years.”[①]“I die, I faint, I fail.”[②]我呼喊着这些没头没脑的台词。声音在风中被撕碎吹走。光明慢慢笼罩在原野、山丘和大海上。一定有什么变化正在发生。它正在帮我带走

---

①“瞬间恍若经年”之意，出自英国诗人约翰·济慈创作的叙事长诗《恩底弥翁》。

② “我完了，我昏迷，我倒下！”之意，出自英国诗人雪莱创作的诗歌《印度小夜曲》。

生活的残渣与杂质，这种愉悦的预感填满了我的心。

我就这样站了足有一个小时吧。

不久之后，眼前的世界瞬间变了模样。无色的天地忽然在满溢的色彩中闪耀起来。从这里望不到的东边的岩端背后，太阳正冉冉升起。多么奇妙的魔术！刚才还是满眼灰色的世界，此刻正被染上润泽的橘黄色、淡黄色、玫瑰色、丁香色、朱红色、绿松石色、橙色、群青色和绛紫色——这些令人眼花缭乱的色彩，又全都闪烁出绸缎般的光泽。清晨，飘浮着金色花粉的天空、森林、岩石、悬崖、草地、椰子树下的村庄，以及堆成山的红色可可豆壳都美极了。

眺望着眼前这一瞬之间的奇迹，我欣喜地感到，藏在我身体里的黑夜，此时此刻，终于逃向远方。

我昂首挺胸地向家走去。

## 二十

十二月三日的早晨，史蒂文森像往常一样，口述了三小时左右的《赫米斯顿的韦尔》，伊莎贝尔负责帮忙笔录。午后，他写了几封信，临近傍晚，又来到厨房正在准备晚餐的妻子身边，一边闲聊，一边搅拌沙拉。随后，他又到地下室去拿葡萄酒。当他手握酒瓶，回到妻子身旁时，突然，酒瓶从他手中滑落，他喊着“头！头！”当场晕倒了。

大家立即将他抬回卧室，又叫来三位医生，然而史蒂文森的意识却再也没有恢复过来。

“肺脏麻痹并发脑溢血。”这是医生下的诊断。

翌日清晨，维利马的大地被土著吊唁者们送来的无数野花填满了。

劳埃德指挥着主动提议要来帮忙的两百多名土著，天不亮时，就开始开拓通往瓦埃尔山山顶的路。那座山顶，正是史蒂文森生前指定的埋葬地点。

在无风的下午两点，开始出殡。健壮的萨摩亚青年们轮流抬棺，穿过树林中刚刚开辟的道路，向着山顶进发。

下午四点，在六十个萨摩亚人与十九个欧洲人面前，史蒂文森被下葬了。

那是一片位于海拔一千三百英尺，被香橼树和露兜树围绕的山顶空地。

史蒂文森生前为家人和用人们所写的一段祈祷词正被吟诵着。香橼树浓烈呛人的香气弥漫在闷热的空气之中，在场的人们静默地低垂下头。墓前摆满了纯白色的百合花，一只闪烁着天鹅绒光泽的大黑扬羽蝶收起翅膀，轻轻地停歇在花瓣之上……

一位老酋长满是皱纹的古铜色脸上，正落满了泪痕——这些南国人正是因为喜欢沉湎于生之喜悦，才会在面对死亡时，满怀绝望的哀伤——只听他低语道：

“安睡吧！图西塔拉。”

# 南岛谭·篇一·幸福

很久以前，这座岛上有一个极其可怜的男人。岛上的人没有计算年龄这种不自然的习惯，因此，也很难说清楚他的准确年纪，唯一能确定的是，他已然算不上年轻。这个男人的头发说卷不卷，鼻头只差一点就完全塌掉了，如此丑陋的相貌便成了人们嘲笑的目标。还有他那极薄的嘴唇、黑得跟乌木一样毫无光泽的脸色，让他看起来越发丑陋。

这个男人大概是岛上最穷的人。帕劳的官方货币是一种叫乌多乌多的勾玉形状的钱币，这个男人自然是连一枚乌多乌多都没有。既然他已经穷到这般地步，能靠花钱买来的老婆，他当然也不可能拥有。他就独自一人住在岛上第一长老家的仓库角落里，当着地位最卑贱的仆人，长老家中所有卑微的活计都被推到了这个男人身上。在这座懒人聚集的岛上，唯有这个男人没有偷懒的闲暇。

清晨，为了出海捕鱼，他要比杧果地里早起唱歌的鸟儿起得还要早。他用短矛没扎中的大章鱼曾吸附到他的胸前和肚子上，害得他全身都肿了起来；他也曾被巨型龙胆石斑鱼追赶，最后好不容易才爬上独木舟，逃过一劫；他还曾被脸盆那么大的砗磲贝壳夹伤过脚。到了正午，当岛上所有人都在树荫下或家中的竹床上迷迷糊糊地午睡时，只有这个男人在打扫房间、建造小屋、采集椰子蜜、搓椰子绳、修葺房顶或者制作家具，忙得不可开交。这个男人的皮肤就像飑过境后的田鼠一样，他汗流不止，浑身湿透。除了自古以来只允许女人干的修整芋头地的工作，长老家其他所有工作，都要这个男人独自完成。当太阳西沉入海，大蝙蝠在面包树的梢头盘旋时，这个男人才好不容易能吃上点芋头根和鱼骨头之类给猫狗吃的东西。之后，他终于能拖着疲惫不堪的身体，躺到硬邦邦的竹床上睡死过去——用帕劳语说就是莫·巴兹，即变成石头的意思。

这个男人的主人是岛上的第一长老，也是整个帕劳——北至这座岛，南至遥远的佩里琉岛——屈指可数的大财主。岛上的半数芋头地，三分之二的椰子林都归他所有。在他家的厨房里，上等玳瑁制成的盘子一直摞到天花板那么高。每天，海龟肉、烤乳猪、清蒸小儒艮和小蝙蝠等各色美食，都让他吃到厌倦。他的肚子油光发亮，像怀孕母猪的肚子一样圆鼓鼓的。他的家里收藏着一支颇有来头的投枪，那是很久以前，他的一位祖先在攻打卡扬埃尔岛时，将敌方大将一击致命的武器。他所拥有的乌多乌多，就像玳瑁们在海滩上产下的卵一样多。在他的众多财宝中，价值最昂贵的巴卡尔珍珠可谓威力无穷，就连环礁之外肆意横行的锯鲨看上一眼，也会被吓得四散而去。如今，巍然屹立于全岛中央，装点着蝙蝠图案，屋顶呈凹弧形的大集会场，以及让全体岛民为之骄傲的红色蛇头大战船，都是倚仗着这位统治者的权势和金钱制造而成的。他正式的妻子虽然只有一人，但在近亲通奸的禁忌所允许的范围内，说他的妻子不计其数也并不为过。

身为大权力者的仆人，可怜又丑陋的单身汉因为地位卑微，别说是从自己的主人第一长老，就是从第二、三、四长老面前经过时，都不被允许站着行走，他必须趴在地上，跪着行进。如果乘独木舟出海时，看到长老的船要靠近，身份卑贱的他必须立刻跳进水里，坐在船上打招呼这等无礼之举，是被绝对禁止的。有一次，他碰巧遇到了这种状况，然而当他小心翼翼地准备跳进水里时，一条鲨鱼的身影竟出现在眼前。长老的随从见他还在船上犹豫，便气愤地朝他扔出半截木棒，弄伤了他的左眼。无奈之下，他只得跳进鲨鱼徘徊的海水中。如果那只鲨鱼再长上三尺，他的结局恐怕就不只是被咬掉三根脚指头那么幸运了。

在与这座岛相距甚远的南部文化中心——科罗岛上，出现了据说是由白种人带来的恶性疾病。疾病有两种，一种是会妨碍神圣的天赐秘事的无耻病。在科罗尔，男人患上此病时，它被叫作“男人病”，女人患上此病则被称作“女人病”。另一种则是征兆简单，却难以确诊的极其微妙的病，患者会出现轻咳、脸色苍白、全身疲惫、日渐消瘦的症状，最后不知不觉地死去。部分患者还会出现咳血症状。这个故事的主人公，那个可怜的男人似乎就患上了这第二种病。他成日不停地干咳，常感到疲惫，无论是将阿米亚卡树的新芽磨碎后喝汁，还是煎服露兜树根，都完全不见成效。他的主人也注意到了他的病情，只觉得可怜的病跟这个可怜的仆人，实在是太过相称。由此，交给这个仆人的活儿也越来越多。

这位可怜的仆人，其实是个相当聪慧的人，他从不认为自己的命运特别艰辛。他觉得，不管主人多么苛刻，至少还没有禁止他去看、去听、去呼吸，这已经非常值得庆幸了。分配到他头上的活儿再多，属于女人神圣天职的芋头地耕种却仍然被排除在外，这是多么值得感激的事啊。跳进有鲨鱼的海里，丢了三根脚指头纵然不幸，但没被咬掉整条腿，就该谢天谢地了。还有患上干咳的疲劳病这事，如果想想那些同时得上疲劳病和男人病的人，自己还少得了一种病呢。他的头发不像干海藻那么卷，这明显属于相貌上的致命缺陷，但他知道，有些人可连头发都没有，整颗脑袋就像是荒芜的红土丘。他的鼻子像是香蕉地里被踩扁的青蛙一样说塌不塌的，这确实让人难为情，但是隔壁岛上还有两个得了腐坏病，鼻子全腐烂掉了的家伙呢。

然而，即便这个男人如此知足，他也知道比起病重，还是病症轻些好，比起在晌午直射的日光下被任意使唤干活，还是躲进树荫里午睡更舒服。偶尔，这个可怜却聪明的男人，也会向神明们祈祷。他希望自己此刻承受的疾病痛苦或劳动辛苦，至少能有一种被减轻些。如果这个愿望不算太过贪得无厌的话，请神明们一定帮帮忙。

他在供奉椰子蟹卡塔图图和蚯蚓乌拉兹的祠堂里，献上芋头做贡品，并做了如上祈祷。这两位神都是出了名的非常灵验的恶神。在帕劳的所有神明中，几乎没有善神会被献上供品，因为大家知道不去讨好这些神，他们也不会作祟。与之相反，恶神常常得到人们郑重的供奉，被献上很多食物，因为海啸、暴风和流行病，全都诞生自恶神们的愤怒之中。那么，灵验的恶神椰子蟹和蚯蚓会倾听这个可怜男人的祈求吗？总之，在那之后不久的某个晚上，这个男人做了一个奇妙的梦。

在梦里，可怜的仆人不知何时竟然变成了长老。他坐在主屋的中央，那是属于一家之长的正席。每个人都对他唯命是从，他们看起来惴惴不安，好像唯恐影响了他的心情。他还有一位妻子。忙着为他准备饭菜的女仆数不胜数。烤全猪、煮得通红的青蟹，还有海龟卵，都在他面前的餐桌上堆成了小山。眼前这一幕令他惊讶不已，他在梦中就开始怀疑，这是不是在做梦呢？他只觉得不安至极。

第二天早上，当他醒来时，发现自己依然躺在平时那个破屋顶、歪柱子的仓库角落里。由于他没听到晨鸟的鸣叫声，罕见地睡过了头，还被一个仆人狠狠打了一顿。

这天夜里，他又在梦中变成了长老。这一次，他已经不像前一晚那么震惊，就连命令仆人的话也说得比上次傲慢了许多。这次的餐桌上也是堆满了美味佳肴。他看到自己的妻子是个身形结实、无可挑剔的美人。用露兜树叶编制而成的新坐垫凉冰冰的，坐着非常舒服，他感觉惬意极了。然而到了早晨，他依旧在脏乱的小屋里睁开眼。之后，在高强度的工作中度过一整天，只能以芋头根和鱼骨头为食，这些都跟他一直以来的生活别无二致。

在接下来的一晚，再一晚，然后是每天晚上，这个可怜的仆人总会在梦中变成长老。他当长老也当得日渐得心应手起来。看到美味佳肴时，已不再像最开始那样寒酸地只顾埋头猛吃。他跟妻子之间的争吵也变多了。他也早已知道可以对妻子以外的女人下手。他还指挥岛民们去建造船库，举办祭祀活动。他在祭司的指引下来到神前，那副庄重的模样甚至引来岛民们的一致惊叹，以为他是古代英雄的转世再生。

在侍奉他的仆人中，有一个人跟他白天时的主人——第一长老非常相像。这个人惧怕他的神情，看起来可笑至极。为了以此取乐，他常常把最累的活儿安排给这个长得像第一长老的仆人。除了让这人打鱼、采椰子蜜，如果在乘船时遇到这个仆人，他还会让其从独木舟上跳进鲨鱼徘徊的水中。看到可怜仆人的那副慌张、不知所措又惊恐的样子，他感到无比满足。

白天里的剧烈劳动和苛刻待遇，早已不再令他说出那些自我宽慰的话给自己听。因为只要想想夜晚享受到的那些快乐，白天所受的辛劳就变得不值一提。即便一整天的繁重劳动让他疲惫不堪，他也会带着格外愉悦的微笑，为了赶快进入那个穷奢极侈的梦中，而急忙躺到他那柱子快断了的脏兮兮的床上去。话说回来，或许是因为在梦中吃上美食的关系，他最近明显胖了起来，脸色也已完全好转，干咳也不知不觉消失了，整个人看起来朝气勃勃，年轻了许多。

就在这个可怜丑陋的单身仆人开始做长老梦的时候，他的主人——富有的大长老也开始做些稀奇古怪的梦。

在梦里，尊贵的第一长老变成了凄惨贫穷的仆人。从打鱼、采椰子蜜、搓椰子绳，到摘面包树果实、造独木舟，所有的工作都被分派到他头上。他觉得就连长了无数只手的蜈蚣，也做不完那么多工作。而且，吩咐他做这些工作的主人，正是白天时自己家里的那个最卑贱的仆人。此外还有更加刁难人、不讲理的事。他曾被大章鱼吸在身上，还曾被砗磲贝夹过脚，被鲨鱼咬掉过脚趾。若说到吃饭，他能吃上的只有芋头根和鱼骨头。每天早晨，当他从主屋正中央奢华的席子上睡醒时，经过整夜的劳动，他只觉得全身疲惫不堪，浑身的关节都在一跳一跳地疼。随着这样的梦境连夜出现，第一长老的身体慢慢失去了油光，就连他鼓起来的肚子也渐渐瘪了下去。毕竟，每天只吃芋头根和鱼骨头，不管是谁都会变瘦。月亮三度盈亏之后，长老的身体已衰弱不堪，还出现了严重的干咳症状。

终于，长老怒不可遏，喊来了那个仆人。他决定要把在梦里虐待自己的那个可恶男人狠狠教训一番。

谁承想，出现在长老面前的仆人，早已不再是那个瘦削衰弱、干咳不止，总是战战兢兢的可怜胆小鬼。不知什么时候，他竟胖了许多，脸色也充满生气，看起来精神饱满。而且，他的态度相当自信，遣词有礼，怎么看都不像是会甘于被人差遣的角色。单是看到他那从容不迫的笑容，长老就已经彻底被他的优越感压倒了。就连在梦中面对施虐者时的恐怖感也随之苏醒，让长老惧怕不已。梦中世界与白昼世界，到底哪个更真实，这个疑问忽然划过他的脑海。瘦弱憔悴的长老咳嗽了起来，事到如今，他已没有心思再去训斥眼前这个魁梧的男人。

长老用出乎自己意料的殷勤语气，向仆人询问他身体状况恢复的原委。仆人便将自己梦里的事一五一十地讲了出来——每晚的美味佳肴如何令他厌倦，仆人们的服侍又如何让他惬意享受，他又是如何跟数不清的女人一起，享受着天国般的快乐。

听完仆人的话之后，长老分外惊讶。仆人的梦跟自己的梦竟会如此惊人地一致，这到底是为什么呢？梦中世界的营养对身体的影响竟会如此之大？梦中世界跟白昼世界是同样真实的（甚至在其之上），这一点已经毋庸置疑。长老忍耐着心底的耻辱，将自己每晚梦中的遭遇告诉了仆人。他讲了自己每晚都被强制要求从事高强度劳动，又不得不只靠芋头根和鱼骨头果腹。

仆人听过这番话后，却毫无惊讶之色。他一副了然于胸的神情，像是听着早就听过的故事一般，露出了满足的微笑，从容地点着头。他的脸就像是在潮滩的泥里吃饱后睡着的海鳗，闪烁出幸福至极的光彩。或许，他已经坚信，梦境要比白天的世界更加真实。富有却可怜的主人将心底的叹息轻轻吐出，满怀妒意地望着眼前那个贫穷却聪慧的仆人的脸庞。

* * *

以上这个故事，来自如今已从世间消失的奥尔旺加尔岛上的传说。奥尔旺加尔岛在距今约八十年前的某一天，忽然和所有岛民一起沉入海底。自那以后，帕劳再也没有人做过如此幸福的梦。

# 南岛谭·篇二·夫妇

时至今日，在帕劳主岛，尤其是在从宜瓦尔州到雅拉尔德州的岛民中间，吉拉·科西桑和他妻子埃维尔的故事依然无人不知，无人不晓。

加库拉奥部落的吉拉·科西桑是个特别老实的男人，而他的妻子埃维尔却非常多情，经常跟部落里的人传出艳闻，这令吉拉·科西桑悲伤不已。埃维尔是个不专一的人，因此（这种时候想使用“但”做连接词，不过是温带人的逻辑）她也极其善妒。她非常害怕丈夫也会用出轨来报复自己的出轨。如果丈夫走路时不走正中间而走左边，那么道路左边人家的姑娘就会遭到埃维尔的怀疑。相反，丈夫若是走右边，她就开始怀疑他是对右边人家的女人有意思，并为此责备吉拉·科西桑一番。为了全村的和平与自己灵魂的安宁，可怜的吉拉·科西桑不得不走在狭窄道路的正中间，他的目光不能向左，也不能向右，只能盯着脚底下晃眼的白沙，战战兢兢地往前走。

在帕劳，人们管女人之间针对情感纠纷的决斗叫作“赫利斯”。被抢走恋人（或认为自己的恋人被抢走）的女人，会主动跑到情敌家发起决斗。这种决斗通常会在众人围观下，光明正大地进行。任何人都不许劝架，人们只需兴致勃勃地从旁看热闹。此外，决斗不单限于唇枪舌剑，最终要通过暴力来一决胜负。不过，原则上不允许使用刀具等武器。决斗开始后，只见两个女人互相怒吼、叫嚷、冲撞、掐拧、哭泣、跌倒。当然，她们还会撕扯对方的衣服——虽然从前不大有穿衣服的习惯，但身上还是会有最低限度的覆盖物。大多数情况下，身上的衣物几乎被扒光，无法再站起来行走的一方，会被判定为战败者。而到分出胜负时，双方身上总会留下三五十处掐伤、挠伤。最终，将对手扒光并打倒在地的女人会高唱凯歌，被当成这场情感纠纷中的正确一方，接受来自保持绝对中立的围观群众的祝福。胜者总是对的，因此也应当受到神明们的护佑与祝福。

吉拉·科西桑的妻子埃维尔就曾向村子里无论是已婚，还是未婚的除不是女人之外的所有女人发起过决斗。而几乎在每一场对战中，埃维尔都会把对手掐伤、挠伤、撞倒，最后再扒个精光。这皆是因为她的手臂、双腿都极其粗壮，力气过人。虽然埃维尔的多情是众所周知的事实，但从结果来看，她的无数场情事都不得不被评价成“正确行为”，因为在决斗中取得胜利，就是不可撼动的辉煌证据，再没有比拥有如此确凿证据的偏见更加牢固的东西了。事实上，埃维尔也坚定地相信，她那些确有其事的出轨都属正义之举，而她想象中的丈夫的出轨则全是不正当的行为。最可怜的是吉拉·科西桑，他不仅要成日忍受妻子在语言和暴力上的双重责难，还要在那些不可撼动的证据面前，承受自我怀疑之苦，想着或许对的人其实是妻子，而自己才是做错事的一方。如果没有后来的那一次偶然遭遇，他最终将会被这日复一日的重压给击垮也未可知。

当时，在帕劳各岛中，存在着一种叫作“莫戈尔”的制度，是指未婚女性会住进男人会馆[①]里，在为他们做饭之余，还会从事类似妓女的工作。这种女性都来自其他部落，有自己主动来的，也有因为战败而被强制派遣来的。

吉拉·科西桑所居住的加库拉奥部落的男人会馆里，碰巧有一位格雷潘部落的女性来做莫戈尔。她叫利玫依，是个非常漂亮的姑娘。

当吉拉·科西桑在会馆的厨房里初次见到这位姑娘时，竟久久地茫然呆立在原地。他不只是被那位姑娘宛如黑檀雕刻的古老神像一般的美所打动，还从她的身上感受到了某种命运般的预感——也许只有这个女人，才能帮自己从现任妻子的压迫中逃离出来——一种可怜却又颇为自私的预感。而当他发现利玫依的回眸也饱含热情时（她的睫毛很长，眼睛大而黑亮），这种预感便越发确定无疑。从那天起，吉拉·科西桑与利玫依确立了恋爱关系。

做莫戈尔的女人，有的会服务男人会馆中的所有男性，有的只服务其中的少数男性，或者只跟一位男性保持关系。无论选择哪种都是女方的自由，男人们不得强迫。利玫依就只选择了已婚的吉拉·科西桑一人。那些自信满满的青年，不管是对她暗送秋波，还是甜言蜜语，抑或是使用微妙的挑逗性手段，都无法获得利玫依的芳心。

对吉拉·科西桑而言，他的世界犹如天翻地覆。尽管老婆那

① 在帕劳的母系社会时期，提供给男人们的休闲聚会场所。男人们可以在这里聊天，并学习划船、捕鱼等知识技能。

乌云笼罩般的压迫依然存在，但是近十年以来，他似乎第一次发现，太阳原来依然是光辉灿烂，蓝天里飘荡的白云是那么美，树梢之间小鸟的鸣叫是那样动听。

埃维尔的那双慧眼，自然不可能看不出丈夫脸上的变化。她很快就查明了原因。一夜，在对丈夫进行了一番彻底的谴责之后，第二天早晨，埃维尔走出家门，朝男人会馆走去。她以大章鱼袭击小海星般的凶猛气势闯进屋里，决意一定要向那个企图抢走自己丈夫的可恶的利玫依发起决斗。

然而，被当成海星的对手，竟然出乎意料的是一尾电鳐。猛扑上去的大章鱼埃维尔，手脚忽然被刺得剧痛，只得立即后退。随后，她将深入骨髓的恨意全部集中到右臂，猛地伸出手去，准备掐住敌人的侧腹，谁知她的攻击居然被以成倍的力量挡住，手腕还被对手轻而易举地反扭了上去。埃维尔心怀不甘地流下了眼泪，她再次使出浑身力气撞向敌人，却被对方灵巧地闪躲开，最后害得她向前摔去，额头猛地撞到了柱子上。正当她头晕目眩地倒在地上时，对方再次发起攻击，顷刻之间就把她身上的衣服全扒了下来。

埃维尔输了。

在过去十年间战无不胜的女英雄埃维尔，如今却在这场最重要的决斗中落得惨败。男人会馆内柱子上雕刻的奇特神像们，也对眼前这意料之外的一幕瞠目结舌；倒挂在天花板阴影里睡懒觉的蝙蝠们，同样为这罕见的结局大吃一惊，一齐飞向了屋外。从会馆墙缝里窥见了整场决斗的吉拉・科西桑，此刻半惊半喜，更多的则是恐惧迷茫。当初那种或许能被利玫依所救的预感如今真的实现了，这确实值得庆幸，但是战无不胜的埃维尔意外战败了，这等大事到底是吉是凶呢？这又会给自己带来怎样的影响呢？吉拉·科西桑只觉得恐惧困惑到无以复加。

就这样，埃维尔拖着浑身是伤、一丝不挂的身体，如同被剪去头发的参孙[①]一般，遮挡着前身，悄然离去了。由于吉拉·科西桑在妻子面前的卑屈态度早已成了习惯，他没有留下来跟利玫依一起在男人会馆分享胜利的喜悦，而是毫无自尊心地跟在战败的妻子身后，若无其事地回了家。

初次尝到败北滋味的埃维尔，悔恨地哭了两天两夜。第三天，她的哭声终于停了下来，取而代之的是激烈的谩骂。在悔恨泪水之下潜伏了两个昼夜的嫉妒与愤怒，此刻终于变成了猛烈的怒吼，全部释放到了怯懦的丈夫身上。

如同敲打椰子树叶的强风暴雨、面包树之间起伏的阵阵蝉鸣、环礁之外汹涌的怒涛，埃维尔将所有的骂声都倾注到丈夫身上。她那粗暴恶意的微粒像火星、电光及有毒的花粉一般，在家中四处弥漫。

背叛了贤淑妻子的不诚实丈夫就是邪恶的海蛇，是从海参肚子里生出来的怪物，是从腐木里冒出来的毒蘑菇，是海龟的排泄物，是霉菌里最卑劣的那一种，是腹泻的猴子，是羽毛被拔光的翠鸟。而那个从其他地方来做莫戈尔的女人，就是淫乱的母猪，是没妈没家的女人，是牙齿里藏毒的亚乌斯鱼，是凶狠的大蜥

① 《圣经·士师记》中的犹太领袖，参孙的头发是其超人力量的来源，他被剪掉头发之后，便力量全失，被关进监狱，受尽折磨羞辱。

蜴，是潜伏在海底的吸血魔鬼，是残忍的龙胆石斑鱼。而自己则是被那条凶猛的鱼咬掉了腿的可怜又温柔的母章鱼。

在埃维尔过度激烈的吵闹之下，吉拉·科西桑像聋了似的茫然无措。一时间，他甚至感觉自己完全丧失了感知，更没有闲暇去思考对策。直到埃维尔骂累了，气喘吁吁地停下来，喝着椰子水休息时，他才终于感觉弥漫在空气中的骂声，像木棉树的刺一样刺痛着他的皮肤。

习惯是人类的统治者。吉拉·科西桑早已习惯了妻子的绝对专制，即便吃着这般苦头，他也没能下决心逃回男人会馆的利玫依身边。他只是不停地哀求，希望得到饶恕。

在一整个日夜的疯狂和暴风之后，和解终于达成。不过，除了跟那个莫戈尔女人分手之外还有一个条件，吉拉·科西桑需要亲自前往遥远的卡扬埃尔岛，用当地名产塔玛纳树[①]制作一座豪华的舞台带回来，并在向大家展示舞台的同时，举行一场夫妇宣誓典礼。帕劳人通过交换乌多乌多与举办盛宴，举办完结婚典礼的数年之后，还可以再举办一次“夫妇宣誓典礼”。举办宣誓典礼自然要花费不少钱，通常只有富人才会办，不算富裕的吉拉·科西桑夫妇还没有办过这种典礼。如今，不只要举办典礼，连舞台都要自己制作，这着实是个不小的经济负担，但是为了讨好妻子，吉拉·科西桑也别无他法。他把仅有的一点乌多乌多全部带在身上，往卡扬埃尔岛去了。

---

① 即红厚壳，在东南亚热带诸国均有分布，木材质地坚实而重，适宜造船、家具等。

虽然合适的塔玛纳木材很快就砍伐好了，但在制作舞台上可是花了不少时间。因为做好舞台的一条腿，大家就要聚在一起跳上一阵庆祝的舞蹈，刨平木材表面时又要跳一次，进度自然快不起来。只见弯弯的月亮变圆、圆圆的月亮又变弯之后，舞台才终于建好。在此期间，吉拉·科西桑就住在卡扬埃尔岛的海边小屋里，他时常会满怀不安地回想起令他难以忘怀的利玫依。他在想，自那场决斗之后，自己一直无法去见她的这份苦楚，她究竟能否理解呢?

一个月后，吉拉·科西桑支付给工人们很多钱之后，把崭新漂亮的舞台装进小船，准备返回加库拉奥。

抵达加库拉奥的海边时已是晚上。当时海边正燃起通红的篝火，还能听到人们拍着手唱着歌的欢闹声。大概是村里的人正聚在一起，跳祈祷丰年的舞蹈吧。

吉拉·科西桑在距离跳舞人群很远的地方拴好船，把舞台留在船里，悄悄上了岸。他轻轻靠近跳舞的人群，在椰子树的阴影里窥看，发现跳舞和围观的人群里都没有妻子埃维尔的身影，于是心情沉重地朝家走去。

吉拉·科西桑蹑手蹑脚地走在细细高高的槟榔树下的石板路上，眼看着没掌灯的家越来越近。尽管他是在走向妻子，但心里总觉得害怕。

吉拉用他那猫一般能看尽黑暗的原始人之眼，悄无声息地向家中窥探，紧接着一对男女的身影映入眼帘。他看不清那男人是谁，但非常确信那个女人正是埃维尔。就在那一瞬间，吉拉·科西桑在心里松了口气，他感觉自己终于得救了！跟眼前这一幕的意义相比，不必遭受妻子突然而至的大声训斥，对他来说才更加重要。随后，他又感觉有点悲伤，这种情绪并非嫉妒或愤怒。毕竟，在善妒的埃维尔面前耍嫉妒，实属难以想象之事，再者，这个怯懦男人心中的愤怒感情，早就被磨灭得一丝痕迹都不剩。他不过是感觉有一点点凄凉。吉拉·科西桑又悄悄地离开了家。

不知不觉间，他走到了男人会馆前。他看到屋里正透出微弱的光亮，定是有人在里边。他走进屋里，看见空荡荡的会馆中只亮着一盏椰子壳灯，一个女人正背朝灯躺着。毫无疑问，那是利玫依。吉拉·科西桑心情激动地走向那个背朝他的女人，他将手搭在她的肩膀上晃了晃，但她并没有转过身来。她看起来没有睡着，吉拉再次晃了晃她的肩膀，女人依旧背对着他，说道：“我是吉拉·科西桑的人，谁都不能碰我！”

吉拉·科西桑听到这话跳了起来，他高兴地用颤抖的声音喊道：“是我，是我，吉拉·科西桑！”

利玫依惊讶地转过身，大颗大颗的泪水眼看着就从她的眼眶里涌了出来。

过了许久，这两人终于平静下来，利玫依（尽管她是个厉害到能打败埃维尔的女人）潸然泪下，她一遍又一遍地向吉拉讲述着在他没来的这么长时间里，自己为了坚守贞操，经受了多么大的痛苦。她还说，如果他再晚来两三天，自己或许就要坚持不下去了。

妻子那般淫乱，利玫依却这等贤淑，面对眼前的事实，卑屈的吉拉·科西桑终于下决心要对妻子的暴虐行径做出反抗。从之前那次壮烈的决斗结果来看，只要温柔而强硬的利玫依能一直跟着自己，埃维尔再怎么找碴儿也不必害怕。自己竟然一直没想到这一步，磨磨蹭蹭没能从那个猛兽的老窝里逃出来，这是多么愚蠢啊！

“咱们逃走吧。”他说。即便是到了这种时候，他还是使用了“逃走”这种胆怯的说法。“一起逃吧，逃到你们村去。”

此时，利玫依做莫戈尔的合约期正好满了，她便答应跟吉拉一起回自己的村子去。这两人避开围着篝火跳舞的村民们的视线，手牵着手，抄近道来到海边，乘上刚刚拴在海边的独木舟，漂向夜色中的大海。

第二天清晨，天刚刚亮的时候，船便抵达了利玫依的家乡埃雷姆伦维。他们两人回到利玫依父母的家，并在那儿结了婚。不久之后，吉拉·科西桑将之前在卡扬埃尔岛做的舞台搬到村中展示，并举办了盛大的夫妇宣誓典礼。

另一边，埃维尔以为丈夫仍在卡扬埃尔岛等着舞台制作完成，因此她每天都会召集数位未婚青年，沉迷于男女之欢。然而一日，从埃雷姆伦维来的采椰子蜜的人群中，她终于听闻了事情的真相。

埃维尔当即勃然大怒。她呼喊着——这人世间再没有自己这样的可怜人啦，自奥博卡茨女神的身体化作帕劳各岛以来，就没出现过利玫依这么恶毒的女人，她大哭着跑出了家门。她来到海岸边的男人会馆，打算爬到房前的那棵大椰子树上去。以前，那是很久很久以前，这个村子里的一个男人在被朋友骗走了钱财、芋头地和女人之后，曾爬到这棵椰子树的母树（很久之前就已枯萎，但在当时正值壮年，是村里最高的一棵树）上，他在树顶上喊来村里的人们，讲述了自己被骗的经过，诅咒欺骗者，又抱怨世道，抱怨上帝，甚至抱怨了生养自己的母亲，最后从树上跳了下来。在岛上流传的故事中，此人是前无古人，后无来者的唯一自杀者，而此时此刻，埃维尔正打算效仿这个男人。

不过，男人能轻松爬上去的椰子树，换作女人可就相当困难了，再加上埃维尔很胖，肚子又鼓得很大，为了便于攀爬而刻在椰子树干上的刻痕，她只爬了五级就已经上气不接下气。看来想再往上爬是不可能了，埃维尔便停在那里，满腹委屈地大声喊来村里的人们。随后，为了不会从树上滑下来（毕竟她爬了也有近四米高），她拼命抱紧树干，向众人倾诉着自己可怜的遭遇。她以海蛇之名起誓，又以椰子蟹和吸盘鱼的名义，诅咒自己的丈夫和那个情妇。埃维尔边诅咒边用她那蒙眬的泪眼往下看，没承想她以为能聚集来全村人的期待竟然完全落了空，树下只站着五六个男女，他们正张着嘴，仰视着自己的狂态。想来是因为大家早已习惯了埃维尔的喊叫，心想着她又开始了，于是连从午睡的枕头上抬下头都不情愿。

总而言之，如果只有五六个观众，这么大喊大叫也无济于事。而且，从刚才开始，她那庞大的身躯就总是往下滑。埃维尔突然停止了喊叫，脸上浮现出略显尴尬的笑容，慢吞吞地下了树。

聚集在树下的数人中有一个中年男人，在埃维尔成为吉拉·科西桑的妻子之前，他们曾非常相爱。这个男人因为恶性疾病，鼻子掉下来一半，但他拥有大片的芋头地，是村里第二大财主。从树上下来的埃维尔一看到这个男人的脸，自己也说不清为什么，竟对他莞尔一笑。男人的目光也随之变得热烈起来，他们两人即刻变得情投意合，牵起手，走向茂盛的塔玛纳树林中去了。

被留在一旁的几个围观者也并不惊讶，他们只是目送着那两个人的背影，轻轻一笑。

四五天之后，村民们得知，埃维尔公然住进了那天跟她消失在塔玛纳树林里的中年男人的家。这位鼻子掉了一半、村里第二有钱的财主，最近恰巧刚刚死了老婆。

就这样，吉拉·科西桑和他的妻子埃维尔两个人，各自度过了幸福的后半生。直到现在，村民们还会讲起他们的故事。

*　*　*

故事到此结束。其中提到的“莫戈尔”制度，即未婚女性服务男性的风俗，在后来的德国统治时期被禁止，在如今的帕劳各岛上已无迹可寻。不过，如果去询问村里的老婆婆，她们个个都会说年轻时曾有过那种经验。在出嫁之前，每个姑娘都必须去其他村子里做一次莫戈尔。

而“赫利斯”，即关于情感纠纷的决斗，直到现在仍在流行。有人在的地方就有爱情，有爱情的地方就会有嫉妒，想来这种决斗会流传至今也是理所当然。眼下，正身处帕劳的笔者，就曾亲眼见过这种决斗。决斗的经过和激烈程度都恰如文中所述（我所见的也是自己犯错在先，却倒打一耙发起挑战，最终反被击败，大哭着回家去的情况），与过去别无二致。唯一不同的是，在当时喝彩、声援及批评的围观群众中，有两位手持口琴、穿着现代的青年。那两个人身穿一模一样的崭新的深蓝色衬衫，一看就知道是最近刚去科罗岛买的，他们的鬈发上涂满了发蜡，打着赤脚，打扮得相当时髦。他们或许是想给眼前那场搏斗来点伴奏，便煞有介事地晃起头，踏起脚，在纠缠不休的激烈斗争进行的同时，一直吹奏着轻快的进行曲。

# 南岛谭·篇三·鸡

在南洋群岛，为岛民而建的初等学校被称作公立学校。一次，我去岛上的某所公立学校参观时，恰好赶上早会在介绍一位新上任的老师。那位新老师看起来还非常年轻，但据说已经有多年的公立学校教学经验。校长做完介绍之后，他便走上台去，发表就任致辞——

“从今天开始，老师就要跟你们在一起学习了。我在这里已经教了很长时间的书，关于你们做的那些事，我可全都了解。大家在老师面前一定要老老实实的，即使你们在我看不到的地方偷懒，我也能立马知道。”

他在每一句话之间都做了明显的断句，声音大得像是在喊。

“你们想糊弄老师也没门。老师我可是很可怕的。老师说的话，你们要好好遵守。能做到吗？我说的都听明白了吗？听明白的人举手！”

数百名身穿破烂的衬衫和简便连衣裙的黑皮肤男女学生，一齐举起了手。

“好！”新老师用特别大的声音说道，“明白了就好。我的讲话结束了！”

行过礼后，数百位岛民儿童的眼中，再次浮现出由衷的敬畏之情，仰视着那位新来的老师。

表现出敬畏之情的不只有学生们，我也满怀敬畏和赞叹之情，专心聆听着他的致辞。然而，除此之外，我的脸上或许也流露出了些许怀疑的表情。之所以这样说，是因为早会结束，回到职员室之后，那位新任老师像是要对我刚才的表情作出辩解一般地如此说道：

“对这儿的岛民啊，要是不用刚才那种语调吓一吓，以后可镇不住他们。”

语毕，他那晒得黝黑的脸上浮现出一个灿烂的笑容，露出了满口雪白的牙齿。

初到南洋来的年轻人，面对这种事情时常常会皱起眉头。但是在南洋待过两三年的人，就早已对这种事见怪不怪。或者说，他们认为这是最老练的对待岛民的方式。

就我自己而言，对于这种对待岛民的方式，倒并没有感到人道主义上的反感，但若是要把它推举为最好的方法，恐怕我多半会犹豫。当然了，将坚决的强制贯彻到底，确实比娇惯他们更加有效。但让人苦恼的是，在大多数情况下，单纯的强制都会比周到用心的诚心诚意带来更好的结果。尽管这种强制是否能让他们心服口服还值得怀疑，但再次颠覆我们常识的是，这种坚决性的强制，确实可以让他们不只在表面上，而且从心底里也感到惊叹折服。多数情况下，“畏惧”与“尊敬”并没有完全分离，但是，从来如此，未必就要一直如此。总之，我还没有完全理解这些岛民。对我来说，这些岛民的心理及生活情感的难以理解程度，会随着跟他们接触时间的增多而加深。比起初到南洋的时候，待上三年会变得更加不理解，比起待上三年、五年时，我对当地土著心理的不理解程度有增无减。

其实，在我们文明人中，也会有将“畏惧”和“尊敬”混淆的时候，只不过在混淆程度及表现方式上有很大不同。因此，或许我也能勉强地说，在这一点上我并非完全不能理解他们。曾有一个土著女人，在海边为前往安加尔岛挖磷矿石的丈夫送行，她抓着小船的缆绳，号啕大哭。直到丈夫乘坐的小船消失在地平线，她仍泪眼婆娑，不肯离去。这让人不由得想到，传说中的松浦辞别佐用姬①大抵就是这样吧。然而两个小时之后，这位可怜的妻子或许早已跟附近的青年享受鱼水之欢了。如果这时候我们说“也不是不能理解这种事”，想必会遭到女性的一致反驳；但是如果有人敢说，在我们之中绝对不存在这种心理的原型，那么这种人必定是缺乏反省意识的。帕劳由西班牙统治变为德国统治时，直到前一天夜里还忠诚无比的仆人和邻居，突然就变成了暴徒，开始杀害西班牙人。这事儿并不会比参观拉格多市大学的格列佛更令我们感到惊讶吧。

不过像下面这种情况，我们究竟应该如何理解呢？比如，我正在跟一位土著老人交谈。尽管我的土话说得还很不流畅，但对方似乎也能理解，因为当地土著本就态度和蔼，对于不太好笑的事，他们也会笑得很开心，所以这位老人看起来心情颇好。过了一会儿，当我们交谈甚欢时，突然——真的是非常突然，这位老人便缄口不语了。起初，我以为他是说累了，想歇口气，便静静

① 日本宣化天皇时期的名臣大伴狭手彦之妻。大伴狭手彦出兵朝鲜半岛时，在松浦辞别佐用姬，佐用姬一路追赶船影，伤心欲绝，最终化作石头，永远守望着大海。

地等着他答话。然而，这位老人已经不愿再说，他不只是不再开口，就连他刚刚的和蔼表情也忽然变得兴致索然，他的眼神就像我在他面前完全不存在一样。这是为什么？是什么动机让这位老人突然陷入这种状态？是我的哪句话惹恼了他？无论我怎么想都找不到答案。总之，这位老人突然间就把自己的眼睛、耳朵、嘴巴，甚至心门都牢牢地关上了。此刻，他变身为古老的石神像。他是忽然对交谈失去了热情吗？还是对与自己不同人种的相貌、气味、声音突然厌恶了起来？抑或是密克罗尼西亚古老的神明对温带人的入侵感到愤怒，他们突然挡在这位老人的面前，让他的双眼想看却看不到呢？总之，不管是喊叫、劝说，还是摇晃都无法摘掉老人那不可思议的假面具，我们只能茫然无措地看着这一幕发生。也不知道他本人是否意识到了这种短暂的痴呆状态，还是说，这其实是他有意识放出的极其巧妙的烟幕弹？就连这一点，我也无法作出准确判断。

这不过是众多事例中的一个。但凡是在岛上长期生活过的人，都常常会有这种经历。那种在南洋待了四五年，就说自己已经彻底了解岛民的人，总给我一种奇怪的感觉。因为我觉得，如果不是在椰子树叶的摩擦声与环礁之外起伏的太平洋涛声中住上个十年，就无法彻底理解他们的想法。

我似乎一直在讲些无聊的大道理。我到底是想说什么来着？啊，对了，我原本是想讲一位老人，一位土著老人的故事。作为这个故事的开场白，不知不觉竟说了这么多。

那位老人居住在帕劳的科罗岛。他看起来已经非常苍老了，但实际年龄也许还不到六十岁。老人的年龄很难猜测得准，有时连他们本人都不知道自己的确切年龄，而且跟温带人相比，热带人从中年到老年这一阶段衰老得非常快。

那位老人名叫马尔库普，他似乎有点驼背，走路时总是前倾着身体，还干咳个不停。有些可笑的是，他的眼皮特别松弛，总是下垂着，以至于几乎无法睁开眼睛。当他想看清别人的脸时，必须稍稍仰起头，用食指和大拇指提起松弛的眼皮，好除掉遮挡视线的障碍。他这种像是卷起窗帘、百叶窗的动作，总会让我忍不住笑出来。但是这位老人似乎不明白我为什么而笑，还会配合着我，也默默地笑起来。然而，令刚来南洋不久的我颇感意外的是，这位看似可怜又愚钝的老人，竟然是个大骗子。

那个时候，为了更好地了解帕劳民俗，我开始收集与民间信仰相关的神像、神祠之类的模型。由此，当我听一位相熟的岛民说马尔库普老人比较熟悉旧制，手又很巧，便想着找他来帮帮忙。他最初被带到我面前时，常常会提起眼皮，看着我，回答我的问题。我觉得他不只对科罗岛，对帕劳主岛各地的信仰大致上都有所了解。当天，我就让他帮我制作一个被称作"除魔的梅雷克"的络腮胡子男的雕像。两三天后，老人带来了做好的雕像，做工看起来非常精致。作为谢礼，我递给他一张五十钱的纸币，老人提起眼皮，看看纸币又看看我的脸，抿嘴一笑，轻轻鞠了一躬。

自那以后，我便常常请他帮我制作除魔、祭祀用具之类的东西，譬如小神祠、船形灵牌，还有大蝙蝠和猥琐的迪伦像等模型。不只是模型，有时不知从什么地方，他还会给我弄来真品。

“是偷来的吗？”我问他。他却只会默不作声地笑一笑。

我又问他：“偷神明的东西，你不怕吗？”

“跟我不是一个部落的，没事。而且我之后马上就会去教会做祓除，不用担心。”他一边回答，一边悄悄伸出左手催促我。他的意思是，与其操那些没用的心，不如赶快给他钱。他所说的教会，是科罗岛上的德国教会或西班牙教会。只要到教会的祭坛前拜一拜，就能轻松摆脱亵渎古老神明的恐惧吗？看来即便从神祠的大小上来考虑，他对于白人神明的威力更胜一筹这一点也是深信不疑的。

就这样，费时两三天做出来的小东西给五十钱，需要花费一周时间的东西则给一元，我支付给老人的费用像这样基本固定了下来。然而某一天，当我准备支付一个小小的鸽子形护符的费用，把一张五十钱的纸币递到他手上时，他却没有收。只见他提起眼皮，看看自己手掌上的钱，然后又看着我的脸，淡淡一笑放下眼皮，却没有收下钱的意思。“这家伙！”我在心里骂道，并一言不发地盯着他的脸（不过，当情形对他不利时，他会立马放下眼皮，让人看不明白他眼睛里的情绪），片刻之后，他再次提起眼皮，当他正要笑起来，对上我的视线时，又慌慌张张地放下了他的“窗帘”，但他的左手依然伸向我的面前。我嫌麻烦，便又往他手心里添了十钱的硬币，这次他眯缝着眼，微抬起眼皮，也不看我的脸，只嘟囔了一句感谢似的话，便回家去了。

后来，六十钱变成七十钱，七十钱又变成了八十钱，在他只需提起再放下眼皮的无声反驳中，最终，价格被抬高到了一元钱。变化的不只有价格，他带来的成品中，也常常会有些令人质疑的地方。比如，在木板上雕刻的太阳花纹的公鸡图，被省略掉很多细节。小神祠模型的构造，似乎也跟实物稍有出入。可是，他又会在船形灵牌上，擅自添加多余的近代风格装饰。即便是被我明确指定过尺寸的东西，他也会做得出奇地大。他还会带来所谓的过去祭神用的非常古老的真品，并以相当高的价格卖给我，但那东西其实是非常新的赝品。即便我发怒骂他，他最开始也会坚称自己做的东西没错，绝不轻易退让。直到我拿出种种难以否定的证据，他才会终于露出平时那副笑脸，什么都不敢再说。

“往船形灵牌上加其他装饰，是因为我想讨老师（指我）的欢心。”有时他会如此狡辩。

“模型必须准确无误，你不能为了要钱就给我拿来奇怪的赝品。”待我严厉批评过他之后，他便老老实实地鞠一躬，回家去了。

在那之后的一段时间里，他都会带来些做得不错的东西，但一两个月后，他就又回到了之前的胡闹状态。等我感觉出不对劲，才把从他那儿买来的东西全都重新检查了一遍，之前竟稀里糊涂地没注意到，其中有半数以上的东西，都在难以察觉的细节上偷工减料，有些还是马尔库普随意创造出来的，现实中根本不存在的东西。

当时，在帕劳发生过一起“神明事件”。一种由帕劳传统的民间信仰和基督教混合而成的新兴宗教团体在岛民中出现，由于它被视为有碍治安，政府便以“猎神”的名义，开始搜捕这个宗教团体的领导人物。这个团体北至卡扬埃尔岛，南到佩里琉岛，影响力相当广泛深远，然而当局巧妙利用了岛民之间的势力斗争和个人的反感，顺利推进着揭发检举工作。我在警务课的一位熟人，偶然告诉了我这样一件怪事，他说那个叫马尔库普的老人，曾在猎神行动中建立过卓越的功勋。仔细询问后得知，当时的检举多数都是依靠岛民告密，而马尔库普正是告密最频繁的一位，很多大人物都是因他的告密而被捕，所以他一定拿到了非常多的赏金。

“但是，有时不信教的人也会因为私人恩怨来告发。”那位熟人笑着说道。不管这个新教派是正是邪，告密这种行为让我感觉非常不舒服。

几天后，我之所以会对马尔库普老人的一点糊弄而大发雷霆，或许正是出于这种不快感。事实上，那并不是值得我发那么大火的事情，他不过是在工艺上偷了点儿懒，又有一点儿贪婪了。但事后想来滑稽的是，我当时竟然真的动了气，大骂了他一顿。面对我的怒气，老人不再提起他的眼支，也不再扬起笑脸，他只是老老实实地，更准确地说是目瞪口呆地站在我的面前。

“到此为止吧，我不想再把工作交给为了钱出卖朋友的卑鄙小人。”我好像还说了这种话，并且大声呵斥了他。

片刻之后我才忽然注意到，老人不知何时变得像石头一样面无表情，仿佛听不见我的声音，也看不到我的存在。就像我之前提及的那种不可思议的状态，马尔库普老人也封闭了自己的所有感觉，陷入一种与外界完全隔绝的状态。这让我很惊讶，但在那种情况下，我也不可能突然让步，去哄他开心。而且事到如今，无论我说什么做什么，封闭了一切感知，像蜷成一团的穿山甲似的全副武装起来的马尔库普，恐怕也是什么都感觉不到吧。

沉默了半小时之后，老人似乎一下子恢复了意识，他动了动身体，随即走出了我的房间。

一小时过后，我发现老人来之前还放在桌上的一块怀表不见了。我找遍整个房间都不见它的踪影，衣服口袋里也没有。那是父亲留给我的一块老沃尔瑟姆[①]，即便是在潮气、暑气过剩，怀表容易走不准的南洋，它也是不会轻易出毛病的高级货。我又想起来，马尔库普从前就对那块表，特别是那条银表链非常好奇，还曾拿在手里把玩过。我立马走出家门，往他住的小屋走去，然而小屋里并没有人在（他是个单身汉）。在那之后的两三天，我每天都会上他家去，但屋里总是没有人。我向附近的岛民打听后得知，两天前，他说要去主岛的什么地方，但是出门后至今都没回来。

自那以后，马尔库普老人就再也没来找过我。

时间又过了两个月，我起程前往东部各岛——从中部的加罗林群岛到马绍尔群岛，准备做一次长期的地域风俗调查，大约要持续两年。

两年过后，当我再度回到帕劳，发现科罗岛上的住户竟然有了明显增加，岛民们似乎也变得圆滑狡诈了许多。

我回到帕劳的一个月之后，一日，马尔库普老人突然来访。他说从别人那儿一听说我回来，便立马赶来了。他变得非常憔悴，眼皮依旧像从前一样遮着双眼，但脸颊凹陷得像被拔光了牙

---

① 美国钟表品牌，以准确度和精湛工艺著称。

一样，后背也比从前驼得更厉害了。更让人惊讶的是，他的声音变得非常沙哑，说话音量如同耳语，他整个人看起来似是比两年前老了十岁。我当然没有忘记之前怀表被偷的事，但看着他那副衰老的模样，又实在没法问出口。

“你怎么了？看起来好像衰弱了不少。”我问道。

“病得很重了。其实，我也是为了我生病的事来求您的。”他答道。

大约在半年前，他的身体状况变得很差，喉咙像堵住似的呼吸困难，便去了帕劳医院。然而，他的病似乎已经完全治不好了。

“我想，要不干脆别去医院，去伦格先生那儿怎么样？”老人说。

伦格是位德国人，是个在宜瓦尔村住了很长时间的传教士，他是个非常有教养的男士，而且似乎非常精通医药。他时常为岛民看病，并给他们开药，由此，他在帕劳土著中的声誉越来越高，不少岛民都坚信，他治病的效果比帕劳医院更好。马尔库普老人已对帕劳医院绝望，想去找这位伦格牧师看病。

“但是……”老人说，“帕劳医院是官方医院，如果不去那里看病，改去伦格先生那儿，肯定会惹怒院长，警务课的人也会不高兴（我笑称怎么会有那种事，但老爷子却固执地如此相信）。老师（指我）您跟院长先生是朋友，能不能请您去跟院长好好说说，让他允许我去伦格先生那儿看病呢？”

他用沙哑的嗓音说出这番话时的神情就像是在哀求，而且他看起来也确实像一位濒死的老人，我实在没理由拒绝他这愚蠢的请求。

我找院长说明这件事后，他说马尔库普得的是喉癌还是喉结核来着（我现在已经忘了是哪种病），已经没有治好的可能了，所以他想去伦格那儿也好，干什么也好，都依着他的喜好行事就好。

第二天，我告诉马尔库普老人，院长已经答应他去找伦格看病之后，他表现得非常高兴。他用让人听不清的声音，一次又一次地感谢我，又向我鞠了无数次躬，那是从前无论我付给他多少钱都不曾见过的光景。他为什么会对这种不值一提的小事如此感激呢？这反倒让我觉得不知所措。

此后的一段时间里，我一直没听到过关于马尔库普的消息。

大概是又过了三个月吧，一位从没见过的土著青年来访。他说是受马尔库普所托来的，随后便将手里提着的一只椰子叶编的篮子递到我面前。从篮子的孔洞之间，一只母鸡探出脑袋，咕咕咕地叫着。青年说是马尔库普拜托他送来这只鸡的。

我追问道："马尔库普怎么样了？"

"十天前死了。"青年回答说。

据说他当时很开心地去了宜瓦尔村，找伦格医生看了病，但他的病情并没有好转，最终死在了那个村子的亲戚家里。

我又问那个青年："他为什么要留下遗言，拜托你送我只鸡呢？"

"不知道。我只是照他吩咐行事而已。"青年生硬地答道，然后便匆匆离开了。

两三天之后的一个傍晚，又有一位土著青年从我家的后门进来找我。他态度冷淡地站到我面前，令人惊讶的是，他也递上来一只装了鸡的椰子叶篮子。他只说了句“马尔库普爷爷给你的”，便似是满脸怒气地突然转身，又从后门走了。

第二天，又来了一个人。这次来的年轻人比前两个青年的态度要和蔼得多，年龄似乎也要大一些。他自我介绍说是马尔库普的亲戚，是受死去老人之托来的，紧接着便递过来一只椰子叶篮。这一次，我已经不再感到吃惊，想必其中又是一只鸡。没错，确实是只鸡。

我再次问道：“他为什么要送我这个当礼物？”

“因为爷爷说生前受了老师很多照顾。”他说。

至于为什么要送三只鸡，还是分三次让不同的人送来，这位岛民给我做了如下说明：“估计他是怕只拜托一个人，东西会被送的人据为己有，为了确保万全，所以才会向三个人托付了同一件事吧。”

“因为这儿有很多人不会遵守约定。”最后，他还补充了这样一句。

对于深知一只鸡对岛民的生活有多重要的我来说，眼前这三只活鸡，让我很是感动。但尽管如此，我并不知道这到底是死去的马尔库普对我帮他向院长说好话的善意（如果那能称为“善意”）表达的感谢，还是对当年他对我的怀表做出的失礼之举的赔罪呢？不对不对，那么久之前的事，他不可能记得。就算他还记得，又想为此赎罪的话，也应该把那块怀表还回来。那块沃尔瑟姆到底去哪儿了呢？不对，比起担心怀表的下落，更让我困惑的是，因为怀表事件而留在我心里的马尔库普的奸邪形象，要如何跟眼前这些被送来的鸡做协调呢?

人在将死之时总会变善良，又或者说人的性情并非恒定不变，同一个人也会表现得时善时恶，诸如此类的解释并不能让我满足。这种不满足的情绪，或许只有在充分了解了那位老人的声音、相貌和动作举止之后，最终又碰上这三只意料之外的鸡的我自己才能感受得到。或许，我想寻求的并不是对于“人”的解释，而是对于“南洋的人”的解释。总之，我仍旧完全无法理解南洋土著的感触，由此变得更加深刻了。

# 虎狩

## 一

我想聊聊关于猎虎的故事。

我所说的猎虎，可不是塔拉斯孔的英雄塔尔塔兰猎狮子那种闹剧[①]，而是真真正正的狩猎老虎。地点就在距离朝鲜京城府[②]只有二十里的山中。我这样说，或许会被人笑称："这年头，那种地方怎么可能有老虎呢？"但是直到二十年前，京城府近郊东小门外的平山牧场里，还时常有牛、马在夜里被抓走。不过，它们不是被老虎，而是被一种叫作豺的狼给抓走的。总之，在那个时候，入夜后在郊外独自行走还十分危险，甚至发生过这样一件事——

一夜，在东小门外的巡查所里，一位巡查正独自坐在桌前，突然，一阵可怕的"刺啦刺啦"声响起，原来是有人在抓挠入口处的玻璃门。巡查被吓了一大跳，他抬眼看向门口，怎料那挠门的竟是只老虎！只见那老虎——且是两只，正用后腿立身站着，两只前爪则"刺啦刺啦"地不停挠着门。巡查见状，大惊失色，

① 指阿尔丰斯·都德的作品《塔拉斯孔的英雄塔尔塔兰》中的情节。

② 朝鲜被日本侵占时期，朝鲜半岛的中心都市。"府"在这里相当于日本的"市"。

赶紧抄起屋里的木棒，替代门闩挡在门前，又将屋里所有的桌椅都摞到门的内侧，以此来堵住大门，而他自己则拔出佩刀，摆开架势，浑身哆嗦个不停，吓得魂都没了。最终，这两只老虎让巡查胆战心惊了一个小时之后，终于放弃了挠门，不知去向何处了。

当我在《京城日报》上读到这个故事时，觉得这事好笑得不得了。平日里那么威风的巡查——在朝鲜，那个时候是巡查还能耍威风的年代——当时得有多么惊慌啊，一想到他像我们大扫除时一样，把椅子、桌子，还有屋里其他所有东西都摞到了门口，当时还是少年的我，就笑得怎么也停不下来。而且我总觉得它们不是真正的老虎，而是像那位遭受威胁的巡查一样，提着长刀，穿着长靴，一边捋着卷翘的八字胡，一边喊着"嗨、喂"之类的台词，出现在稚气满满的童话故事中的老虎。

## 二

在我讲猎虎故事之前，必须先说说我的一位朋友。他的名字叫作赵大焕，听名字就知道，他是个朝鲜人。不过大家都说他的母亲是日本人。其实在我印象中，这是赵大焕亲口告诉我的，又或者，一直只是我自认为如此也说不定。尽管我们俩的关系那么好，我却从未见过他的母亲。总之，他的日语说得非常好，而且还经常阅读日本小说，就连殖民地[1]的日本少年们没听说过的江户

[1] 指朝鲜，本作品的时间背景为朝鲜被日本占领时期（1910 年 8 月 29 日—1945 年 8 月 15 日），在此期间朝鲜沦为日本殖民地，受日本统治。

时代以前的词汇，他都知道。因此，乍看之下，谁都看不出他是个朝鲜人。

赵和我从小学五年级开始成为朋友，因为我是在五年级的第二学期，从日本转学到龙山小学的。大家的记忆中，都曾有过那种出于父亲的工作调动等缘故，年幼时常常转学的同学吧。对我来说，再没有比刚转学后的那段时间更讨人厌的了。不同的习惯、不同的规则、不同的发音、不同的教科书读法，还有那无数双毫无理由就想欺负新人、里面藏着坏心眼的眼睛。毫不夸张地说，在做每一件事时，我都会先想想自己会不会被嘲笑，这种提心吊胆的畏缩情绪，终日纠缠着我。

那是在转入龙山小学两三天之后的一节阅读课上，当我开始读儿岛高德[①]书中写在樱花树上的那首诗时，大家哄堂大笑。我难为情地拼命矫正着读音，可我越是重读，大家笑得就越厉害。到最后，连老师的嘴边都浮现出了冷笑。我的心情差到了极点，那节课一结束就匆匆跑出教室，独自站在空无一人的运动场一隅，无精打采地望着天空，感觉特别想哭。

我直到现在都记得，那天的猛烈沙尘好像浓雾似的笼罩在我周围，从略显浑浊的沙雾深处，太阳正露出宛如月亮一般朦胧的淡黄色光芒。直到后来我才知道，从朝鲜到中国，这样的日子通常一年中会出现一次。那都是在戈壁荒漠上起的大风，不远千里带来的沙尘。那一天，我被那初次遇到的猛烈天气吓呆了，望着运动场边消失在白色沙雾中的高高的杨树梢，我立刻开始不停地

① 日本镰仓时代末期的武将。

将满嘴的沙子“呸呸呸”地往外吐。而就在这时，伴随着抽搐式的嘲笑般的奇怪笑声，一个声音突然从我身旁冒出来：“喂，太丢人了吧，你怎么一直在吐唾沫呀？”

我定睛看去，只见不远处站着一个高高瘦瘦、小眼睛、小鼻子的少年，他的笑声更像是种嘲笑，而非充满恶意。我吐唾沫确实是因为空气中的沙尘太多，但仔细想想，其实我是为了掩饰刚才念“天莫空勾践”[①]时的羞耻，以及独处的尴尬，才“呸呸呸”地多吐了好几下。被看穿心思的我，一时之间，感觉自己蒙受的羞耻是刚才的两三倍，我顿时大怒，不管不顾地哭着猛扑向那个少年。

说实话，我并不是因为觉得自己能打赢那个少年才扑上去的。个头矮小、性格胆怯的我，当时还从来没有打赢过架。因此，那个时候的我也是带着反正会输的心理准备，流着眼泪冲上去的。然而令我惊讶的是，我做好了被狠狠打一顿的准备，闭着眼扑了上去，而对手却出乎意料地软弱。我们在运动场角落的器械体操沙地里，倒在地上扭打了一阵后，我毫不费力地就把他按在了地上。我心里对眼前的结果略感吃惊，但还没有从容到能完全放松警惕，我依然闭紧双眼，揪着对方的前襟。然而不久后，当我意识到对方并没有在抵抗，便轻轻睁开眼，只见从我双手的下方，他那仰视着的小眼睛里，正浮现出不知是认真的还是嘲笑

---

① 指诗句“天莫空勾践，时非无范蠡”，意思为“老天并没有抛弃勾践，因为在恰当的时机，他还有范蠡这样的忠臣相助”。这是日本南北朝时期，后醍醐天皇被捕时，儿岛高德为了向其表明忠心，而刻在樱花树上的诗句。

的，总之是让人看不透的狡猾表情。这瞬间让我的内心生出一种被侮辱的感觉，我猛地松开手，站起身，离开了他。随后他也站起身，一边拍打着黑呢子衣服上的沙粒，一边转向听到骚动后跑来的其他几位少年，略显难为情地斜过眼角，不再看向我这边。这让我感觉很难堪，好像我才是输的那一方，带着莫名的心情，我往教室走去。

两三天后的放学路上，那位少年跟我并肩走在了一起。也就是那个时候，他告诉我他叫赵大焕。我听到他的名字时，不由自主地又反问了一遍。尽管我是来朝鲜上学，却从没有想过自己班里会有朝鲜人，而且他的相貌怎么看也不像是朝鲜人。当我反复问过好几遍，确定他真的姓赵时，我才意识到自己没完没了的追问是多么讨人厌。多半是因为我当时是个早熟的少年，为了让他不会总是意识到自己是个朝鲜人，我努力照顾着他的情绪——不只是当时，后来我们常常一起玩时也一直如此。然而，我的关心似乎并没有用，因为他似乎完全不在意这件事。从他自己主动做自我介绍这一点来看，我想，他确实没有把自己是朝鲜人这事放在心上。然而事实上，这只是我的误解。其实比起“自己是朝鲜人”，他更在意的是，自己的朋友们总是会意识到这个事实，并带着施恩似的态度跟他一起玩。有时，老师和我们为了打消他的这种意识而付出的努力，并没有帮到他，反倒让他感到不快。也就是说，恰恰是因为他在意这件事，才会有意在态度上表现得丝毫不在乎，甚至会主动报出自己的名字。不过，直到很久很久之后，我才看明白这件事。

总之，我们就这样成了朋友。我们俩一起从小学毕业，又一起进入了京城府的中学，每天早晨都会一起乘电车，从龙山去京城上学。

## 三

那个时候——从小学快毕业到刚上中学的那段时间，我知道他暗恋着一位少女。

我们上小学时的班级是男女混合制，那个女孩是当时的副班长（班长要从男生中选拔）。她的个子很高，皮肤不算白皙，但头发浓密，眼睛细长，长得非常漂亮。我听说，班里有同学常常拿她跟《少女俱乐部》杂志封面上一位叫华宵的插画家的画作比较。赵似乎在上小学时就喜欢上那个女孩了，毕业后，她也开始每天坐电车从龙山到京城的女子学校上学，由于在来往电车上经常碰面，赵对她的喜爱之情便也越来越深了。

当时，他曾认真地向我吐露过这件事。他说自己起初其实并没有那么喜欢她，但是听一位年长的友人称赞过那姑娘的美貌之后，他就突然觉得她高贵、漂亮得不得了。尽管他没有说出口，但不难推测，因为这件事，神经质的他又重新开始为自己是朝鲜人还是日本人的问题而烦心不已。

我还清楚地记得，在某个冬天的早晨，就在南大门站的换乘处，那个少女偶然出现在我们面前，向我们打了个招呼（她完全是一反常态，大概也是突然有此想法），赵不知所措地做出回应，那个瞬间，他的鼻尖正被寒气冻得通红。从那之后，在同一时间段，我们俩又跟她乘上过同一辆电车。当时，我们正站在她所坐位置的前方，因为旁边的乘客离开了座位，为了让赵坐下（不过，她同时可能也是在给我让座），她便移坐到一旁，赵见状，露出一副似是为难，又似是高兴的表情……要说我为什么会对这些无聊小事记得如此清楚——说实话，这真的都是些无关紧要的小事——那当然是因为我也在悄悄苦恋着那位少女。

不过不久之后，他的，不对，是我们两个悲伤的爱慕之情，随着时间推移，当我们的脸上逐渐长出青春痘之后，便不知消失到何处去了。更准确地说，是接连出现在我们面前的那些不可思议的事，让我们弄丢了她的倩影。从那时起，我们开始渐渐以一种敏锐好奇的目光，被这个奇怪而又充满魅力的世界所吸引。我们俩——当然是在大人的带领下——去猎虎正是在那个时期。虽然顺序有些颠倒，但我想把猎虎的话题推后，再稍微讲讲发生在那之后的关于他的故事。毕竟在那之后，我关于他的回忆，也只剩二三事罢了。

## 四

他原本就是个对奇怪事物充满兴趣的人，对于学校安排的课程，他几乎毫无热情。譬如在剑道课上，他通常会称病，然后待在一旁，用他那双浮现着嘲笑意味的小眼睛，看着我们这些戴着面具，认真挥舞竹刀的人。然而，在某一日第四节的剑道课结束之后，他走到还没有摘下面具的我身旁，告诉我他昨天在三越百货的画廊里见到了热带鱼。他用相当兴奋的语调，向我描述着那些热带鱼有多美，还说让我也务必去看看，为此他会陪着我再去一趟。

那天放学后，我们便去了本町街上的三越百货。那大概是朝鲜最早的热带鱼展览吧。走进位于三层的被围起来的陈列区，只见四周的窗前都摆放着鱼缸，整个区域如同水族馆一般，被淡蓝色的微光笼罩着。赵先带我走到摆放在窗边中间位置的一个鱼缸前，在倒映出窗外天空的清澈的蓝色水体中，两条薄绸团扇似的，特别薄而平的漂亮小鱼，正在五六根水草之间静静游弋。那模样就像是竖起身子游泳的鲽鱼。还有它们那几乎跟身体同样大小，三角形船帆似的鳍也美得不得了。那些小鱼灰白色的身体上，还长着几条艳丽的领带花纹似的醒目的红紫色宽条纹，每当它们游动起来，身上就会闪现出忽绿忽紫的色彩。

“怎么样？！”当我全神贯注地看着那些鱼时，赵在我旁边得意地说道。

因为厚厚的鱼缸玻璃而呈现出绿色的上升气泡；铺在鱼缸底部的细细白砂，以及从中生长而出的窄窄的水草；在水草之间，菱形的小鱼正小心翼翼地缓慢摆动着它那如同装饰品的尾鳍。在静静凝视着这些景致的时候，不知不觉间，我感觉自己仿佛正透过窥视孔欣赏着南洋海底。然而与此同时，我觉得赵当时激动的样子，未免过于夸张。虽然我早就知道他很喜欢“异国风情的美”，但我觉得他当时表现出的激动情绪中，包含了不少夸张成分，因此，我打算给他的夸张泼点冷水。

把热带鱼全看了一遍之后，我们便离开了三越百货。走在本町街上时，我故意对他这样说：

“那些鱼是挺美的，不过，日本的金鱼跟它们也差不多。”

我的话当即起了作用。赵一言不发，转回头看着我，而他的表情——那张满是青春痘痕，小眼睛、宽鼻翼、厚嘴唇的脸上的表情，立刻变得复杂了起来，其中充满了对于我无法理解细腻之美的悯笑，又混杂了对我恶意挖苦他的抗议。我记得在那之后的整整一周，他都没有跟我说话……

## 五

在我们俩的交往中，无疑还发生过许多更重要的事，但我总对这些小事记得格外清楚，其他的事却多半忘记了。人类的记忆似乎大抵如此。如果要说令我印象深刻的其他事，应该就是初三那年，发生在冬季演习之夜的事。

那时正值十一月末，是个风很大的寒冷日子。那天，在汉江南岸的永登浦附近，初三年级以上的学生进行了非实弹演习。当我们在侦察途中登上小山丘，从稀疏的树林间向下俯视时，只见远处的白色沙滩绵延向远方，而在沙滩中间那一带，流淌着的冬日河流呈现出的灰色，散发出寒冷萧索的气息。而在遥远的天空之上，我们熟悉的北汉山上那凹凸不平的岩石，在空中勾勒出蓝紫色的轮廓。在这般荒凉的冬日景色之中，四处飘荡着背包皮革、擦枪油，以及火药的味道，我们已经东奔西走了一整天。

当晚，我们在汉江岸边路梁津的河滩上搭起了帐篷。拖着疲惫的双腿，忍受着肩膀上枪支重压的疼痛，我们在河滩沙地上嘎吱嘎吱地艰难行进。抵达露营地时，大概是下午四点钟。当我们正准备开始搭帐篷时，一直晴朗的天空突然阴云密布，大颗大颗的冰雹随即噼里啪啦地下了起来。那些冰雹大得出奇。忍受不了冰雹砸在身上的疼痛，我们争先恐后地钻到刚刚铺展在沙子上，还没来得及撑起来的帐篷下面。冰雹敲击着厚厚帐篷布的声音，听起来震耳欲聋。十分钟后，冰雹停了。从帐篷下伸出头的我们——有七八个人都钻进了同一个帐篷里——互相看着彼此的脸，不禁一起笑了起来。

这时我才发现赵大焕也跟我从同一个帐篷下伸出了头，但他并没有笑，而是脸色苍白、神色不安地低垂着头。一个叫N的初中五年级学生正站在他身旁，表情严厉地责备他。好像是因为大家慌慌张张地往帐篷里钻时，赵的胳膊肘撞到了那个学生，把他的眼镜碰到了地上。我们中学里的高年级学生，一直都好逞威风。不只是路上遇见时必须向他们行礼，在其他任何事上，低年级学生也要绝对服从高年级学生。因此，当时我觉得赵一定会老老实实地道歉，然而令人意外的是——或许也有我们一直在旁边看着的缘故——他迟迟不肯道歉，只是一言不发地固执地站在原地。N满脸憎恶地俯视了赵一阵子后，朝我们这边一瞥，便转身离开了。

其实不止这一次，从很久之前开始，赵就被高年级的学生们盯上了。首先，听说赵在路上遇到他们时，总是不行礼。这多半是因为赵虽然近视，却不戴眼镜。不过，他原本就比实际年龄要成熟，高年级学生那些狂妄自大的行为，常常会引得他露出怜悯的笑。再加上当时他正沉迷于阅读永井荷风[①]的小说，这在强

① 永井荷风（1879—1959），日本新浪漫派代表作家。代表作品有《地狱之花》《濹东绮谭》等。

硬派的高年级学生看来，便显得有些过于温和派了，由此，赵会被高年级学生盯上也是理所当然。据赵自己说，他大概被威胁过两次，那些人当时对他说："你还挺狂，不改改的话，小心挨揍。"特别是在这次演习的两三天之前，他还被拽到学校后边的崇政殿——昔日李氏王朝的宫殿遗址前，险些被揍了一顿，当时教导主任恰好路过，他才免遭危险。在跟我说起这些事时，赵的嘴角又浮现出那种嘲笑，但转瞬间，他又露出严肃的表情，说道："我可不怕他们，也不怕被打，但是一到他们面前，我就会颤抖。"

"我心里看不起他们，可身体却自然而然地在微微颤抖，这到底是为什么呢？"他认真地问我。

无论何时，赵的笑容里总带着一些看不起人似的感觉，他常常摆出一副不会被人看穿的姿态，但偶尔又会像这样突然坦白自己的真实想法。不过，他在表露自己的真实想法之后，必定会立刻露出后悔的神色，然后又切换回那种冷笑式的表情。

正如我上面所说，赵和高年级学生之间早有过节，而且撞掉眼镜时又没有老实地道歉。因此当天傍晚，帐篷搭好之后，赵的神情看起来越发忐忑不安了。

当大家在河滩上搭起几十顶帐篷，又在里边铺好稻草之后，便开始在各自的帐篷里生火。柴火最开始冒出来的烟特别呛人，让人没法在帐篷里待着，不久后等烟散了，大家才拿出在背包里被冻得硬邦邦的饭团，开始吃饭。吃过饭后，所有人又都集中到外边进行点名。随后，大家回到各自的帐篷里，躺到铺在沙子上的稻草上，准备休息。帐篷外的步哨每小时换一次，我被排到了凌晨的四点至五点之间，因此能一直安心睡到四点再起来。跟我睡在同一个帐篷里的有五个我们三年级的学生（包括赵），此外还有两个算是监督我们的四年级学生。起初大家似乎都睡不着，于是我们围着沙地正中间临时设置的火炉，任脸庞被火光照得通红，又立起衣领，缩起脖子，忍受着从外边和地下渗进来的寒意，开始闲聊。

那天，担任我们教练的教官万年少尉差点从马上掉下来的事，行军途中走进民家后院，跟那家的农夫吵起来的事，还有四年级学生在侦察时开小差，偷偷喝了藏在身上的小瓶威士忌，回营地后胡乱报告了一通的事，等等——在我们聊着这些自吹自擂的闲话时，不知不觉间就聊到了颇为少年气的、现在想来非常天真的淫秽话题。比我们年长一岁的四年级学生，自然是这类话题的主要提供者。我们聚精会神地专心听着那些高年级学生不知是亲身经历还是凭空想象的故事，即便是很无聊的事，也会一齐欢声大笑。不过，只有赵大焕一个人始终沉默着，他似乎并不觉得那些话题有趣。其实，他并非对这类话题不感兴趣，只是，他从对高年级学生寻常的小玩笑大笑不止的我们身上看出了“卑微的奉承态度”，因此才会表现得很不愉快。

等到大家聊倦了，白天的疲劳也开始释放时，为了抵挡寒冷，我们几个挤在一起，躺在稻草上准备入睡。我穿了三件毛线衬衣，外边又套着毛衣、外套和大衣，却仍然觉得寒气逼人，全身不住地颤抖，不过不知什么时候也迷迷糊糊地睡着了。大约两三个小时后，我突然被一声巨响惊醒。在醒来的瞬间，我总感觉发生了什么坏事，凝神细听，那种特别尖锐的叫声再次从帐篷外传来。那似乎是赵六焕的声音。我心下一惊，赶紧看向他睡在我旁边的位置，赵并不在那里。或许是站岗时间到了，他已经出去了。那么那个被威胁的声音又是谁？就在这时，他清晰的带着颤抖的声音，从一层帐篷布之外传了进来。

“我没觉得那么严重。”

“什么？没觉得严重？”一个像是要盖过他声音的粗声响起。

“够狂的啊，你小子！”

与此同时，一记响亮的耳光声响起，随后是枪倒在沙子上的声音，以及身体猛烈撞击在一起的沉闷声音，又接连响起两三次。我瞬间明白了外边的状况。我有种不祥的预感，赵平时就遭人憎恨，白天又出了那么一档子事，那些高年级学生或许是想趁今晚收拾他。而此时此刻，他们真的动手了。我在帐篷里坐起身，却无法采取任何行动，只能带着紧张的心情，一动不动地听着外边的情况（其他同学都还在沉睡中）。不多时，我感觉有两三个人走了，外边又恢复了寂静，我这才起身，悄悄走到帐篷外去。出乎我的意料，外边正被皎洁的月光笼罩着。在距离帐篷大概四米远，被月光照得雪白的沙滩上，一个看起来像小狗似的，黑黑小小的孤零零的少年正蹲在那里，他低垂着头，一动也不动。枪倒在他旁边的地上，枪上的刺刀正反射着耀眼的月光。

我走到他身边，低头看着他问道：“N呢？”

N就是白天时跟他起过争执的那个五年级学生的名字。赵依旧垂着头，没有作答。又过了片刻，他突然哇的一声，将整个身体躺进冰冷的沙子里，后背颤抖着，像个婴儿似的哇哇大哭起来。我吓了一跳。在十米之外，我们隔壁帐篷的步哨也看了过来。这坦率的恸哭声完全不像平时的赵，我颇受触动，想去扶他起来，可他就是不愿起身。为了不让其他帐篷的步哨也看见他的这副模样，等我好不容易抱起他后，便把他拉去了河边。

阴历十八九日的月亮，形状恰似一颗橄榄球，在寒冷的夜空中散发出清澈的月光。雪白的沙滩上，三角形的帐篷排成一列，而在每一顶帐篷外，都立着七八支刺枪。步哨们吐着白色的哈气，个个都瑟缩着倚靠枪托而立。我们朝着远离帐篷群的汉江干流方向而去。回过神时我才发现，赵的枪（我从沙滩上捡起来的）不知何时挂在了我的肩上。赵无力地垂着戴手套的双手，低着头往前走时，突然冒出下面这句话。他说话时依然低垂着头，哭声也还没有停下，因此他的话语被呜咽搅得时断时续，那语气仿佛是在责备我一般：

“是怎么回事啊？到底——强啊弱啊，是怎么回事？”

这过于简练的话语，让我无法准确理解他想说些什么，但他的语气触动了我。此时的他，完全没有了平时的样子。

“我啊，（此时他抽抽搭搭，哭得像个孩子）我啊，就算被他们打了，也没觉得被打就是输。真的。可是，我还是（他又啜泣了一次），还是不甘心啊。可是我不甘心，又不敢反抗。我害怕得不敢反抗啊。”

说到这儿停下来时，我以为他会再次开始放声大哭，因为他的声音听起来确实如此，然而他停止了哭泣。我心里为找不到适合安慰他的话而感到抱歉，我沉默着，望着我们俩倒映在沙滩上的黑影，继续向前走。原来，从小学在运动场上跟我扭打时开始，他就是个胆小鬼。

“强和弱，到底是怎么回事……喂，真的是……”他又重复了一遍刚才的话。

不知不觉间，我们已经走到了汉江干流的岸边。靠近岸边的一线已结起一层薄冰，而在河中央浩瀚的水流中，则漂浮着几块相当大的冰。月光之下的水面上正闪烁出美丽的光点，而照在冰面上的月光，则像磨砂玻璃一般失去了光泽。我眺望着水面，想着一周内河面就会全部结冰吧，而就在这时，我突然又想起赵刚才说的话，像是发现了隐藏在其中的深意，一时间，我感到愕然。

“强和弱，到底是怎么回事”，赵的这句话——我当时突然意识到——并非他针对刚才那一件事的感慨不是吗？当然，如今想来，那或许只是我的过度猜测。赵虽说早熟，但也不过是个初中三年级学生，想从他的话里听出那么深刻的含义，多半是因为我对他的评价过高。不过，由于我非常清楚赵总是装作不在意自己的出身，其实却非常介怀此事，而且他自己也把被高年级学生欺负的部分原因归于这件事，所以我当时会那样想，也未必没有道理。我这样想着，又看了看一旁沮丧的赵，本就找不到话来安慰他的我，越发不知道该对他说些什么好，只得沉默地望向水面。然而，我心里没来由地感到高兴。那个好挖苦人、好装腔作势的赵，此刻彻底摘掉了他的面具——如前所述，从前他偶尔也会如此，但唯有这一晚毫无掩饰的爆发，让我大吃一惊——将赤裸的、软弱的，并非日本人而是朝鲜人的自己展现在我面前，这让我觉得很满足。眺望着月光笼罩下的河对岸，从龙山到毒村县、清凉里的皎洁夜色，我们俩就这样在寒冷的河滩上站了许久……

至于发生在这次露营之夜的其他有关赵的事，我已然回忆不起。因为在那之后不久（在我们还没有升上四年级时），他突然，真的是非常突然地，连我都没有告知，就从学校消失了。我当然马上找去他家，他的家人也都还在那儿，只有赵一个人不在。他的父亲用不流利的日语告诉我说，赵要去中国一段时间，除此之外，我没有得到任何消息。我生气极了，走之前他至少应该告诉我一声。我猜想了各种各样关于他失踪的原因，却都是徒劳。露营那晚发生的事是直接原因吗？尽管我不觉得单单那一件事就能成为他辍学的理由，但我想多少还是有些关系的。如此想着，我终于确信他之前所说的“强与弱”，是潜藏着深意的。

没过多久，便出现了关于他的各种传闻。其中，他加入了某项运动，并表现得非常活跃的传闻，流传过一段时间。还有人说，他去了上海并落得身败名裂——这是后来才出现的传闻。我觉得哪种说法都有可能，同时又感觉两种说法都是无稽之谈。就这样，中学毕业后立即回到东京的我，此后再也没听到过他的消息。

## 六

说是要讲猎虎的故事，但似乎讲了不少发生在那之后的事。那么接下来，我终于要说回正题。如前所述，这个猎虎的故事，发生在赵失踪的两年之前的正月里，也就是我和赵正在渐渐忘却那个眼睛细长、长得很漂亮的小学副班长的时期。

一日，放学后，我跟赵如往常一样刚刚走到电车站时，他说有件好事要告诉我，让我先跟他一起走到下一站。就是在那个时候，他边走边问我：“想不想去猎虎？”

“这周六我爸要去猎虎，到时候也会带我一起，我跟他提起过你，要是说带你去，他肯定会同意，你也一起去吧？”他说道。

在此之前，猎虎这事我连想都不曾想过，因此一时间惊讶不已，还用一种怀疑他的话是否属实的眼神回看向他。说实话，除了在动物园或儿童杂志的插画上，老虎这种东西能出现在自己身边的现实世界里——而且是只要我同意，近三四天就能看到，这是我连做梦都不敢想的事。因此，我先是跟他再三确认，看他是不是在骗我——以至于惹得他有些生气，随后我又询问了猎虎的地点、同行者，以及费用，等等。最后，我说只要他父亲同意我就去——更准确地说，是务必拜托他父亲，无论如何都要带我一起去。

赵的父亲本就出身于历史悠久的名门世家，在旧韩国时期[①]，他似乎还担任过相当大的官。如今，即便他已不再从政，也依然属于两班[②]，从他儿子的着装上就能看出他们家的富裕程度。然而，赵不喜欢带人去他家里玩——大概是不想被人看到他在家中身为朝鲜人的生活吧，因此，尽管我知道他家的地址，却从未去过，所以也没见过他的父亲。听说赵的父亲几乎每年都会去猎虎，只是带他同行，今年还是第一次，所以他也非常兴奋。那天，直到下车分别为止，我们俩聊了许许多多关于这次冒险的预想，特别是我们将面临多么大的危险。

---

① 指朝鲜半岛沦为日本殖民地之前的大韩帝国时期（1897—1910）。

② 古代高丽和李氏朝鲜时期的世族阶级。指上朝时，位列君王东、西两侧的文武两班。后来延伸为两班官员及其家属的代名词。

跟赵告别，回到家见到父母时，尽管平时总是粗心大意，但这时的我，不得不意识到横亘在这次冒险行动面前的第一大障碍——我要怎样得到父母的许可呢？困难近在眼前。一直以来，在我们家，父亲嘴上常挂着“日鲜和睦”之类的话，但看到我跟赵关系亲密，他似乎并不高兴。更何况是跟那种朋友一起去做猎虎那么危险的事，他是绝对不会同意的。一番思考之后，我决定采取以下方法。我们家的一个亲戚——我表姐的婆家人，就住在我们中学附近的西大门那里。周六下午，我就谎称要去她家玩，而在离开家之前，我会留话说，也许当晚要在她家留宿。反正我们家和亲戚家都没有电话，因此，至少那天晚上，我能完全糊弄过去。当然，这事之后一定会暴露，不过到那时被骂得多凶，我都无所谓。总之，我想着那天晚上一定要瞒过父母。我就是这样一个为了获得难得的宝贵经历，而完全不把父母的责备放在心上的小小享乐家。

第二天早晨，一到学校我就去问赵，他的父亲是否答应带我去，而他则用生气似的表情答道：“当然答应啦！”

从那天开始，我们就完全听不进课了。赵会把他从父亲那儿听来的各种各样的事讲给我听。譬如，老虎只有到了夜里才会出洞觅食；豹子会爬树但老虎不会；我们要去的地方，可能不只有老虎，还会有豹子出没；以及猎枪要用雷明顿，还是温切斯特……他用好像很久之前就已熟知这些事的语调，向我传授着各种预备知识。若是平时，我定会用“什么呀，你不也是听别人讲的嘛”来反驳他，但当时我正沉浸在想象那场冒险的喜悦之中，便只顾饶有兴致地倾听着他那些硬充内行的讲解。

周五放学后，我（瞒着赵）独自去了昌庆苑[①]。昌庆苑是李王昔日的御花园，如今改造成了动物园。我来到老虎的笼子前站定。在栏杆后边，距离我不到一米的地方，正卧着一只老虎，它端正地伸展着前肢，眯缝起双眼。那老虎看起来并没有睡着，却对靠近它的我，看也不看一眼。我尽可能地接近它，仔细观察了起来。它背部的肌肉就像小牛一样丰满，黄色的毛色从背部到腹部逐渐变淡，其间是夺目的黑色条纹。眼睛上方和耳朵尖儿的毛呈白色。它的头部和下颌也像身体一样，生得宽大而结实。不同于靠装饰性的无用鬃毛让自己显得更加庞大的狮子，老虎脸部呈现出来的凶猛感更加直接。

一想到不久后，这样的猛兽将在山中跳到我面前，我的心就禁不住怦怦怦地跳个不停。观察了一阵后，我发现了一件从来都没注意到的事，原来老虎的两颊和下颌都是白色的，鼻头则是黢黑的，看起来像猫咪的鼻子一样柔软，让人不禁想伸手去摸一摸，想着这些，我感到开心不已。我对自己的新发现非常满意，打算离开动物园。然而，我伫立在老虎笼前的这近一个小时的时间里，那头猛兽却没有看过我一眼。我感觉像是遭到了侮辱，最后，我学着猛兽吼叫的声音大喊了一声，试图引起它的注意，可这并没有奏效，它甚至懒得睁开它那半眯缝着的眼。

周六终于到了。我焦急等待着第四节数学课的结束，一下课

---

① 即昌庆宫，是朝鲜王朝的离宫之一，建成于 1418 年。在日本统治时期被日本人降格为“昌庆苑”，当作动物园使用。

就匆匆赶回了家。吃过午饭后，我在衣服里多套了两件衬衫，又带好头巾、耳套等防寒用品，便按照之前的计划，说了声“我可能会住在亲戚家”，就出门去了。

虽然距离乘坐四点钟的火车还有很长时间，可我实在是在家待不住了。我跑到约定碰面的南大门站第一、第二候车室去，没想到赵已经到了。他穿的不是平时的学校制服，而是一身滑雪服似的黑衣服，看起来非常暖和、轻便。他说父亲跟他的朋友应该很快就到。

在我们俩聊天的间歇，候车室的入口处，出现了两个身着狩猎服、扎着裹腿、肩背大猎枪的男人。赵看到他们后，便稍稍抬手，待那两人走到我们面前时，他对着其中个头较高、没长胡子的男人介绍我道：“这是中山。”这就是我初次见到赵大焕的父亲的情形。他看起来似乎不到五十岁，体格健壮，气色很好，眼睛也同他儿子一样很小。我默默地低头致意，他也微笑着向我回礼。他没有开口说话，一定是因为如他儿子之前所说，他的日语讲得并不好。另一个男人则留着茶色胡子，一看就知道不是日本人，我也向他低头致意。那个男人同样默默地向我回礼，他听着赵的朝鲜话介绍，低头看着我，微笑了起来。

四点钟准时发车。我们一行四人，还跟着一位不知是谁家的仆人，他带着主人们的防寒用具、食物以及弹药等物品。

坐上火车之后，跟我并排而坐的赵一直在跟我交谈，几乎没有跟大人们说过话。他似乎不喜欢在我面前说朝鲜话。对于坐在对面的父亲偶尔说起的似是提醒的话语，他也只会做出极其简短的回复。

冬日的火车里已完全昏暗下来。铁道进入山区后，窗外似乎就开始出现积雪。我们的目的地——那是位于沙里院前边的一个车站，我怎么也回想不起它的名字。当时所见的一幕幕情景我还清晰记得，可奇怪的是，我就是把最重要的车站名忘记了。总之，我们抵达目的地时，已经过了夜里七点。在灯火昏暗、低矮小巧的木造车站下车时，从黑色天空中吹来的裹挟着雪花的冷风，让我们不禁缩起了脖子。车站前完全看不见住家的影子。辽阔原野的尽头，漆黑的山影正耸立在没有月亮的星空之间。

我们沿着一条路走过两三个街区后，在右手边孤零零矗立着的一户低矮朝鲜民居前停下。我们刚一敲门，便立即有人出来迎接，屋里的黄色灯光瞬间流淌到了飘雪之上。我看着大家都进了屋，便也跟着弯下腰，钻进低矮的入口。家中全是铺了油纸的土炕，温暖的气息顷刻间涌了上来。屋里正有七八个朝鲜人在抽着烟聊天，见我们进来后，他们一齐朝这边打了招呼。随后，看起来像是这家主人的红胡子男人起身上前，跟赵的父亲聊了一阵后，又把他拉进了里边的房间。看起来他们之前早已商谈妥当，只是喝了一杯茶的工夫，两位职业猎人和五六个狩猎助手——猎人和助手的穿着一样，让人难以分辨，在赵的提醒下，我才知道可以通过他们带着的猎枪的大小来区分——便带着我们出去了。屋外已有四只猎犬在等候。

在满是雪光的狭窄乡间小路上走了两公里左右之后，我们终于进山了。狩猎助手们穿着高筒草鞋，在新积雪上踩出嘎吱嘎吱的声音，他们穿梭在疏林间，走在一行人的最前面。猎犬——雪光的缘故，我看不清它们的毛色，不过体形并不算大——在他们身边时前时后地小跑着，四处嗅着树根和岩石上的气味。我们一行人跟在那些狩猎助手的后边，踏着他们的脚印行进。

老虎会不会突然从一旁跳出来？它要是从后边追上来，我该怎么办？我在心里忐忑地想着这些，也顾不上跟赵说话，只是一直默默走着。越往上爬，路也变得越发难走，到最后，道路已然消失，我们必须跨过尖锐的树根和突出的岩石向上爬。寒气逼人。我的鼻孔里都结了冰，感觉疼痛难忍。尽管我戴了头巾，耳朵上也有皮耳套遮挡，但耳朵还是疼得像要冻掉了似的。每当风吹响树梢时，我总会被吓一跳。向上看去，稀疏的枯树枝之间，星星正闪烁着耀眼的光点。

大约在这样的山路上走了三个小时，在小山般硕大的岩石底部绕过一整圈后，我们已经相当疲惫，终于来到了树林中的一小片空地上。比我们稍早抵达的狩猎助手们，看到我们后，举起手示意。大家随即向那边跑去，我也紧随其后。朝其中一个助手所指的方向看去，原来在积雪之上，他们发现了直径足有七八寸，像极了猫咪脚印的清晰足迹。那串足迹彼此间略有间隔，跟我们来的方向恰成直角，横穿过空地，从树林的一头延伸向另一头。根据赵的翻译，我还知道其中一位助手说，这些足迹还非常新。在极度兴奋和恐惧的情绪中，我跟赵一时间说不出话。

追随着那串足迹，我们一行人小心翼翼地走进树林。不多时，便来到了树林间的另一块空地上，在树林边的众多枯树之中，我们发现了两棵高大的松树。领路的人们先将两棵树比较了一番，随后爬到树干更弯的那棵上去，将背了一路的木棒、木板和草席等物品钉在树枝之间，不大工夫就制作出一个瞭望台。瞭望台距离地面有四米多高，上边铺满了稻草，我们将在那里等待老虎的出现。据说，老虎捕食归来时，一定会走去时走过的那条路。因此，我们要等候在松树枝间，迎击归来的老虎。在三根弯曲的粗树枝之间铺成的稻草瞭望台，比我预想中要宽敞，除了我们四个人，还能坐下两位猎人。往瞭望台上爬时，我想着这下至少不必担心老虎会从我们后边跳出来，感觉放心了不少。待我们爬上瞭望台后，狩猎助手们牵着猎犬，背着猎枪，准备好火把，便消失在树林深处。

时间渐渐过去。白色的积雪让地面看起来非常明亮。位于我们下方的那块约五一坪[①]大小的空地周围，全都是稀疏的树林。放眼望去，似乎只有我们爬上来的这棵树，以及旁边的那棵松树还没有掉叶子。那些枯树干在白色的大地上，彼此交错出黑影。偶尔有大风吹过时，树林中就会立即变得嘈杂起来，等到不久后风停下来，方才的声音便如远去的海浪声一般，渐渐淡去，消失在寒冷天空中的某处。在松树枝与松针之间仰望到的星光明亮锐利，恍若要坠下来一般。

就这样盯了一段时间后，我刚才的恐惧也消失了大半。然而寒意又开始毫不留情地向我袭来。从我穿着毛袜子的脚趾尖上，一种说不清是寒冷还是疼痛的感觉一点点向我身上蔓延。大人们一直在聊天，但除了偶尔能听明白“虎”这个字眼，我完全不知道他们在说些什么。为了强打起精神，我嚼起了牛奶糖，全身颤抖着，开始跟赵说话。赵给我讲了几年前发生在附近的朝鲜人被

① 日本面积单位，1坪约为3.3平方米。

老虎袭击的事，据说因为老虎前肢的一记重击，那个男人从头顶到下巴的一半脸都被剜掉了。这故事显然是赵从父亲那儿现学现卖的，但他却像自己亲眼所见一般，讲得兴奋不已。他那模样，就好像渴望着那种惨剧现在就能发生在眼前。而事实上，听着他的故事，我也暗自期待在自己不会遭遇危险的情况下，能亲眼看到那种事情发生。

两个小时、三个小时过去了，我们始终没等来老虎要出现的迹象。再过两个小时，天就要亮了吧。据赵的父亲说，像今天这样刚来猎虎就能发现新鲜的足迹，算是相当幸运的情况，他们通常都要在山脚的农家住上两三天。这么看来，老虎今晚或许不会出现了。若是如此，出于上学和家里的原因无法继续逗留，我什么都没看着就必须要回去了。那赵到底要怎么办呢？他会跟父亲一起在这儿住上几天，一直等到老虎出现吗？可是我自己一个人回去太无聊了……我想着这些事，入夜后的紧张感也随之渐渐缓和。

就在这时，赵从他的背包里拿出一串香蕉，分给我吃。吃着冷冰冰的香蕉，我冒出一些奇怪的想法。如今想来，我的想法着实可笑，但当时我认真地在想——把香蕉皮扔到树下，让老虎滑一跤吧。当然，我并不相信老虎会被香蕉皮滑倒，然后被我们轻易击中，但我心底还是保留着这种事也并非完全不可能发生的期待。于是，我将自己吃剩的香蕉皮，尽可能远地扔向老虎会通过的地方。我知道自己的想法一定会被嘲笑，便没敢说给赵听。

最终，直到我们把香蕉都吃完时，也没见到老虎的踪影。期待落空后的失望，以及紧张感的缓和，让我感觉有些犯困。在寒风中颤抖着，我开始点头打盹。坐在赵另一边的赵的父亲见状，轻轻拍了拍我的肩，用生涩的日语笑着提醒我道：“感冒可比老虎可怕。”我立刻笑了笑，以此回应他的忠告。然而没过多久，我又开始迷迷糊糊，起了睡意。那之后也不知过了多长时间，我只记得在梦中，似乎看见了赵刚才讲起的朝鲜人被老虎袭击的场景……

那么，当时那一幕到底是如何发生的呢？我遗憾地没能目睹。不过，当惊恐的尖叫声刺进耳朵，让我突然清醒过来时，我看见就在正下方，距离我们所在的松树枝不到三十米的地方，跟我梦中几近相同的光景出现了。一头黑黄色相间的猛兽，正侧面对着我们，压低了腰，立在雪地上。而在它前方约六七米远的地方，一个似是狩猎助手的男人正双手向后撑地，双腿伸向前方，像个瘫子似的倒在地上，他的枪被丢在一旁，唯有目光还很放心似的，目不转睛地盯向老虎的方向。而那只老虎——正如平时想象的一般，它并没有摆出四肢蜷缩，准备跳跃的姿势——就像猫咪在玩弄物件时一样，正举起右前肢，像是要去抓住什么似的，准备向前走去。尽管我被突然惊醒，但又感觉仍在梦中，我揉了揉双眼，打算再重新看看。而就在这时，激烈的枪声啪地在我耳畔响起，随后啪、啪、啪三声枪响接连传来。刺鼻的火药气味猛地钻进我的鼻子。只见那只正在向前走的老虎，张开嘴大吼了一声，它的后腿稍稍站起，但又立马倒了下去。从我睁开眼，到枪声响起、老虎站起又倒下为止，这一连串的动作只发生在短短的十几秒之间。我被惊呆了，仿佛是在观看正在远处播放的影片一样，只顾出神地看着。

大人们迅速下了树。我们也跟着下去。只见雪地之上，那头猛兽以及倒在它前面的那个人，全都一动也不动。我们先是用木棒捅了捅倒在地上的老虎，见它再没有要动的意思，才终于放心地一起靠近。它周围的雪地上，全被新鲜的血染得通红。侧身躺在地上的老虎，光是躯干部分大概就有五尺多长。

这时候，天空已经渐渐亮起来，等到隐约能看清周围树木的树梢颜色时，那片倒在积雪之上的黄黑色花纹，美得让人难以形容。令我意外的是，它背部那一片的颜色，要比我想象的更黑。我跟赵互相看了看对方，放心地松了口气，我们知道危险已然不在，但还是战战兢兢地轻轻摸向它那再厚的皮都能撕裂的利爪，以及跟家养猫咪完全一样的白色胡须。

至于刚才倒在地上的那个人，他只是因为恐惧过度而晕了过去，并没有受伤。后来问过才知道，他确实也是狩猎助手中的一员，当时他寻老虎寻厌了，便朝我们所在的位置往回走，然而正当他在空地边解小手时，老虎却突然从他旁边冒了出来。

令我吃惊的是赵大焕当时的态度。他走到那个晕倒在地上的男人身边，用脚狠狠地踹着他的身体，对我说道：

“切！都没受伤。”

他的话绝非玩笑，而是真心为这个男人的平安无事而感到惋惜。也就是说，这个男人没能像他此前一直期待的那样成为惨剧的牺牲者，让他觉得很是愤怒。与此同时，在一旁看着这一幕的赵的父亲，也并不打算制止儿子用脚戏弄那个男人的行为。忽然之间，我似乎看明白了流淌在他们身体里的属于当地豪门贵族的血。

赵大焕带着怒气，俯视着那个晕倒的男人，望着浮现在他双眼之间的残酷表情，我想起在某个故事中听到过的“晚节不保”这个词，它所指的或许就是我正目睹的景象吧。

片刻之后，听到枪声的其他几位狩猎助手也赶了过来。他们将老虎的前后肢分别捆绑住，从中穿一根粗木棒，将老虎倒吊过来，一齐抬着向已经完全亮起来的下山路走去。到了车站，稍事休息后，我们便马上乘当天上午的火车回了京城府——老虎随后会被当作货物运回来。这种比我预想中简单得多的收尾方式，让我总觉得有些不尽兴——最遗憾的是因为迷迷糊糊睡着了，没能看到老虎出现的瞬间，但想到自己好歹算是经历了一场冒险，我便满足地回家去了。

一周后，当西大门的亲戚戳穿了我之前的谎言时，我当然是被父亲狠狠地骂了一顿。

## 七

关于猎虎的故事终于讲完了。正如我前面所提及的，就在这次猎虎之后的两年，在那次非实弹演习后不久，赵便从我们这些朋友中悄然消失了。就这样，十五六年过去了，我始终没有再见过他。不对，这样说并不对。其实我见过他，而且就是在最近。正因如此，我才想讲讲这些故事，不过，我们重逢的方式非常奇妙，以至于我不确定我们到底算不算是见过。当时的情形是这样的——

三天前的过午时分，为了去寻找一本朋友托我找的书，我把本乡街上的旧书店逛了个遍，当我感觉眼睛已经看累了时，便从赤门前向三丁目方向走去。当时恰是午休时间，街上满是大学生、高中生，以及其他学生模样的人们。当我走到三丁目附近，拐向薮荞麦面[①]店的那个小巷时，在来来往往的行人中，一个站在原地一动不动的人引起了我的注意，他个子很高——在人群中格外显眼，他的脑袋好像在所有人的头顶之上，他的身高想必低不了——体形瘦削，看起来三十岁上下。那个男人不只是个头非常高，他的相貌也非常引人注目。一顶垂着复古黑紫色帽檐的礼帽，被他戴在后脑部，大大的劳埃德眼镜[②]——其中一侧的眼镜腿由绳子替代——正反射着光，满是污渍的立领上衣还掉了两粒扣子。在他脏兮兮的长脸上，发白的干燥嘴唇周边，留着稀稀拉拉且乱糟糟的胡子，这让他的表情显得很呆滞，然而在他紧凑的眉宇之间，又散发出一种莫名的让人不能放松警惕的感觉。换句话说，他的表情就像是乡下人和小偷神情的二合一。

一路步行而来的我，隔着十米左右的距离，便注意到了这个在人群中鹤立鸡群、打扮奇特的男人。与此同时，他似乎也在朝我这边看，当他走到距离我两米远的地方时，在他微微皱起的眉间，似乎稍微露出些柔和的表情。随后，那种难以察觉的柔和瞬间蔓延到他整个脸上（当然并没有微笑起来），他看着我，像见到老朋友似的，点头致意。我被吓了一跳，赶忙向前后左右看去，确定他就是在跟我打招呼之后，我匆匆忙忙地开始搜寻起记忆的角角落落。在此期间，我一直诧异地注视着他，而在我心底

① 薮荞麦面与更科荞麦面、砂场荞麦面被誉为江户时代最知名的三大荞麦面。

② 指二十世纪二十年代的美国知名喜剧演员哈罗德·劳埃德在影片中经常戴的圆框眼镜。

的某个角落，一种难以名状却被我遗忘了很久的东西，似乎开始浮现了。当这种莫名其妙的感觉，在顷刻之间越来越强烈时，我的目光已对他用眼神打的招呼做出了回应。此时，我已能确定，这个男人确实是我的一位老朋友。只是他究竟是谁的疑问，仍然萦绕在我心头。

他看到我的回应后，似乎以为我也想起来他是谁了，便朝我走了过来。然而，他没有同我交谈，也没有朝我露出笑脸，只是默默地站在我身边，又朝着他来时的方向迈出了脚步。我也没有开口，只是努力地不停回忆着他是谁。

“给我根烟。”走出五六步之后，这个男人用嘶哑的嗓音——我的记忆中并没有这样的声音——对我说道。

我在口袋里摸了约半分钟后，将金蝙蝠的香烟盒递到他面前。他一只手接过烟盒，另一只手则伸进自己的口袋，而就在这时，他的表情突然古怪起来，他看了看手里的金蝙蝠烟盒，又看了看我。许久，他满脸愚钝地看看香烟又看看我，最后默默地把我递给他的香烟盒，原封不动地还给了我。我不作声地接过东西，感觉有些莫名其妙、难以理解，又感觉像被当成傻瓜似的有点恼火，我抬头看向他。随后，他的嘴角第一次浮现出冷笑似的表情，自言自语似的说道：

“用语言来记忆，总会出这种差错。”

自然，我无法理解他在说什么。不过，这次他像聊起自己非常感兴趣的事情一般，干劲十足地急忙开始向我说明。

据他解释，当他接过我递上的金蝙蝠烟盒，右手伸进口袋拿火柴时，却在口袋里也摸到了香烟盒。他这才回过神来，想起自己需要的不是香烟，而是火柴。于是他开始想，自己为什么会犯这种愚蠢的错误。如果说只是单纯的想错了，那倒还好，但是这种错误又是从何而来呢？想来想去，他得出了如下结论：他的记忆，几乎全部建立在语言之上。当他最开始发现自己没有火柴时，便想着遇到别人时要去借个火，这种想法变换成语言，便以“我必须从别人那里借来火柴”的语言形式被存放进记忆里。然而，需要火柴的这种实际需求，却没有以全身心需求的感觉被保存进记忆中——“这个用词有点奇怪，不过放在这件事上，很容易理解吧。”他补充道。这就是刚才那个错误的原因。感觉、感情这种东西，虽然会变淡，却不会被混淆，而语言、文字的记忆虽然准确，却往往会变换成意料之外的其他事物。他记忆中“火柴”的语言或文字，不知不觉间，竟然变成了与之有关的“香烟”这一语言或文字……

向我说明这些时，他的语气表现出他对这一发现的莫大兴趣，最后，他还出乎我意料地下结论说，这种习惯是所有只靠概念进行思考的文化人的通病。说实话，当他对这个自己非常感兴趣的问题做出说明时，我并没有仔细去听。但是，他那种急急忙忙、语速很快的说话方式（并非声音），确实跟我记忆中某个人的习惯相似，我不停回想着那个人是谁。然而，就像总也想不起一个特别简单的字要怎么写一样，我感觉自己已经想到了，但答案却如同旋涡外侧的灰尘，一直在问题的周围团团转，就是不往中心走。

就这样，我们走到了本乡三丁目的车站。他在车站前停住，我也跟着停下了脚步。或许他是打算乘电车。我们俩并排站着，不经意间看向了面前的药店橱窗。他似乎从中发现了些什么，大步向前走去。我也跟在他身后，向橱窗里望去。只见橱窗里的黑色衬布上贴着一则新上市的保健品广告，旁边还摆着样品似的东西。他站在橱窗前，露出微笑，久久地看着。而我则站在他的旁边，注视着他。当我从侧面看到他那默默的冷笑时，我突然想起来了。在我脑海中，始终像旋涡之外的灰尘一样，空转不停的我的记忆，就在那个时候，突然闯进了旋涡的中心。那个带着嘲讽意味的扬起嘴角的冷笑、那个藏在眼镜后正在窥向橱窗的小眼睛、那个混杂着和善与猜疑的眼神——啊，除了他还能有谁呢！他一边用脚踢着那个没被老虎杀死的狩猎助手，一边用憎恨的目光俯视着对方。除了他，那还能是谁的眼神呢！

在那一瞬间，关于猎虎、热带鱼和非实弹演习的往事，混杂成一团，全都被我想起来了。为什么我费了这么大功夫才认出他呢？连我自己都感到惊讶。带着此刻才从心底涌现的喜悦，我正要从后边去拍打他的肩膀，而就在此时，从真砂町方向驶来的电车停靠进站台，看到电车来了的他，还没等我的手触碰到他高高的肩膀，也完全没有意识到我的举动，便匆匆纵身跑向那辆电车。只见他轻巧地跳上车，站在售票员的位置转向我，稍稍举起右手向我致意，随后，便像折起他那长长的身体似的，钻进车厢里去了。

电车很快就开动了。

就这样，时隔十余年，我再次遇见了我的朋友赵大焕。然而我没能跟身为赵大焕的他交谈过一句话，便再次看着他消失在大东京的人潮之口。

# 狼疾记

养其一指而失其肩背，而不知也，则为狼疾人也。

——《孟子》

## 一

屏幕上正放映着南洋土著生活的实况影片。小眼睛、厚嘴唇、塌鼻子的土著女人们，腰间只围着一块很小的布，她们晃动着乳房，从自己面前盘子似的器皿里，不停地抓起什么放进口中。那似乎是米饭。一个全裸的小男孩跑了过来，他也匆匆忙忙地抓起米饭吃了起来。他嚼着满嘴的饭，眯缝起眼朝镜头看过来，而他的眼睛上边和嘴巴周围，全是化脓溃烂的肿块。小男孩又转过脸去，继续吃饭。

画面消失，接下来出现的是类似祭典活动的热闹场面。咚咚咚咚的击鼓声由近及远，又由远及近。相对而站的男女队列，一齐扭动起屁股，配合着鼓点跳了起来。画面中的白光，让人能够清晰地想象到照射在沙地上的热带阳光有多么强烈。鼓声持续，粗野的男声合唱也混合了进去。土著男女扭动着屁股，腰间的布片随之摇摆。在距离跳舞队伍稍远的一群老人中，一位酋长模样的男人正盘腿坐在他们的正中间。那是一位身形消瘦、颧骨突出的老人，他的脖子上挂着好几串佛珠似的饰品。或许是摄像机镜头让他感觉不太自在，他注视跳舞人群的眼神非常不安，完全没有了身处自己地盘的自信。伴随着忽强忽弱的粗犷跳跃、喊声和猛烈敲击的鼓声，土著们的舞蹈似乎总在重复着相同的单调动作，而那位老人也用他那双惺忪的眼睛，一动不动地盯着眼前的一切。

在观看这些影像时，三造感觉有一种已经忘却很久的奇妙的不安，正不知不觉地再次潜入他的体内。

那是很久以前的事了。当时的三造在读到这种原始野蛮人的生活记录，或看到这类照片时，总会开始思考，他自己可能作为他们之中的一员降生于世吗？确实，当时他想，自己也有可能以那些野蛮人中的一员的身份降生不是吗？他也应该有可能在耀眼的热带阳光下，在不知道唯物论、维摩居士①、定言命令②，甚至人类历史、太阳系构造的状态下，结束一生不是吗？这种想法让三造对命运的不确定性，产生了奇妙的不安感。

“同理，我……”他继续想，“我也有可能以跟现在的人类不同的、更高等的存在形式——生活在其他行星上，或是拥有人类双眼看不见的形态，又或是在不同的时代，在人类灭绝之后

① 即维摩诘，他是在家的大乘佛教居士（对在家信徒的尊称），是著名的在家菩萨。

② 由德国哲学家康德提出的哲学概念。康德将命令分为假言命令和定言命令，定言命令本身即行为的目的，具有客观必然性，和另外的目的无关。假言命令本身则不是行为的根据，而是达成另一目的的手段。

来到地球上——诞生不是吗？那些因为不了解其真面目，就被我们带着恐惧的情绪称为‘偶然’的东西，只要稍稍改变其运行方式，谁又能说这种偶然不会发生在我们自己身上呢？而且，如果我真的以那种存在形式降生，现在的我所看不到、听不到、想不到的所有事，就全都能看到、听到且想到了吧。”这种思考于他而言，是一种无法忍受的恐惧。与此同时，还会带给他一种难以忍受的焦躁感。在这个世界上，有可能存在着自己无法看到、听到、思考到的事情（不是指经验上，而是能力上），而且在另一种存在形式下，那些能够思考到的事情，以自己目前的存在形态，却无法想象得到。思及此处，三造陷入了难以名状的不安之中。同时，他还体味到一种近似于屈辱的感觉。

屏幕上，刚刚跳舞的场景消失，画面转变成茂密森林中的风景。几只长臂长尾的黑猴子，正在树枝间跳来跳去。其中一只忽然站定看向镜头的猴子，眼睛周围长着一圈白毛，就像是戴了一副眼镜。一只喙足有两英尺长的鸟正发出讨厌的鸣叫声，飞离了枝头。

三造的思考再次回到“存在的不确定性”上。

他第一次产生这种不安的感觉，还是在上中学的时候。那正是他开始觉得“字”这种东西很奇怪的时期——将一个字分解成若干部分，思考这个字的构造到底是否正确时，这个字就会慢慢变得奇怪起来。后来，如同他感受到文字必然会丧失一般，他越是关注周围的事物，就越觉得它们都是些不确定的存在。它们必须以现在的形态存在于世的理由是什么？它们也可以拥有另一种完全不同的形态吗？它们现在的样子在所有可能性中是不是最丑陋的呢？这些想法无休无止地纠缠着这位中学生。他还就自己的父亲展开了思考，父亲的眼睛、嘴巴（当把父亲的眼睛、嘴巴、鼻子跟其他整体一一分离开来，仔细观察时，一种特别奇异的感觉便向三造袭来），以及拥有那些器官构造的一个男人，为什么就是自己的父亲？为什么自己跟他之间必须保持一种亲密的关系？三造想到这些时只觉得惊讶，因此在那段时间，他常常会去重新审视父亲的脸。为什么自己父亲的长相必须如此？换作其他男人就不行吗？……面对周遭的一切，三造总会产生这种不信任感。包围着自己的这一切事物，是多么缺乏必然性啊！世界是一个多么偶然的假象集合啊！他焦虑地不停思考着这些问题。

有时，他感觉所有困惑似乎即将迎刃而解。他在想，那些偶然的情况——如果将事事视为“偶然”，是不是说到底一切又都是“必然”呢？三造的思考总是这种少年式模棱两可的观点。有时，他觉得答案会轻而易举地到来；有时，他又觉得并非如此。“必然”出现的次数要比“偶然”多得多。三造那幼稚的思索在焦躁急切的情绪中，始终在“必然”这一词汇周围兜兜转转，来来去去。

影片画面切换到老式汽船沿着岸很低的河顺流而下的场景，可能是在土著居住地完成探险的一行白人正要返回驻地吧。

随着画面消失，最后一行字幕也消失之后，电灯一下子亮了。

走出电影院，三造打算提前吃晚餐，便走进了附近的一家西式餐馆。

服务生把菜品放到桌上，转身离开时，在隔过两张餐桌的位置，三造看到一个男人正在独自用餐。那个男人（三造看到的是他的左侧脸）的脖根儿处，长着一块奇特的发红的东西。那块东西特别大，还泛着光泽，起初三造以为是自己的错觉，但定睛细看，那确实是一块很大的肉瘤。那个油亮亮的拳头大小的肉块，就长在他的衣领和耳朵之间。跟那个男人的侧脸、脖子一带脏成红黑色，能看到毛孔的皮肤完全不同，那块肉瘤就像是刚洗净的熟西红柿的皮一样，呈现出一种紧绷结实的红铜色光泽。那块盘踞在藏蓝色西服的衣领和粗硬短发之间的肉块，仿佛是完全独立于那个男人的邪恶存在，它蹂躏着男人的意志，即便在宿主入睡时，好像都在暗中睁着眼嘲笑他，它就是这样一个丑陋难缠的寄生物。不知为何，三造竟联想起希腊悲剧中那些刁难人的神明。这种瞬间，他总会陷入不明缘由的不快与不安之中，不由得开始思考人类自由意志的活动范围是何其狭小（或者说是根本没有）。人类的降生，都并非出于自己的意识，而是因为某些说不清的东西。人类也因为那种不可知的东西而死去。而现在，人们还会因为某种东西，每晚都陷入睡眠——一种超越自身意志极其不可思议的状态。

就在这时，没有任何征兆，三造又忽然想起罗马皇帝维特里乌斯[①]的故事。那位贪吃的皇帝因为吃饱后，再也吃不下美食而哀

① 奥鲁斯·维特里乌斯（15—69），罗马帝国第八位皇帝。

叹不已，因此他一吃饱，就会用特殊方法催吐，好让自己的胃空下来，能再次坐到餐桌前享受美味。为什么会想起这个愚蠢的故事呢?

餐馆的白墙上挂着一块大大的电子时钟，长长的黄色秒针反射着电灯光，如同令人毛骨悚然的生物一般转动着，它毫不留情地带走了生命，一刻不停地冷酷地转动着。在那块时钟之下，长着肉瘤的中年男人正埋头咀嚼，而他脖子上的肉瘤也随之一点一点地在晃动。

三造只吃了一半便完全没了食欲，起身离去了。

沿着渠沟旁的马路，三造向公寓走去。路旁的人家和街道两侧都刚刚掌灯，山那边高岗上的教堂尖塔与形状奇特的山墙，在夜幕尚未完全降临的天边，留下一道剪影。几只脏兮兮的船正停靠在河岸边，此时恰是涨潮时分，水面的垃圾哗啦哗啦地涌向船腹。水面之上，似乎闪烁着些许明暗交织的略带寒意的光。朦胧的阴影从远处升起，又悄无声息地逐渐消失。

三造感觉自己好像正被一个没有现身，却能感受到气息的人跟踪着，他继续独自沿河岸向前走。

那是上小学四年级的时候吧，像是得了肺病般消瘦且留着长发的班主任，某一天不明缘由地，给三造他们讲起了地球的命运。地球是如何冷却的，人类将如何灭绝，人类的存在又是多么没有意义……那位老师带着一种恶意的固执，向幼小的三造他们反反复复地讲述着。事后想来，那位老师显然是带有向幼小心灵灌输恐怖思想的施虐性目的，他将毒液注射给那些幼小的孩子，且之后不会补充任何抵抗素和缓和剂。三造很害怕。他在听那番话时，一定被吓得脸色苍白。地球冷却、人类灭绝这些事他还能忍受，但老师说在那之后，连太阳都会消失——太阳也会冷却、会消失，那么宇宙中的星体将变得黑暗、冰冷、谁都看不见，它们只能在漆黑的空间里继续转动。想到这些，三造觉得难以忍受。如果结局如此，我们人类又是为了什么而活着呢？正是因为知道自己死后，地球和宇宙还会一如往常地运转下去，他才能作为人类中的一员，安心地迎接死亡。可是按照老师刚才所说的来看，我们的降生、人类的存在，以及整个宇宙，不就都变得毫无意义了吗？自己到底是为了什么而降生于世的呢？

在那之后过了很久，十一岁的三造变得神经衰弱。他曾非常认真地向父亲，还有亲戚中的高年级学生询问过这些问题，然而他们都会因此发笑。可是大家基本上都认同这些理论不是吗？那为什么不觉得害怕呢？为什么还能笑出来呢？为什么他们说着“五千年、一万年里也不会发生那种事啊”，就能放下心呢？三造搞不明白。对他而言，这并非自己一个人的生死问题，而是对人类和宇宙的信赖问题。因此，即便那是发生在几万年之后的事，也不应该笑。

那个时候，三造正养着一只他很喜欢的小狗。夜晚，当他上床入睡时，常常会想象这样一种情景——假如自己遇上了地球冷却，最后他将会在结满冰的地上挖一个坑，带着他的小狗一起躲进坑里，彼此拥抱着死去。这么想着想着，他心中的恐惧竟不可思议地消失了，他还隐约忆起了小狗的可爱和它那温暖的体温。

但大多数夜晚，当他躺在床上闭着眼一动不动，想象起人类灭绝之后毫无意义的、黑漆漆的、无止境的时间流逝，便感觉恐惧得无以复加，然后“啊”地大叫一声，从床上跳起来。有好几次，他都因此被父亲训斥了一番。

晚上，当他走在电车轨道上时，也会突然感受到这种恐惧。然后，刚刚一直回响在耳畔的电车声突然停止，擦肩而过的行人也从眼前消失，三造感觉寂静的世界正中，只有自己孤零零的一个人。这时，他脚下踩着的大地不再是平时平坦的地面，而是人类灭绝之后，冷却的圆形行星表面。这位体弱多病、少年老成、神经衰弱的十一岁少年，思考着“一切都会死去，一切都将冷却，一切都毫无意义”，真的因恐惧而生出一身冷汗，久久地站在原地。直到他突然回过神时，才发现自己周围依然是人来人往，灯火通明，电车在行驶，汽车也穿行而过。“啊，太好了。”他松了一口气。这是经常发生的事。（注1）（注2）

就像小时候吃中毒的食物，一辈子都会厌恶一样，这种对于人类和我们所处行星的单纯的不信任感，是否早已不是观念，而是作为一种感觉，扎根进他的体内了呢？三造如是想。直到现在，比如在空气湿润的午后，从午睡中醒来的瞬间，一种无法遏制、莫名其妙的恐惧感与乏味感还会向他袭来。这种时候，三造总会再次回忆起自己还是个少年老成的小学生时感受过的那种恐惧。当（我们感觉）现实生活的错综复杂，将概念那幼稚的外壳或多或少剥去之后，唯有曾经的那份不安情绪，被抽离出来，一直残留到了现在。

远古、冰河时代的南美骆马，即便是在遭遇危险时，也能找到一个安全的避难所。地球进入如今的时代，威胁它们的危险的性质也发生了变化，尽管从前那个避难所早已失去了意义，但是生活在现在新大陆上的骆马，在预感到死亡和危险时，仍然会逃向它们的祖先当年待过的避难所。三造的不安或许也是类似于此的祖先的遗留物。但是，这种令人无奈的、难以名状的不安，常常会变成他生活中的顽固低音[1]。三造认为，在人生中所有事物现象的背后，都有我们目所不及的暗流在奔走，它为人生的去路画出前后左右，就像流淌在城市之下的地下水一般，有时我们能从地面微小的缝隙中，听到它微弱空洞的响声。不管是在他身体还算健康，沉醉于肉体感觉的时候，还是像现在这样过着消极的独居生活的时候，那种暗流微小的声响，时常会变成帕斯卡式伴奏，不知从何处传来。只要还能听到一丁点这种声音，一切的幸福与名誉，就只能是带有局限的幸福与名誉。

为了忽视这种声音，三造付出了多么大的努力啊。他曾对自己说过多少言不由衷的规劝之词啊。

"我们是不是只吃最好的食物，只穿最好的衣服？如果我们并非奢侈到不是最好的行星就不栖息，那么从我们现在被赋予的一切之中，能否找出令人满意之处呢？"云云。

"请告诉我通往乐观主义的捷径吧。天才和无才之人，健康的人和病弱的人，富豪和贫民之间虽然存在差距，但这些差距都不能跟降生于世和无法降生于世的人之间的差距相提并论吧。这

---

① 即固定低音（ground bass），是指一组在音乐中反复出现的低音组。低音部不断重复一些短小的主题动机，或者完全重复一个固定的旋律。

种想法可取吗？”云云。

“如果在此世能将精彩的生活贯彻到底，那么上帝就有义务保证我们获得来生——能遇到说出这番话的优秀男人可真不错。”云云。

“‘汝必将获得幸福’是由谁决定的呢？一切都是与‘废弃向往幸福的意志’一同开始的。”云云。

除此之外，纪德[①]的《人间食粮》，切斯特顿[②]那些态度乐观的散文等著作，也在用极其衰弱的声音试图说服他吧。但是，三造不会接受他人的指教和强迫，他追求的是自己能够打从心底信服的“对实际存在之物的评价”。他必须亲自去探索曲曲折折的道理，确认自己的存在是幸福的。那种需要说服自己才能感受到的幸福，他断然无法接受。

偶尔，在极其少有的情况下，三造也会经历喜悦昂扬的瞬间。所谓生，就是划破如同黑洞般无限的时间与空间时迸发出的闪光，周围越是黑暗，闪光的瞬间越是短暂，那道光的美与珍贵便越发凸显——有时他会相信现实就是如此。然而，他那变幻莫测的心情又常常会在下一个瞬间，立即坠入幻灭的痛苦深渊，发现自己正身处于比平时更悲惨的空虚乏味之中。因此到最后，即便他正处于那种精神昂扬的状态中，也会开始警惕之后幻灭时的痛苦，由此还要努力去遏制当下的愉悦情绪。

---

① 安德烈·纪德（1869—1951），法国作家。代表作有小说《背德者》《窄门》，散文诗集《人间食粮》。

② 吉尔伯特·基思·切斯特顿（1874—1936），英国作家、文学评论家。

此刻，三造正沿河岸走着，藏在他心底的那个弱小的常识家，罕见地开始嘲笑、教训他自己这种愚蠢的缺乏常识之举：

“你开什么玩笑。都这么大了，还在思考那种无聊的事？还有更多更重要、更直接的问题不是吗？你现在就是沉湎在极其不现实、不值一提又奢侈的愚蠢里。那不都是些人类在很久以前就想明白的问题——或者说是因为太过荒唐，根本就没人会去思考的问题之一吗？你至少该感到些害臊才对。”

“人类真的早就想明白这些问题了吗？”然而在他心里，还会有这样一个人反问道。

“不去思考那些完全不可能解决的问题，这种普遍性的习惯也太会省事了。尝到这种习惯的好处的人是幸福的。说实话，大多数人都感受不到这种愚蠢的不安和困惑。如此说来，时常能感觉到这些情绪的人或许是有缺陷的。就像瘸子会藏起自己的瘸腿那样，我也应该隐藏起自己精神上的异常吗？对了，那些所谓的正常和异常，真实和虚伪，到底是什么？说到底，那些都只是统计上的问题吧？不对，这种问题无关紧要。最重要的事实是，以我的性格，不管如何被人嘲笑，这种可以被称作形而上学式的不安总会先于其他所有问题出现。唯有这一点，令我束手无策。只要没想通这一点，于我而言，人世间所有现象的意义，就只能是带有局限性的意义。自古以来，对于这一问题提出的诸多答案，最终都只能进一步明确地证明——想解决这个问题是不可能的。如此看来，为了让我的灵魂获得安宁，唯一一件必须做的事就变成了‘以形而上学的方式放弃形而上学式的迷茫’。对此我再清楚不过，但依然无法真正做到。只有我带着对这些愚蠢之事的贪婪（而且是缺乏哲学家式冷静思考的贪婪）降生于世这一点，是我从生命中获得的唯一一件无法替代的赠予。到头来，每个人只能以各自的方式来施展自己的天赋。在意被嘲笑为幼稚，对自己进行自我辩护，这种行为才更加可笑。正如有人会因为女人和酒而落得身败名裂，那么为了形而上学式的贪欲而葬送一生的人也有可能存在吧？虽然跟沉迷女色而断送人生的人相比，后者在数量上不具备可比性，但在认识论的入口被绊倒，无法动弹的人，也确实存在。既然前者会被欣然当成文学创作素材，那么后者为什么就不能被文学接受呢？就因为他们不同寻常吗？但是，那位不同寻常的卡萨诺瓦，不是拥有相当多的读者吗？”

在语无伦次的自我辩解中，三造突然想起丢勒[①]那幅名为《忧郁》的版画——在混乱的环境中，茫然呆坐着的天使脸上的绝望神情。

四周天色已完全暗下来，山那边的教堂剪影也已看不分明。在三造身旁的不远处，一艘老式木船正悄无声息地从后边超过他。船尾的灯光摇曳在水中，船静悄悄地从桥下向左转去。像是被船的去向吸引一般，三造的思绪也意外地开始跑题——

“总之，除了为我的愚蠢而牺牲，我也无路可走了吧？在说了想了这么多之后，人类最终只能依照自己的性格行事。一切都跟争论、思考没有关系。而且那之后的努力，都将变成对性格所做选择的辩护。如此想来，古往今来的所有思想，正是思想家们

---

① 阿尔布雷特·丢勒（1471—1528），德国画家、版画家、木版画设计家。《忧郁》为其最著名的铜版画作品之一。

对自己性格的一种辩护吧……”

（注1）这位早熟的可怜少年，后来为两个不同的希望而烦恼不已。即“想洞悉所有事情（或者说事物的第一原理）”的欲望，与“希望尽可能多的事物（或者说是那些事物的原因）都能超越自己的理解范围”这一与前者完全相反的奇特愿望。前者是人人都会有，用大人的话来说叫作“想让自己成为神”的欲望，后者则与其相反，是“这个世界绝对值得被信赖，想相信它是坚定不移的”愿望，即从对这个世界的不确定性和悲惨的恐惧中诞生的强烈希望。它也是从“在被像自己这样渺小的存在完全理解的世界中栖息，总叫人感觉不安。希望能够委身于自己这样的人类一丁点都无法理解的、庞大且确定无疑的存在”这种渺小人类的恐惧中诞生而出的，自暴自弃式的强烈愿望。

尽管心存这种希望，但随着三造的成长，且不说第一个愿望实现与否，他只是清楚地——极其清楚地知道，自己更希望实现的第二个愿望，还根本不可能实现。世界也好，人们的生活也好，都并非如这个少年期待的那般坚定不移。即便把那位小学老师所讲的“世界灭亡说”替换成“热力学第二法则”，结果也不会改变。即便依靠无视以上那些单纯的科学世界考察的其他方面的世界评价，结果也还是一样。换言之，这位少年将从对周遭的实际观察中获得的直接的无常观，加进了自己仅在大脑中构建的虚无观里。就像环视着麾下百万雄兵，想到一百年后，他们中没有一个会活在世上，便潸然落泪的波斯国王一样，这位少年现在将自己身边的一切都视作“有限之物的象征”，并深深刻进心底。他不仅对事物如此，想到那些诚挚的情感，也跟其他那些毫无价值的东西一样变幻无常、终将消逝，三造也会感受到一种折磨人的、强烈的悲伤和寂寞。

（几年之后的现在，跟从前相反，三造认为再愚蠢丑陋的事物，都跟崇高的事物一样，拥有存在于世的权利，它不必承受任何恶报，可以跟美的事物一样迎来终焉。这种想法带给他一种能令心智冷静的悲惨的感动。）

（注2）令人难以置信的是，小学时期的三造，总是纠结于有关全体人类灭亡的思考，对身为独立个体的自己的死，却并没有感到那么直接的恐惧。直到很久之后——他成为中学生以后，才开始感受到这种恐惧。进入中学后，他身体明显变弱，在闭起眼入睡时，总会开始思考“死”——并非抽象的“死”，而是不久后必定会造访到体弱多病的自己身上的直接的“死”（当时的他真的坚信自己的寿命不会长久）。他想象着自己临终时的心情，想象在那个瞬间回首人生时，一定会觉得这一生很短暂吧（不管是二十年，还是二百年都是同样短暂）。“啊，真的是，为何如此短暂啊。”他定将不带一丝炫耀地、深切地、心中无依无靠地如此感慨。

三造觉得自己也跟世间众生一样，到死亡降临的瞬间为止，一直在忘我地活着，始终也参不透自己在偌大世界中的位置，为世事烦扰着，忙忙碌碌地活着（不对，在这过程中，像在拥挤的人群中停下来思考的人那样，或许人会经历一两次突然意识到自己真正位置的时刻），那么只有最后那一瞬间来临时，才会突然明白一切吧。但是，突然明白之后呢？……单是漫无目的地想象着这些事，就会让人丧失从正面思考问题的力气，因此，他陷入将大扫除拖延一天似的怠惰的安逸中，一日复一日，畏惧、逃避着去直面未知的一切。（尽管如此，他厌恶那种说“连生还不懂呢，怎么会懂死”的人。因为还有像他这样，生来就认为“连死都不懂，怎么能懂生”的人存在。）打个比方，这就像读小说时，不愿读中间的悲剧情节，比如主人公被欺负，只想不断跳过往后读，为了赶快看到结局而翻到最后一页的缺乏耐心的读者。对他们而言，“经过”“途经”之类的全都无关紧要，只有“结果”必不可少。三造也是跳过了抵达结果之前的所有思索、考验——那些东西他实在无法承受，也没有去直面它们的勇气和耐心，他只想知道结局如何，知道问题最终快被解决时发生了些什么。（被谁解决？上帝吗？）

“我们的灵魂究竟是不朽的，还是会跟肉体一起消亡呢？”尽管被告知答案是不朽时，也并不会觉得能得到救赎（在厌恶死亡的情绪中，除了对自我灭亡的恐惧，很大一部分其实是对当下的自我存在形式的留恋，但他无法看清这件事）。但无论如何，失去“我”都令人无法忍受，而且（这是第二层面的事）每个人生来都必须体验这种恐惧，这是何其不便的构造啊。

“永生的可怕之处？”又是另一个问题了。“现在，我还没有必要思考那种问题。打个比方的话，那不就像是富豪不知道如何花钱，实属奢侈的烦恼吗？”三造当时如是想。

## 二

三造将手伸进口袋摸到钥匙的瞬间，不禁因那冰凉的触感打了个冷战。

走进黑暗的房间，打开电灯后，他先去推开了窗户，好给房间换换空气。接着，他又去看了看挂在角落的鹦鹉笼子里是否还有饲料，然后衣服也没换，便仰面躺到床上，将双手枕在脑袋下边。

明明不该那么累，但三造此时就是感觉非常疲惫。今天一天都干了些什么？什么都没干。早晨很晚才起来，在楼下餐馆吃过早午饭之后，硬着头皮边翻字典边读起一本难啃的书，读了十页左右便倦了，又想起来必须给孩子过世的亲戚写去一封吊唁信，可光是想写，却怎么也写不出来。最终三造放下写信的事，跑到外边去，走到街上进了一家电影院，然后又回到家来。多么无聊的一天啊！明天呢？明天是星期五，是要上班的日子。想到这里，反倒有种得救了的感觉，为此三造自己都觉得自己可气。

他只是一个在适应时势上过于迟钝，在人际交往上过于胆怯的穷书生。若从职业上来说，就是个一周上两天课的女校博物讲师。他对教课不算热心，但也说不上是特别怠惰。比起教授知识，他对于跟少女们接触时感受到的“温柔体贴的轻蔑”更感兴趣，他就这样暗中效仿着斯宾诺莎[①]，思索着要去创造关于女学生

---

① 巴鲁赫·斯宾诺莎（1632—1677），荷兰哲学家，最早提出了“政治的目的是自由”，为启蒙运动的拓展奠定了思想理论基础。

品行的犬儒主义式定理，并写一本收录了该定理系统的几何学书籍（比如，定理十八条。女学生最讨厌公平。证明。她们常常只钟爱那些于己有利的不公平。等等）。然而最终，去学校上过两天课后，这个男人认定那并非自己生活中的重要事项。但是最近，他发现事实并非如此。有时候学校，准确来说是那些少女，似乎在自己的生活中占据了相当大的空间，这实在出乎他的意料。

毕业第二年，父亲的死让三造彻底没了负担，根据父亲当时留下的少许财产，他开始规划自己往后的生活。然而按照当时那个规划，自己打算舒舒服服“潜入坑洞”，是多么犹豫不决、懒散、卑鄙又窝囊啊，如今的三造想起这件事就气愤得无以复加。

那个时候，三造为自己设想了两种可能的生活方式。第一种就是所谓的出人头地——将获得名声和地位作为终生目标，不断奋斗的活法。原本，从三造自身的性情和他所学的专业上来看，成为实业家或政治家都不在他的考虑范围之内。如此一来，只剩下在学术界里取得名誉。但是说到底，这仍是为了实现将来的某个目的（也许还没有达到目标，自己就会死去），而牺牲当下一天又一天生活的活法。第二种活法，则是完全不考虑赢得名声、取得工作成就之类的事，只把每一天的生活、每一个当下过得充实的活法。不过，这是一种在陈腐到几近发霉的欧式享乐主义中，添加上少许东方文人式乖戾的闲寂，看起来极其（现在想来）犹豫不决的消极的生活方式。

三造选择了后者。如今想来，之所以选择了第二种生活方式，终究是因为自己衰弱的身体吧。终日为哮喘、胃病、鼻炎所苦的他，知道自己的寿命不会长远，所以才逃避了第一种活法的痛苦吧。他那直到现在都没能治好的“怯懦的自尊心”，想来也是他选择这种活法的原因之一。成为众人的焦点让他感觉非常羞耻，但在让自己高人一等这一点上，又不愿落于人后的性情，让他自然而然地拒绝了可能需要将才能的不足之处，暴露在他人和自己面前的第一种活法。总而言之，三造选择了第二种生活方式。那么两年之后的现在，他的生活过得怎么样呢？这个冷清独居房秋夜里的凄凉滋味又如何呢？挂在墙上的那些色彩浓艳的复制画作，他早已看腻。唱片盒里也只有贝多芬晚年时期的四重奏，而如今他完全没有想听的欲望。去小笠原旅行时带回来的大海龟甲壳，早已勾不起他去旅行的兴致。靠墙的书架上，跟他的所学专业完全不属同一学科的伏尔泰[①]和蒙田的书，正被一层空虚的尘埃覆盖着，排列在一起。三造甚至懒得去给那只凤头鹦鹉和黄领牡丹鹦鹉喂食。他只是躺在床上发呆，仿佛身体和心灵里的那根轴都被抽走了一般。是日常生活的乏味让他感到空虚吗？跟刚刚从记忆中唤醒的那种无尽的不安相比，这种感觉又完全不同。它是一种让人丧失了志气，也感受不到不安与痛苦的麻痹状态。

在他模糊的意识中，唯有明天上班时学校里少女们的气氛，如同仅存的生命一般，从他假死式的生活中鲜明地浮现出来。那些少女作为个体来看时，显得丑陋、卑贱、愚蠢，是自己在生活中触摸得到的唯一活着的存在吗？想象中应该是丰富多彩的生活，为何如此贫乏空虚呢？如果没有一个令人执着、疯狂的追求对象，人类是不是终究活不下去呢？自己果然还是对世间——充

---

① 伏尔泰，十八世纪法国启蒙思想家、文学家、哲学家。

满欢声、憎恶、嫉妒、奉承的世间充满渴望吧？比如，他不禁想起：上周在他工作的学校里，教授日语和汉语的老教师，在职员室给大家朗读他最近刚写的七言绝句时，从小接受儒家文化教育的自己，半开玩笑似的立即按照他的韵脚，对了一首诗。且不论对得好坏与否，专业不同的年轻博物老师竟然有这种本事，这让老教师惊讶不已，他用真诚而夸张的动作夸赞了自己一番。而那个时候，自己那堪称自大的自尊心，竟然被那种卑微的喜悦满足了！事实上，他高兴到能清楚记起老教师所说的每一句赞美的话。

魏宁格[①]曾说过：女人似乎能记住自己一生中听过的所有赞美之词——看来并非只有女人如此。说起来，近几个月，甚至近几年里，三造从未听过一句赞美的话。自己所渴望的就是这种无聊的东西吗？要是这样的话，那么想满足那渺小虚荣心的你，为什么要选择远离这个世间的生活呢？奥德修斯[②]、卢克莱修[③]、《毛诗》《郑笺》[④]，以及让人难以理解的“Small Latin and Less Greek”[⑤]，以为只靠这些，生活就能得到满足的三造，是多

---

① 奥托·魏宁格（1880—1903），奥地利哲学家。

② 古希腊神话中的英雄。

③ 卢克莱修（约前99—约前55），罗马共和国末期的诗人和哲学家，著有哲理长诗《物性论》。

④ 汉代三大《诗经》研究著作之一。《毛诗》相传是西汉初年毛苌、毛亨所传，叫作《毛诗》。后来经郑玄对《毛诗》所做的解释叫作《郑笺》。

⑤ 这是本·琼森对其朋友莎士比亚的评价，说他“懂的拉丁文不多，希腊文更少”。

么不了解人性啊！连杜樊川[①]、赛萨尔·弗兰克[②]、斯宾诺莎都填不满的洞，竟然靠一句赞美、一句奉承就能即刻得到满足！事到如今，三造才对这种人性，过于真实的人性（以及这种事实竟然也适用于自己这种天生笨拙的书痴）感到震惊。

现在睡下还太早，而且上床后要再等两三个小时才能睡着，三造坐起身，在床的一端坐定，心不在焉地望着房间。两三天前，他随意翻看桌子抽屉时，发现废纸里夹着一个线香花火的袋子。想来是夏天结束时放进去便忘记了，袋子里还剩了几根烟花。他忽然想起来，当时自己又把它塞回抽屉里了。三造站起身，从抽屉里把那个袋子取出来，抽出烟花看看，似乎还没变潮湿。他关掉电灯，擦亮火柴，只见黑暗之中，那条细细硬硬、并不明亮的光之线开始燃烧，那火光恍若松针，继而变成红叶，转瞬间又全部消逝不见。火药的味道钻进鼻子。三造那瞬间停滞的心，从眼前不合时节的、纤细的美之中，体味到了一丝感动。一种极其悲惨、消极、寂寥的感动。

## 三

安静的博物标本室中，三造正在短吻鳄、大蝙蝠的标本和鸭嘴兽的模型之间看书。下一节矿物课上要用的标本和用具，正

---

① 即唐代诗人杜牧（803—852），樊川为其雅号。

② 赛萨尔·弗兰克（1822—1890），法国作曲家、管风琴演奏家。

在桌子上杂乱地摆放着。酒精灯、研钵、坩埚、试管，还有淡蓝色的萤石、橄榄石、半透明的白色重晶石、方解石、能看到工整的等轴结晶的石榴石、结晶表面闪闪发光的黄铜矿……在不甚明亮的房间里，从天窗照射进来的太阳光，笼罩在结构对称的结晶体上，将这些许久未使用过的标本表面的浮尘照得引人注目。坐在沉默的石头中间，望着那些美丽的结晶和平整的解理面，三造感觉触摸到了某种冰冷、透彻、无声的大自然的意志与智慧。三造常常会从吵闹的职员室，逃到这些冰冷的石头和死去的动植物中，沉浸在随心所欲的阅读里。

他正在读的是弗兰兹·卡夫卡[1]的小说《地洞》。虽说是小说，但这是一部多么奇特的小说作品啊。主人公“我”不知是鼹鼠还是黄鼠狼，总之就是鼹鼠那一类的动物，这一点直到故事的最后也没有说明。这个“我”在地下，绞尽脑汁建造着属于自己的家——地洞。针对能想象到的所有敌人和灾害，“我”设计出了周密的安全防御，但还是终日过得小心翼翼，担心防备设置得不够完善。特别是笼罩着“我”的对“未知”的巨大恐惧，以及面对这一切时“我”自己的无力感，都让“我”时时刻刻沉浸在被威胁的观念之中。

“威胁着我的不只是来自外面的敌人，大地下面也有敌人。虽然我没见过他们，但他们可是在传说里出现过，而且我也确实相信他们是存在的。他们栖息在大地深处，就连传说都描述不清

---

① 弗兰兹·卡夫卡（1883—1924），生活于奥匈帝国统治下的捷克德语小说家。代表作品有《变形记》《审判》《城堡》等。

他们的模样。被当成他们贡品的东西，大多都没见过他们的真面目，就被杀死了。他们会来的。你能从你脚下的大地中，听到他们利爪的声音（那些声音正是他们的实体），而到那个时候，你已经没命了。我不能因为待在自己家里就放下心。不如说，其实你正住在他们家里。”几近宿命论式的恐惧追赶着“我”。如同袭击热病患者的噩梦一般的东西，通过这个住在地洞里的小动物的恐惧和不安，朦朦胧胧地弥漫四散。这位作家总是写这种奇特的小说。在阅读的过程中，一种像是被梦中看不清真面目的东西袭击的感觉，常常挥之不去。

就在这时，入口处传来敲门声，总务部的M氏从门口露出脸。他走进来将一个信封放在桌上，说道：“有你的信。”

总务部办公室和标本室之间的距离并不算近，他特意拿信过来，一定是想找个陪他说话的人。

M氏是个年过五十，身材不算瘦，个头不算高，相貌特别奇怪的人。他的鼻子总是红通通的，草莓似的毛孔清晰可见，他的鼻子在脸部正中突兀地挺起，仿佛跟脸上的其他器官毫不相关。一双深深凹陷着的大而圆的眼睛上边，紧贴着一对又粗又黑的眉毛，而他那黑人式厚厚的外翻嘴唇周围，还留着一圈小胡子。他的头发染过之后生长速度不一（倒是并没有秃的地方），看起来就像是一绺一绺移植上去的，而且他的头发还很短，如同释迦摩尼的发型似的卷曲在一起。

职员室里的所有人似乎都看不起这位M氏。每当提及他的名字，每个人脸上都会浮起一丝冷笑。他的个性似乎非常愚钝，说起“那样的、因为、对吧”这样的词时，总会一个字一个字地慢慢说，仿佛是要亲耳确认过自己此时此刻的发音，才能开始说出下一个字。他在这所学校已经工作了二十年有余，而在此期间，他的几任妻子或是死了，或是逃跑了，他也因此而全校闻名。他还有一个所有人都知道的毛病，只要见到年轻女性，不管对方是学校职员还是学生，都会立马去跟人家握手。其实他并没有恶意（大家一致相信，这个人的头脑可没有聪明到能酝酿出恶意），仿佛只是突然忍不住要去握住对方的手。即便数次引发了对方的尖叫、被掐被瞪，他也全然不在意，即便他在意，也许到下次就已经忘了。经常有职员笑称：“他这样竟然还没被解雇。不过长成那副模样，应该也出不了什么问题吧。”这位M氏，因为没人愿意理他，便常常抓住每周只来两天的三造，跟他聊起各种各样的话题。

“我在学法语。”他曾如此说道，但细听下来，好像不过是在广播里听了一两节初级法语讲座。然而他本人并不是以吹牛的语气在说这件事，而是真心觉得他就是在学法语。他还用相同的语气说过自己也在学德语、汉诗、和歌。听着这番话，三造总感觉这位M氏迟钝的眼神中，仿佛藏着些凶残的东西，就像是被逼到绝境的弱者，突然发起反攻时那种孤注一掷的感觉。

送完信后，M氏也完全没有要走的意思，他在短吻鳄标本的下面坐定，又用平时那种慢悠悠的语调开始说话。也不知为什么，他聊着聊着就说到了自己现在的妻子（比他年轻二十岁），并非常认真地讲起她跟自己结婚之前的经历。正当三造感觉听他聊这些有点奇怪时，M氏打开了手里的包袱（“我一直都没注意到那个包，M氏定是为了让我看这个而特意来这儿的”），从里边拿出一本颇厚的书，放到桌上。只见淡紫色丝绸质地的书籍封面上贴着一张白纸，上书“日本名妇传”。

“里边有我妻子。”M氏不紧不慢地说，还很开心地扬起一笑。

“什么？”三造起初完全没理解他的话，总之先看向M氏翻开的那一页——其中夹着一枚像是女性会喜欢的白桦书签，他这才明白，在那一页的上下两部分内容中，他妻子的名字被用黑体字赫然写在上面那一部分里。名字之后还写有她的生日、出生地，以及毕业院校，就连嫁给M氏为妻，品德贞洁贤淑，内助功劳颇多云云的内容都有所提及……然而，随后的内容又奇妙地陡然一变，成了她的丈夫M氏的传记，其中写有他的人生阅历，温厚个性，以及人品堪称圣人君子等，用的尽是些类似于悼词里的字句。

三造终于清楚这是怎么回事了，M氏是遭遇了出版诈骗。也就是说，骗子用“如果想让你的妻子被写进《日本名妇传》这样的书里”之类的话术进行蛊惑，好从全天下愚蠢的夫妇身上骗出一大笔钱，等到这种没用的书被出版之后，再强行高价卖给这些夫妇，毫无疑问，他中了这种无耻的圈套。然而M氏似乎丝毫没觉得自己被骗，他得意扬扬地逢人就亮出这本书，而且那些文字也定是M氏自己写的。

往前翻阅那本书，竟然都是紫式部、清少纳言那类的大人物，记载她们的页面也跟M氏夫人的相同，每人各占半页篇幅。三造抬眼去看M氏，或许三造满脸的惊讶在他眼中变成了赞叹，只见M氏抽动着鼻子，脸上流露出一种难以掩饰的喜悦（他一笑就会露出满口黄牙，而他的红鼻子——毫不夸张地说——就会随之一起抽动起来）。三造立即垂下眼去，他觉得难以忍受。这是喜剧？或许吧。但这又是一出多么让人不堪忍受的人间喜剧啊？抑或是腔肠动物的喜剧？三造将目光移向架子上小小的变色龙模型，呆呆地想到了这些。

## 四

当晚，三造受M氏之邀，一起去了一家关东煮店。

仔细想来，这着实是件不可思议的事。首先，三造头回听说M氏爱喝酒，特别是难以想象他会在外边喝酒，至于他还会邀请三造一起，就更是完全出乎意料。在M氏看来，他跟三造的关系已亲近到可以详细谈论自己的妻子（M氏定是如此认为），因此他觉得必须以某种方式向三造示好才行。一个被所有人无视的人，自以为得到了他人的认真对待，正是这种难得的喜悦，驱使他做出去关东煮店——这种对他来说史无前例的举动吧。至于为什么会答应M氏的邀请，连他自己都搞不明白。毕竟因为哮喘的老毛病，他几乎从不喝酒，而且他至今从未跟M氏这种怪人认真交谈过，因此三造那晚会跟M氏走进那家店，或许并非因为无法拒绝M氏那慢吞吞、阴森森，却又十分固执的劝诱，而是出于被《日本名妇传》勾起的对这个男人略带坏意的好奇心。

面对不太能喝的三造，M氏没有强行劝酒，只顾一杯接一杯地独自喝着，而他的红鼻子也随之越来越红，还浮现出了油光，而且他又露出了那满口黄牙，一直默默地笑着。随后他用一如既往含混不清的话语，开始慢悠悠地继续讲起妻子的故事。在紧张的关键环节，他也会用质朴的表达方式详细地讲述。他似乎并不觉得自己讲的内容多关键，只是觉得不说不行，才没完没了地说着。他用懒散的语气，喋喋不休地谈起现在的妻子在出嫁之前有令人遗憾之处，他使用的都是“真是件遗憾至极的事”之类颇礼貌的字眼，就好像是在说旁人的事。他到底是以什么样的想法在说这些事呢？三造带着疑问，认真地反复看了那个男人许久，结果却只换来他没完没了的油腻笑容的空洞拒绝。三造完全不懂在听这种话题时，究竟该摆出哪种态度，做出哪种表情，为了掩饰自己的难为情，他假装举起了杯子。

回过神时，三造发现自己面前雪白的瓷碟子上，不知何时出现了一只蝈蝈，它通体呈鲜艳的翠绿色，正轻轻地停在那里，静静地活动着它的触角。它舒展的翅膀漂亮极了，在强烈的白色灯光照射下，雪白的碟子仿佛都被它染绿了。凝视着那份白与绿，三造继续听了许久M氏关于妻子的故事。

在倾听的过程中，一直以来从这个人身上感受到的愚蠢消失了，取而代之的是一种令人发怵的恐惧与没来由的气愤（不是直接针对M氏的怒气，但是跟对自己目前所处位置之愚蠢的愤怒，似乎又稍有不同）相交织的奇妙情绪。

不知不觉间，三造似乎也喝了不少，一时间他甚至没把M氏的话听进耳朵，但当他突然意识到对方的说话方式有所改变时，M氏早已结束了妻子的话题，开始讲起“某件其他的事”。之所以说是“其他的事”，是因为它跟M氏平时所谈的话题全然不同（当然，最开始他在说什么，三造完全不明白，但听着听着便渐渐明白了过来），他竟然在发表一种抽象的感想，换句话说，他是在讲述自己的一部分人生观。只不过，他的表达方式一如既往地过于愚蠢，发音也含混而缓慢，再加上他总会把相同的事重复数遍，因此他讲的大多内容都让人无法理解。但是耐下心来仔细听，再把其中的主旨挑拣出来，用寻常的话语重新表述的话，当时M氏表达的感想，大概是以下这样——

“人生，就像攀登螺旋楼梯。眺望过一处风景，向上爬一圈之后，就会再次看到相同的风景。最初看到的风景跟第二次看到的几乎相同，但是又有些不同，第二次的风景看得会更远一些。已经抵达高处风景的人明白两者之间的微妙差距，但尚在第一处风景的人却不会明白，他们以为爬到高处的人看到的是跟自己完全相同的风景。因为单从他们两者的描述上来看，两人之间其实几乎并无差距。”

“能转啊转地往上爬的那个，天空，往高塔上爬的时候有楼梯，转啊转地往上爬，一直能看到周围风景的那种，有扶手，还有楼梯——”M氏想说“螺旋楼梯”时，使用的都是这种反复数次的表述，其他字句也类似，啰啰唆唆、拐弯抹角，光是表达上面这一段话的意思，他就花了大约三十分钟。就像从矿石中提炼出匮乏的金属一般，若是将他的话仔细分辨，要表达的确实是以上那些意思。

三造觉得他说的这番话，仿佛有点蒙田的味道，以至于他带着跟之前完全不同的心情，再三看向M氏的脸，不过考虑到M氏并不是个爱读书的人，那番话绝对不是他从书上看来的，而是从他五十载人生的迟钝观察中诞生的属于他自己的感想。三造窥视着M氏的脸，却完全看不到能吐露出这番话的智慧的痕迹，他开始做如下思考——

虽然所有人都看不起这个男人，但是，如果我们能耐下心来理解理解这个男人的迟钝表达，类似他现在吐露的这种感想，是不是在他的话语中随处可见呢？只是我们都缺乏挖掘出这些思想的能力和耐心不是吗？再进一步，如果能充分理解那些笨拙难懂的语言，这个男人愚昧的必然性——“为什么他总要做出在别人看来愚蠢的行为”的心理必然性，是不是就能一目了然呢？如此一来，在M氏必须是M氏的必然性，与我们必须是我们的必然性之间——或者说是与歌德必须是歌德的必然性之间——进行价值高低的判断，（至少从主观上）就是不可能的吧？

在M氏刚才发表的感想中，他显然认为自己是已经抵达上面阶梯的人，而嘲笑他的我们，则被当作“身处下面阶梯，却嘲笑上面阶梯之人的缺乏自知之明的人”。我们认为自己的价值判断标准绝对无误，是否又只是我们自以为是的表现呢？（将M氏的案例进行类推，让我们再做进一步思考。）同理，如果我们拥有理解小狗、小猫等兽类的语言及其他表达方式的能力，是不是就能对那些动物生活形态的必然性感同身受呢？此外，或许还能发现它们拥有远远优越于我们的才智与思想也未可知。一直以来，仅凭“我们是人类”这种简单的理由，我们就自大地认为人类智慧至高无上不是吗？

三造那喝醉的大脑已经懒得继续思考，最终，冷静过后的思考终点，仍旧是“我们不知道，我们也不可能知道”[①]。像是被什么追赶着似的，三造匆匆忙忙地迅速喝下三四杯酒。那只蝈蝈已不知去向何处。M氏似乎也醉得不轻，他靠在身后的柱子上，闭着眼，嘴里却还不停地嘟囔着些什么。

## 五

哼，还不到三十岁呢，装什么稳重啊。你是不是打算从现在开始一直假装自己是穆什·贝尔修莱、杰洛米·科瓦涅尔神父啊？你要是自以为超越了世俗，过的是孤芳自赏、精神享受型的生活，那你也太搞笑了。你那不就是因为缺乏行动能力，而被社会淘汰了吗？不过，缺乏世俗性的行动能力，并不是说就不会有世俗的欲望。你明明还有那么多俗气的欲望，却没有实现那些欲望的行动力，还装出一副清高样儿，你可真是恶趣味。走投无路的孤立，可一点也不悲壮。

啊，还有一件事。所谓的缺乏世俗性才能，绝对不是说在脑力工作上就会有才能。绝对不是！还有所谓的享受型生活，多数情况下，它不就是缺乏生活能力的人最后体面的藏身之处吗？“人生，什么都不做便显得太长，做着些什么便显得太短”。这话说得够狂的啊。太长或太短，那都是有所行动的人才能说的

① 一句拉丁语格言。

话。什么都不知道，也不付出任何努力，就说些大彻大悟似的话，这可不是什么好习惯。这就是真正的狂妄自大。

你说自己从小就抱有的那个“对于存在的疑惑”，也真够可笑的好吧，我现在就告诉你答案。你听好了，人类这种生物啊，如果跳脱出时间、空间、数字这些观念，就无法进行思考，这就是人类与生俱来的构造。所以，只要是超越了这些形式的事情，人类是不可能搞懂的。我们无法从理论上证明上帝、超自然现象之类事物的存在（以及不存在），就是这个原因。你的问题也同理。你的精神中天生就带有这些疑惑，而且你（即人类）的精神生来注定要带有疑问又得不到解决，所以你也不可能找得到答案。真相仅此而已。真是愚蠢。

总之，“所谓世界”“所谓人生”这种宽泛的概念，还是别说为好。首先，你难道就不觉得害臊吗？但凡是个性稍微细腻点的人，就会知道羞耻，不会那么说话。而且通过那些概观看到的世界（虽然现在就说这些不太好，不过是要说给你听的，也没办法了），绝对不是广袤、深邃而美丽的。相反，如果是去深入观察细节，并且积极地推动，那么世界就会被无限扩大。你连这种秘密都没体验过，就算是狂妄，也算不上是个够格的悲观论者。但凡是个正常人，都不会对世俗、对常规，一一摆出蔑视的态度，倒不如说还能从中发现最卓越的智慧。只是远远眺望到的人生事实毫无稀奇可言，只有对事物进行加工，并按照一定的方式去对待，它才会立即变成拥有意义的有趣事物。这就是人生常规之所以必要的原因所在。

当然了，一味专注于这些问题是愚蠢至极的，但只靠一瞥就产生出绝望、蔑视的态度，也是十分愚蠢的。你知道初等代数里的完全平方公式吗？如果不知道这个公式就完全解不出来的方程式，只要用了这个公式，就能立刻解出来。同理，面对人生中被赋予的事实，类似于在所有方程式的两边加上b/2a的平方，让问题迎刃而解的技巧，正是我们应该去学习的。迈出这一步之后，怀疑还会不断出现。

总而言之，虽然我已经说过很多遍了，但还是请停止你那种装腔作势、大彻大悟、狂妄自大的说话方式吧。说实话，我感觉比你还害臊，简直想找个地缝钻进去。你就说前天那事儿吧。跟那些单身同事聊结婚时，你说的那番话，你感觉怎么样？你说什么来着——啊，我想起来了——“再有意思的作品，一旦被带进教室当成教材来用，就会立刻变得乏味。同理，再好的女人，一旦娶回家，就会立刻变成乏味的女人。”是这么说的吧？我一想起你得意扬扬地说出这番话时的那种肤浅、沾沾自喜的表情，再想到你的年龄和人生经验，我何止是害臊，简直是惊出了一身鸡皮疙瘩啊。我可没骗你。还有，我还想跟你说，你这个令人作呕的伪君子竟然还是个色鬼。我可都知道，那是啥时候的事儿来着，你带着两个学生去海滨公园玩。当时你们一坐到草坪上休息，附近那两三个也在休息的工人模样的男人，就故意用你们能听到的音量，开始聊一些猥琐的话题对吧。而你当时那是什么态度和眼神！你不知如何是好，就扭过头去，装作听不见，但是你身边的两位少女不可能没听到那些话，你就又用那么下流的眼神（还是斜着眼），无所顾忌地打量她们！真是令人作呕。

什么？我并不是蔑视人类与生俱来的本能，但是当色鬼就是不行。而且你要是个色鬼，为什么就不能堂堂正正地当个色鬼呢？想靠装模作样的姿势，费尽小心思的正当理由来掩盖你色鬼的本性，你这做法可真够不堪的。不光这件事，在其他场合也是，你为什么就不能表现得更直率点儿呢？伤心的时候就哭，懊悔的时候就跺脚，不管是再粗俗的笑料，如果你真觉得好笑，就张开嘴哈哈大笑。你说什么世间云云都不算是问题，可最在意你举止动作的人，不正是你自己吗？其实在担心顾虑的人只有你自己，世间可完全不会注意到你，也就是说，你那些神经质的举止动作，都是为了演给你自己看的。你可真是个精致的大笨蛋，不可救药的蹩脚演员！你这个人啊……

意识恢复过来时，三造发现自己正抓着某家商店橱窗前的栏杆，额头抵在玻璃窗上，危险地支撑着身体，陷入半睡状态。

橱窗里的明亮光线让他不住地眨眼，仔细往里瞧，那原来是一家售卖项链、手链等珍珠首饰的店。在关东煮店门前跟M氏分别后，三造竟然不知不觉地溜达到了弁天街——这座港口城市中特有的面向外国顾客的商店街。回望整条街，其他店铺大多都已关门，也不见来往行人，静悄悄的商店街上，只有这家店不知为何还开着门。在眼前的橱窗里，所有珍珠都在华美的黑色天鹅绒垫子上，静静地收敛起光泽。在电灯光的照射下，一颗颗白色珍珠的光泽慢慢隐藏进乳白色光亮中，带着一些淡淡的青色阴影排列着。三造用一双酒醒后的眼睛，表情惊讶地呆呆望着橱窗。随后他离开橱窗边，一时间忘却了M氏的事，以及刚刚自我苛责的那一番话，在空无一人的街上，飘然走远了。

木乃伊

居鲁士大帝与卡桑达涅皇后的儿子——波斯皇帝冈比西斯在侵略埃及时，其麾下有一名叫作帕利斯卡斯的部将。据说，帕利斯卡斯的祖先来自遥远东方的巴克特里亚[①]一带，是一群始终无法适应都市风俗的阴郁的乡下人。帕利斯卡斯是个有些爱幻想的人，为此，即便他已拥有相当高的社会地位，依然常常遭受他人的嘲笑。

当波斯军经过阿拉伯，即将进入埃及地界时，帕利斯卡斯的异常表现，引起了他的同僚与部下们的注意。他总是以一种特别不可思议的目光注视着周围陌生的风物，又带着满脸忐忑不安的表情沉思着什么。他仿佛回想起些什么，又像是怎么也想不起来，焦急的神态一目了然。当埃及军的俘虏被带入营地时，其中一个人的说话声恰好传入他的耳中。就在那一刻，帕利斯卡斯的神色突然奇怪起来，待他继续仔细聆听后，感觉自己好像听得懂他们的话。他把此事告诉了旁边的人，还说自己并不会说他们的语言，但似乎能理解他们所说的话。他还派部下去问那些俘虏是不是埃及人（因为埃及军队中的大部分人都是希腊人，以及其他地区的雇佣兵）。部下回复说，那些人确是埃及人。帕利斯卡斯

① 公元前3世纪中叶，希腊殖民者在中亚地区建立的奴隶制国家。

再次露出不安的表情，陷入沉思。要知道在此之前，他从未去过埃及，也从未跟埃及人打过交道。此后，即便是在激烈的对战中，他仍会心不在焉地思索起这件事。

当波斯军一路追击溃败的埃及军，进入古老的白墙之城孟斐斯[1]时，帕利斯卡斯那沉闷的兴奋状态表现得越发明显。他的样子总让人想起癫痫患者即将发病时的模样。之前还为此事嘲笑他的那些同僚，也多少感到些毛骨悚然。帕利斯卡斯在孟斐斯城外的方尖碑前，低声诵读雕刻在上面的绘画般的文字，他还低声向其他部将们讲述建造那块纪念碑的国王的名字及其功绩。大家的心情都变得很奇怪，彼此面面相觑。帕利斯卡斯自己的神情也变得非常奇怪。因为所有人（包括帕利斯卡斯自己）都从未听说过他通晓埃及历史，且能阅读埃及文字。

这一时期，帕利斯卡斯的主人冈比西斯，似乎也开始逐渐被凶暴的疯癫之气浸染。他逼迫埃及法老普萨美提克喝下牛血，又将其杀害。光这些还不够，眼下他又打算挖出半年前驾崩的上一任法老阿摩西斯的尸体，进行羞辱。其实，让冈比西斯怀恨在心的人，正是前任法老阿摩西斯。他亲自率领全军，前往阿摩西斯的陵墓所在地塞易斯城[2]。抵达塞易斯后，他命令所有人去找出已故法老阿摩西斯的墓地，挖出他的尸体，带到自己面前。

仿佛早就预知了这种事会发生一般，阿摩西斯的墓地被埃及人巧妙地隐藏了起来。波斯军的将士们不得不将塞易斯城内外的

① 古埃及城市，世界上最古老的城市之一，最初被称作白城（因为城市中的泥砖墙上涂着白石膏粉）。

② 古埃及城邦，位于尼罗河三角州西部。

众多墓地一一挖开，重新检查一遍。

帕利斯卡斯也是这个墓地搜索队中的一员。当其他人都在忙着掠夺跟埃及贵族的木乃伊一同放入墓中的数不胜数的宝石、首饰和日用器具时，只有帕利斯卡斯看也不看那些东西一眼，依然神色阴郁，在墓地中走来走去。偶尔，他阴沉的表情中，会流露出一丝阴天里的暗淡阳光般的亮色，但转瞬间就会消失，又变回之前不安的阴郁神色。他的心里，似乎被什么似是解决却又没能解决的事情牵绊着。

搜索开始几天后的某个午后，帕利斯卡斯独自一人站在一个非常古老的地下墓室里。自己是什么时候跟同僚、部下们走散的，这座墓地又位于城里的什么方位，这些他都完全不知道。总之，当他从平时的幻想中突然回过神时，发现自己正一个人站在古老墓室的昏暗光线之中。

等到双眼适应了周遭的黑暗，墓室中凌乱的雕像、器具，以及周围墙壁上的浮雕、壁画等，终于模模糊糊地浮现在帕利斯卡斯眼前。棺材的盖子被取下放置在一边，两三个乌沙比人偶[①]的脑袋则被扔在一旁。这里一看就知道已经被波斯士兵掠夺过了。陈年灰尘的气味，让他的鼻孔感受到阵阵寒意。自黑暗深处，巨大的鹰头神立像，正以僵硬的表情窥视着他。靠近壁画细看，那上面画的满是些长着豹子、鳄鱼、苍鹭等奇怪动物脑袋的神明们的阴郁队列。一只长着细长手脚，没有面孔也没有身体的巨大眼睛，也排在队列之中。

---

① 一种用于陪葬的小型雕刻人偶。

帕利斯卡斯几近无意识地向墓室深处走去，刚走出五六步，他便摔了一跤。定睛一看，一具木乃伊正躺在他的脚边。帕利斯卡斯几乎什么都没想，便把那具木乃伊抱起来，立到了神像的台座边。那是一具他这些天来看过无数遍的普通木乃伊。然而，正当他打算继续向前走时，却不经意地看向了那具木乃伊的脸。就在那一瞬间，说不清是冷还是热的感觉霎时蹿上他的后背。帕利斯卡斯看向木乃伊脸庞的视线，再也无法移动。他就像是被磁铁吸住一般，全身一动不动地注视着那张脸。

帕利斯卡斯就这样呆站在原地，不知过了多久。

在此期间，他感觉自己的身体中发生了异乎寻常的变化。构成他身体的全部元素，在他的皮肤之下，激烈地（就像后世的化学工作者在试管中进行的实验一样）起泡、沸腾，等到那种沸腾终于停止时，帕利斯卡斯觉得它们的性质，已然发生了彻底的改变。

他的心情变得非常平静。他发现，自从进入埃及后，一直令他在意不已的事情——如同早晨醒来后，想努力回忆起昨晚的梦一般，好像能想起来，又好像怎么也想不起来的事——现在终于彻底弄明白了。“哎呀，原来是这么回事啊。”他不由自主地说出声，“这具木乃伊，就是从前的我啊。错不了。”

当帕利斯卡斯说出这话时，木乃伊的嘴角似乎稍稍上扬了一下。不知从哪儿照射进来的光，只微微笼罩在木乃伊的脸上，让他的面容变得清晰可见。

此刻，在闪电划破黑暗的一瞬之间，遥远前世的记忆，一下子都复苏了。那是帕利斯卡斯的灵魂曾经寄居在这具木乃伊中时各种各样的记忆。沙地上炙热的直射阳光、树荫下沙沙作响的微风、河流泛滥之后泥土的气息、繁华大街上来来往往穿白衣的人们、沐浴之后涂在身上的香油味道，以及跪在昏暗神殿深处时那冰冷石板地面的触感，这些真实感觉的记忆，从遗忘的深渊中一齐苏醒过来，涌进他的脑海。

当时，他可能是普塔神殿的一位祭司吧。之所以说“可能”，是因为重现在眼前的只有他曾经见过、触摸过、经历过的事物，却看不见他自己当时的身影。

突然之间，一头公牛的哀怨眼神浮现在他眼前，那是他曾献给神明的祭祀品。那眼神像极了他熟识的某个人的眼睛。没错，就是那个女人。随即，一个女人的眼睛、扑着薄薄孔雀石粉的脸、苗条的躯体，连同那些熟悉的举止，甚至体香，全部一起重现在他眼前。啊，真是令人怀念啊，他想。她就像黄昏时分伫立在湖中的火烈鸟，显得那样寂寥。毫无疑问，那个女人就是他的妻子。

然而不可思议的是，不管是人的名字，还是地点、物件的名字，帕利斯卡斯一个都想不起来。那些没有姓名的形状、色彩、气味与动作，在距离与时间的观念发生了神奇颠倒的异常静谧之中，忽然出现在他面前，又忽然消失不见。

他早已不再盯着那具木乃伊看了。或许他的灵魂已经脱离身体，进入那具木乃伊的体内了吧。

又一个情景出现了。他自己仿佛正发着高烧，躺在床上，一旁则是满脸忧心的妻子。而她身后，还有一个像是老人，又像是孩子的身影。他感觉非常口渴，微微抬手，妻子便立马过来喂水给他喝。之后，他又迷迷糊糊地睡着了。等到再次醒来时，高烧已经完全退去。他睁开眯缝着的眼睛，看到妻子在一旁哭泣，她身后的老人们似乎也在哭。突然，仿佛乌云的阴影匆匆遮蔽住湖面一般，他眼看着一片巨大的蓝色阴影，笼罩到自己身上。令人目眩的坠落感，让他不由自主地闭紧双眼。

就此，他的前世记忆突然中断。在那之后，几百年间的黑暗意识不知持续了多久，当他再次恢复清晰意识时（回到现在），便看到自己正以一位波斯军人的身份，（经历过数十年的波斯人生活之后）伫立在自己曾经的躯体制成的木乃伊前。

面对这奇异神秘现象的显现，帕利斯卡斯战栗了。此刻，他的灵魂犹如北国冬日湖面的冰，变得无比清澈、无比紧张。但他依然向那些被掩埋的前世记忆的深处凝望着。在那里，他过去的种种经历，好似在深海的黑暗中独自发光的盲鱼，悄无声息地沉睡着。

就在这时，他的灵魂之眼，在那黑暗的深处，发现了一个奇怪的前世身影。

那个前世的自己，正在一个昏暗的小屋里，与一具木乃伊相对而立。在战栗之中，前世的自己发现，那具木乃伊正是前前世的自己。身处跟现在相同的昏暗、冰冷、飘荡着灰尘气味的空间里，前世的自己突然回忆起了前前世自己的生活……

帕利斯卡斯感到毛骨悚然。这可怕的一致的情景到底是怎么回事？如果克服恐惧，仔细观察，在前世的自己唤起的前前世的记忆中，恐怕也会看到跟自己当下处境相同的前前前世的自己吧。如同两面相对的镜子，那些被藏进无限空间里的可怕记忆的循环往复，将无限地——令人头晕目眩般无限地延续下去。

帕利斯卡斯的全身都冒起了鸡皮疙瘩，他想逃出墓室。然而，他的双腿已经动弹不得，他的目光也无法从木乃伊的脸上移开。他只能以一种被冰冻住般的姿势，跟那具琥珀色的干枯躯体相向而立。

第二天，当其他部队的波斯士兵发现帕利斯卡斯时，他正紧紧抱着木乃伊，躺在古墓地下室的地上。经过一番救治，他总算恢复了呼吸，但却表现出明显的精神错乱的迹象，不停地说着胡话。至于他所说的话，全都不再是波斯语，而是埃及语。

# 塞特纳王子

在孟斐斯的普塔神殿担任书记官兼设计师，始终对乌西马勒斯国王忠心耿耿的臣子梅里特萨，毕恭毕敬地记录下了这个故事。能证明这个故事真实性的神明如下——鹰神哈托鲁、鹤神托托、狼神阿努比斯以及乳房丰满的河马神阿皮特埃利斯。

身为百合之国上埃及、蜂之国下埃及的国王，阿蒙拉[1]的化身，雄都底比斯的主人乌西马勒斯国王，有一个儿子名叫塞特纳王子。这位王子自幼聪慧过人，八岁时就能阐述出诸神谱系，令宫中的博学之士为之惊呼。十五岁之后，他早已通晓一切魔术及咒文，成为一位天下无人能及的博学贤者。

一日，当塞特纳王子正在涉猎古籍时，突然被一个疑问缠住。那是他至今为止从未思考过的问题。因此，起初他以为自己是受到了邪神赛特的诱惑，准备拒而远之。然而那个问题却顽固地盘踞在他心里。

从尼罗河的源头，到河流汇入的大海之间，没有一件事是塞特纳王子不知道的。不只是发生在人世间的事，就连死后的世

① 古埃及的太阳神，是众多主神中最显赫的一位。

界，也没人比他懂得更多。从冥界的构造、奥西里斯神[①]的审判顺序、各个神明的品行，到奥西里斯宫殿中七个大厅、塔中二十一个房间及其守卫的名字，他全都记得。因此，他的疑问跟这些事情无关。当他翻开古书时，一种不安的感觉突然从他心头掠过。最开始，他还不知道那种感觉的真面目，只觉得那种不安似乎能动摇他迄今为止掌握的全部知识的根基。那道奇怪的阴影，是在思考什么时掠过的呢？

当时，他正在阅读世间最初的神明——拉神诞生之前的事，并开始思考，拉神是从哪里诞生的呢？他诞生自太初的混沌努恩之中。所谓的努恩，不是光明也不是阴影，而是一种黏稠泥泞的形态。

那么，努恩又诞生自何处呢？他并非诞生自哪里，而是最初就存在于世。

以上这些知识，塞特纳从小就知道。但是，刚才他翻开古书时，脑海中浮现出一个奇妙的想法——努恩最初为何而存在呢？即便他不存在，是不是也完全没有影响呢？令他不安的根源，便出自于此。当他脑海中冒出这个疑问时，奇怪的不安阴影掠过他的心头。

起初，塞特纳王子只觉得这个疑惑非常愚蠢，打算置之不理；但仔细思索片刻后，他又感觉这个问题绝对不容小觑。非但不容小觑，它还像春天池塘边的水草根一样，眼看着就在他心里扎了根，越长越高。这不单单是关于世界开辟说的问题，它与我

---

① 古埃及神话中的冥王。

们日常生活中所能触及的所有事物都有关联。就像埃塞俄比亚的金丝蛇那长长的尾巴，它为什么会存在呢？如果那尾巴不存在，不是也毫无影响吗？塞特纳王子开始比从前更加努力钻研，他专注地翻阅起古文书和墓志铭，想从中找出解开这个疑问的线索。然而他的努力并没有起作用。无论是在岸边洞穴中修行的知名魔术师，还是传说中参悟了阿蒙拉之精神的年迈高僧，都无法解答王子的疑问。

塞特纳王子渐渐不再笑了。他看起来总是像落日时湖中的火烈鸟那样，落寞地沉思着。就连从希塔族的国度里带回来的女杂技演员的表演，都已然不再能吸引他，沐浴过后他也不再涂抹庞特国送来的曼妙香油。从此，鲜花盛开的底比斯王宫中一片阴霾，因为塞特纳王子的智慧，已被忧愁之云遮蔽，人们再也听不到他的妙语连珠了。

此后，王子什么话都不再说，什么事都不再做，他变得如同一个蜡人，过完了一生。到死为止，他只做了一件事，那就是将火盆顶在头上，撑一只分叉拐杖，将那本古书归还到内费鲁卡普塔的陵墓中去。当王子把书还回去时，内费鲁卡普塔的木乃伊微微一笑，他妻子阿乌利的木乃伊也默默地笑了。王子什么都没说，脸色苍白地走出墓穴。当他准备关上墓穴入口的门时，想到不能让后世的人们再次因为这本书而陷入不幸，便在大门上锁的地方施了封印魔法，又用一道咒文，让墓穴的入口从此再也不会被世人发现。

正因如此，直到今天都无人知晓这本书的下落。

# 狐凭①

---

① 指人被狐妖等邪灵附体而产生精神错乱的一种异常现象。

传闻说，内乌里部落的夏克曾被灵魂附体。据说各种各样的东西都能附体到这个男人身上。老鹰、狼、水獭的灵魂都曾附在可怜的夏克身上，让他说出令人难以置信的话。

即便是在日后被希腊人称为“西古提人”这一未开化的人种中，夏克所在的部族也显得特别与众不同。为了躲避野兽的袭击，他们将房屋建造在湖面上。首先要将数千根圆木扎在湖中较浅的地方，再把木板搭在上面，以便在木板上建起他们的家。他们还在木板地面上制作出许多提拉窗，打开窗户挂上笼子，就可以捕到湖里的鱼。他们会划着独木舟去捕水狸、水獭，还知道麻布的制作方法，会将麻布跟兽皮一起裹在身上。他们以马肉、羊肉、树莓、菱角为食，喜欢喝马奶和马奶酒。他们还传承了一种奇特的挤奶方法——将兽骨骨管插入母马肚子里，然后让奴隶往里吹气，马奶就会流下来。

内乌里部落的夏克，是这群湖上居民中最平凡的一个。

夏克开始变怪要追溯到去年春天，他的弟弟德克过世的时候。当时，一队来自北方的彪悍游牧民乌古里族人，在马上挥舞着偃月刀，势如疾风般地向这个部落袭击而来。住在湖上的人们拼死抵御。起初，他们还跑到湖畔去迎击侵略者，然而那些闻名于世的北方草原骑兵确实难以应付，他们便退守到湖上，撤掉通往岸边的桥梁，将家家户户的窗户当作枪眼，用投石器和弓箭来应战。不善于驾驭独木舟的游牧民只得放弃歼灭湖上的村子，抢走些留在岸上的家畜，便再次势如疾风地回到北方去了。

他们走后，浸染了鲜血的湖畔土地上，只留下几具没了头颅和右手的尸体。那些侵略者只把头颅和右手砍下来，带回了北方。头盖骨的外侧将被镀上金，制作成骷髅杯；右手则会被连着指甲一起剥了皮，制作成手套。夏克的弟弟德克的尸体也遭受了如此侮辱，被扔在湖畔。尽管没有头颅，只能通过服装和随身携带的物品来辨别身份，但是当夏克通过皮带上的记号和板斧上的装饰，确定自己找到了弟弟的尸体时，他茫然地久久望着那具凄惨的躯体。“他那副模样，似乎并不是在哀悼弟弟的死。”后来曾有人这样说道。

这之后不久，夏克就开始说些奇怪的胡话了。起初，周围的人搞不清楚是什么附在夏克身上，让他说出这些怪话。不过，根据他的语气判断，似乎是被活剥了皮的野兽的灵魂。经过一番思考之后，大家的结论是，那一定是被那些野蛮人砍掉的他弟弟德克的右手在说话。四五天之后，夏克又开始说其他灵魂的话。这次是什么的灵魂，大家马上就猜到了。他悲伤地述说着因武运不佳而死在战场的始末；又说在死后，被天上的大灵揪着脖颈，扔向无限黑暗的远方。所有人一致认为，这个人无疑就是夏克的弟弟德克。大家觉得一定是夏克出神地站在弟弟的尸体旁时，德克的灵魂悄悄潜入了哥哥的体内。

至此，附体到夏克身上的都是他的至亲及其右手，因此也不算不可思议。但是，当暂时恢复平静的夏克再次说起胡话时，人们惊呆了。因为他这次说出的话，全都出自与他无关的动物及人类。

在被灵魂附体过的男女之中，至今都没有出现过像夏克这样，一个人被这么多种灵魂附体的情况。有时，在部落下面湖水中游来游去的鲤鱼会借夏克之口，讲起鱼族生活的悲与乐；有时，他会变成托拉斯山上的游隼，描述起湖泊、草原、山脉，以及山那边清澈如镜的湖泊的雄伟景致；有时，他还会化作草原上的母狼，讲述起自己在冬日清冷的月光下，饥饿难耐，整晚徘徊在冰冻土地上的艰辛。

人们好奇地来听夏克的胡话。奇怪的是，夏克自己（或者是附在他身上的灵魂们）似乎也在期待着众多听众的到来。夏克的听众越来越多，他们中的一个人曾说过这样的话："夏克说的话，不是附在他身上的灵魂说的。那都是他自己想出来的吧？"

的确，要说起来，那些被灵魂附体的人，通常会在更加出神忘我的状态下讲话。而夏克表现得并不算疯，他说的话过于条理。对此觉得奇怪的人日渐增加。

而对夏克来说，他并不知道自己最近所做之事的意义。不过他也意识到，这跟普通的灵魂附体似乎不太一样。但是，自己为什么会持续数月一直做出这种奇怪的举动都不会厌倦呢？由于他自己也不知道原因所在，只得把它当成一种灵魂附体的行为。起初，他确实是为了弟弟的死而感到悲伤，当他愤怒地想象着弟弟的头颅和手的去向时，不知不觉地便说起了胡话。其实，可以说那并非他有意为之。然而，原本就爱幻想的夏克，体会到了通过自己的想象，使自己以外的生物附体到自己身上时的快乐。后来，听众越来越多，他们总会跟随自己所讲故事的一张一弛而变化，时而安心，时而恐惧，看着大家脸上浮现出的真实表情，这种快乐便再难抑制。夏克幻想出来的故事结构日益精巧，他想象出来的情景描写也越来越精彩，连他自己都觉得意外，各种各样鲜明、细微的场景，总会自然地浮现在他的想象之中。夏克为此感到惊讶，这也让他不由得认为，自己果然是被什么东西的灵魂附体了。只是，夏克还没有想过要把这些不知怎么创造出来的一个又一个故事，转变成能长久传世的文字。至于他自己现在扮演的角色，会被后世用什么名字来称呼，他自然也不可能知道。

尽管人们开始认为夏克的故事多半是他自己创作的，他的听众却并没有减少。大家反而期待着他能不断讲出新的故事。就算那些故事都是夏克编造的，天生平庸的他能编出那么精彩的故事，也一定是因为被其他灵魂附体了。大家以及夏克自己都这样认为。毕竟在没有过灵魂附体经验的他们看来，一个人能把实际没见过的事物，讲述得那么详细，实在是太不可思议了。在湖畔的岩石后，在附近森林的冷杉树下，抑或是在挂着山羊皮的夏克家的大门口，大家在夏克身边围坐成一个半圆，愉快地聆听着他的故事。譬如住在北方山地里的三十个强悍盗贼的故事，森林夜晚出没的怪物的故事，以及草原上的小母牛的故事，等等。

看到年轻的人们因为痴迷夏克的故事而疏于工作，部落里的长老们满脸愁容。他们中的一个人说："出现夏克那样的人，可是不祥的征兆。如果他真的被灵魂附体，这么奇异的灵魂附体可是前所未闻。如果不是的话，能接连不断想出那么多荒唐胡话的疯子，可真是见所未见。总之，这种家伙突然变得奇怪，就是违背自然的不祥之兆。”这位长老正巧带着被当作家印的豹爪，他是部落中最具权威的名门之士，因此他的观点自然得到了全体长老的支持。他们开始暗中计划排挤夏克。

夏克讲的故事中，以周遭人类社会为素材的内容渐渐变多。因为总是讲老鹰、公牛的故事，已经无法满足听众了。他开始讲漂亮年轻男女的故事，吝啬又善妒的老太太的故事，还有在外人面前逞威风，在老婆面前却抬不起头的酋长的故事。当他讲起一个脑袋像脱毛期的秃鹰一样的老人，在跟年轻人争夺一位漂亮姑娘时惨败的故事时，听众们被逗得哄堂大笑。大家笑得实在不同寻常，问过他们原因后才知道，原来，听说那位提议排挤夏克的长老，最近就有过相同的悲惨经历。

长老越来越生气了。他绞尽脑汁终于想出一个计策，还让最近跟他老婆私通的一个男人也加入了这个计划。因为他坚信，夏克的故事就是在暗讽自己。这两个人使尽浑身解数，想让大家注意到，夏克总是不履行他身为部落一员应当履行的义务。他不钓鱼，不照顾马匹，不去森林砍树，也不给水獭剥皮。自从很久很久以前，北部群山的寒风带来鹅毛大雪以来，村子里还有谁曾见夏克干过活呢?

大家想想，确实如此。因为事实上，夏克的确是什么活儿都没干。特别是将过冬的必需品分给他时，这种感觉尤其明显。就连夏克最忠实的听众也意识到了这一点。但即便如此，大家还是会被夏克那些有趣的故事所吸引，他们只能不情不愿地将过冬的食物分享给不干活的夏克。

大家裹着厚厚的毛皮抵御北风，守在用牲畜粪便和干树枝烧旺的石炉旁，喝着马奶酒，熬过了冬天。等到岸边的芦苇开始发芽时，大家便再次出门干活去了。

夏克也会到外边去，但他看起来目光呆滞，像是在发呆。人们注意到，他已经不再讲故事了。就算有人硬求着他讲故事，他也只会讲那些从前早就讲过的内容。不对，就算是讲老故事，他也讲得让人不满意，语气完全没有了生气和光彩。大家都说，附在夏克身上的灵魂走了。那些让夏克讲出许许多多故事的灵魂，早已不知所终。

然而，附身的灵魂走了，夏克从前勤劳的习惯却回不来了。他不干活，也不讲故事，每天都无所事事地望着湖面。一见到夏克的这副样子，他从前的那些听众，便会气愤地回想起来，自己曾把贵重的过冬食物，分享给这个呆头呆脑的懒汉。对夏克心怀不满的长老们暗自窃喜。因为对部落而言，被全体村民认定为有害无用的人，将通过协商给予处分。

戴着翡翠颈饰、留着长胡子的长老们，时常聚在一起商议。而肯为没有家人的夏克争辩的人，一个都没有。

此时，恰逢雷雨季节来临。部落里的人们最害怕雷声，他们认为雷声就是一个叫天的独眼巨人发出的愤怒诅咒。一旦这种声音响起，大家就会停下一切工作，在家闭门不出，以便驱除邪气。狡诈的长老用两个牛角杯买通了占卜者，让他将不祥的夏克与最近频繁出现的雷声联系到了一起。于是，大家做出如下决定——如果某一天，从太阳走过湖心上空开始，到太阳落在西岸的山毛榉大树树梢为止，在此期间，雷声若响起三次以上，那么翌日就要依照祖先留下来的老规矩来处罚夏克。

当天午后，有人说听到了四声雷鸣，有人说听到了五声。

第二天傍晚，大家围坐在湖畔的篝火旁，开始举办一场盛大的宴席。在一口大锅中，跟羊肉、马肉一起，可怜的夏克的肉正被咕嘟咕嘟地炖煮着。对于食物并不算丰富的此地居民来说，除了因病而死的人，所有的新尸体当然都要用来食用……

在比那位叫荷马的盲吟游诗人，创作出那些优美诗歌的时代还要久远的过去，曾有这样一位诗人被吃了的事，始终无人知晓。

# 文字祸

所谓的“文字之灵”，到底是否存在呢？

亚述人知晓无数种精灵。在暗夜中横行的利尔，以及雌性利尔——利利茨，散播疫病的纳姆塔尔，死者之灵埃廷姆，诱拐犯拉巴斯等，数不胜数的恶灵充斥在亚述的天空之中。然而，若说到文字的精灵，还从未有人听说过。

那个时候——亚述·巴尼·拔国王在位第二十年的时候——在尼尼微的王宫中，流传着奇怪的传闻。据说每天夜里，在图书馆的黑暗之中，都能听到神秘的窃窃私语声。由于当时亚述·巴尼·拔刚刚攻下巴比伦，好不容易才平息了弟弟沙马什·舒姆·乌金发起的叛乱[①]，人们猜测是不是又有不逞之徒在酝酿阴谋，然而在图书馆探查一番后，发现并没有相关迹象。于是，人们认定那是某种精灵的说话声。有人说，那可能是最近在国王面前被处刑的巴比伦俘虏们的死灵发出的声音，但大家又都知道真相定非如此。因为上千名巴比伦俘虏全是被拔掉舌头后杀死的，那些舌头还被堆成了一座小山，这是无人不知的事实。没有舌头的死灵，又怎么可能会说话呢？在通过占星和羊肝占卜的一番徒

① 公元前652年，沙马什·舒姆·乌金发动叛乱，占领了巴比伦，自称为巴比伦国王；亚述·巴尼·拔经过多年战争才将叛乱镇压下去。

劳搜寻之后，人们认定那些窃窃私语声就是书籍，或者说是文字们的说话声。不过，文字之灵（如果它们存在的话）的性格如何，人们还完全搞不清楚。亚述·巴尼·拔国王请来了大眼睛、鬈头发的老博士纳布·阿赫·伊利瓦，派他去研究这种未知的精灵。

自那天起，纳布·阿赫·伊利瓦博士每天都会去到那个图书馆（它于两百年之后沉入地下，之后又历经了两千三百年，才被偶然挖掘出来），细心翻阅海量书籍，潜心钻研。不同于埃及，当时的两河流域并不出产莎草纸[①]。人们使用硬笔，将复杂的楔形符号刻在黏土板上。因此，图书就是瓦片，图书馆看起来则如同瓷器店的仓库。在老博士的桌子（桌子腿用的是真正的狮子腿，就连爪子都被按照原样摆放着）上，每天都堆满了如山的瓦片。他打算从那些分量十足的古老知识中，找出与文字之灵相关的典故，结果却未能如愿。除了知道文字由波尔西帕的神明那布掌管之外，他再也找不出任何相关记录。文字之灵是否存在，这个问题，他只能靠自己的力量解决。离开书堆，博士开始终日只盯着一个文字看。占卜者凝视着羊的肝脏，就能凭直觉洞察出所有现象。博士便是模仿着他们，想通过凝视和静观来找出真相。就在这一过程中，奇怪的事发生了。

当盯一个文字盯得太久，不知不觉间，那个文字就会解体，变成毫无意义的一根又一根交错的线条。不过是些线条的集合，

---

① 古埃及人发明并广泛使用的书写载体，使用当时盛产于尼罗河三角洲的纸莎草的茎制成。

为什么就会拥有那样的发音、那样的含义呢？这个问题真是怎么想都想不明白。老学者纳布·阿赫·伊利瓦有生以来，第一次发现了这个不可思议的事实，为此惊叹不已。迄今为止的七十年间，被他认为理所当然而忽视的问题，断然不是理所当然，但也绝非必然。老博士恍然大悟。当他思索着那些零乱的线条为什么会拥有固定的发音和含义时，便毫不犹豫地认定了文字之灵的存在。正如未经灵魂统率的手、脚、头、指甲、肚子等，就不算人类一样，如果没有一个灵魂做统帅，单纯的线条集合，又怎会拥有发音和含义呢？

以这个发现为开端，老博士一点点地逐渐弄明白了至今未知的文字之灵的性格。而文字精灵的数量，就和大地上的万物一样多，它们像田鼠一样，会生下幼崽，不断繁衍下去。

纳布·阿赫·伊利瓦在尼尼微的街上到处走，他抓住那些最近刚刚识字的人，颇有耐心地一一问询，问他们跟认识文字之前相比，自己身上有没有发生什么变化。他想借此弄明白文字之灵对人类的影响。就这样，奇怪的统计结果出现了。统计表明，识字后突然变得不擅长抓虱子的人，眼睛里常进沙子的人，从前能看清楚空中雄鹰，现在却看不清楚的人，还有说天空的颜色不如以前那么蓝的人，占了绝大多数。“文字之精灵能吞噬人的眼睛，正如蛆虫能穿透核桃的硬壳，巧妙地吃到里面的果实一样。”——纳布·阿赫·伊利瓦在崭新的黏土备忘录里做了如上记录。

自从识字以来，开始咳嗽的人、受打喷嚏之苦的人、总爱打嗝的人、开始腹泻的人，也占据了相当的数量。“文字之精灵会侵犯人的鼻子、咽喉、腹部等。”老博士又做了记录。此外，还出现了识字后头发突然变少的人、脚力变差的人、手脚开始颤抖的人、下巴容易脱臼的人。最后，纳布·阿赫·伊利瓦不得不做出如下记录——“文字能带来灾祸，它侵犯人的头脑，甚至麻痹人的精神。”与识字之前相比，手艺人的技术生疏了，战士们变胆小了，猎人也常常射不中狮子等，这些现象都清晰地表现在统计结果中。还有人说自从识得文字以来，跟女人睡在一起也不快乐了。不过，说这话的人是位年过七旬的老人，或许那并非文字之祸。

纳布·阿赫·伊利瓦想，埃及人会将某种东西的影子，视作其灵魂的一部分。同理，或许文字也是它所表达的含义的影子？

“狮子”这两个字，是不是真狮子的影子呢？因此，认识了“狮子”这两个字的猎人，瞄准的并不是真正的狮子，而是它的影子；而认识了“女人”二字的男人，抱着的也许不再是真正的女人，而是女人的影子。在文字尚未诞生的远古时期，在匹鲁·那匹兹姆经历的那场大洪水发生之前，喜悦与智慧总是直接来到人类中间。但是如今，我们只能知晓那些披着文字这层薄衣的喜悦与智慧的影子。近来，人们的记忆力都在变差，这也是文字之灵在作祟。人们早就落到不记录下来，就什么都记不住的地步。就像开始穿衣服后，人类的皮肤就变得衰弱而丑陋；交通工具被发明出来后，人类的腿脚就变得衰弱而丑陋。而文字的普及，也让人们的头脑变得不再会运转。

纳布·阿赫·伊利瓦认识一位读书狂，那位老人比博学的纳布·阿赫·伊利瓦还要博学，不仅能阅读苏美尔语、阿拉米语，就连记载在莎草纸和羊皮纸上的埃及文字也能流畅地阅读。凡是以文字被记载下来的古代事项，他都无所不知。他甚至记得兹库鲁奇·尼尼布一世国王在位期间第几年第几月第几日的天气。但是今天的天气是晴还是阴，他却不会注意。他能背出少女萨维兹安慰吉尔伽美什[1]的话，却不知道要说些什么来安慰丧子的邻居。他还知道阿达德·尼拉里国王的母后，萨穆拉玛特喜欢什么样的服装。但是，他自己现在正穿着什么衣服，他却完全不在意。他是多么热爱文字与书籍啊！只去阅读、暗记、爱抚还不够，因为爱得太深，他甚至把最古老版本的《吉尔伽美什史诗》的黏土板嚼碎后，融进水里喝掉了。文字的精灵毫不留情地侵犯了他的眼睛，让他变成了重度近视。由于眼睛总是距离书太近，再加上阅读时间过长，他那鹫形鼻子的鼻尖经常跟黏土板相互摩擦，以致长出了硬硬的茧子。文字的精灵还侵蚀了他的脊椎，让他变成下巴几乎能碰到肚脐眼的驼背。但是，他似乎并不知道自己是个驼背，尽管他能用五种不同国家的文字写出“驼背”二字。

纳布·阿赫·伊利瓦博士认为，这个男人是文字之灵的最大牺牲者。不过，尽管这位老人的外貌如此凄惨，他却真的——以至到了令人羡慕的程度——总是看起来非常幸福。若说这值得怀疑，也确实是有可疑之处，不过纳布·阿赫·伊利瓦觉得，那定

① 乌鲁克（美索不达米亚西南部苏美尔人的古城城名）第五任国王。他还是世界上最古老的英雄史诗《吉尔伽美什史诗》的主角，在美索不达米亚神话中，吉尔伽美什是拥有超人力量的半神。

是文字之灵施展的如春药般的狡诈魔法。

一次，亚述·巴尼·拔国王患病，御医阿拉德·纳纳诊断出这病不轻，便借来国王的衣服穿在自己身上，假扮成亚述国王。如此一来，就能骗过死神埃列什基伽勒的眼睛，让疾病从国王身上转移到自己身上。对于医生这种传承已久的常用疗法，有一部分青年觉得非常不可信。“这显然不合理，死神埃列什基伽勒怎么可能被那种哄小孩的计谋骗了呢？”他们如是说。大学者纳布·阿赫·伊利瓦听到这番话后，露出了不悦的神情。像那些青年那样，凡事都要讲求符合道理逻辑，这实在让人感觉奇怪。这种奇怪的感觉，就像是看到一个浑身沾满污垢的人，身上却只有一个地方，比如脚趾尖，装饰得格外漂亮。他们那些年轻人，完全不懂身居神秘云雾之中的人们的地位。老博士认为，浅薄的合理主义是一种病。促使这种病流行开来的，毫无疑问，正是文字的精灵。

一日，年轻的历史学家（或者叫他王宫的记录员）伊什德·纳布来拜访老博士，并问他：“历史是什么？”

见老博士满脸愕然，年轻的历史学家继续说明道：“关于不久前巴比伦国王沙马什·舒姆·乌金的死，说法众多。他自己投火赴死这一点已经确定无疑。但是具体到他死前那一个月的经历，有人说他因为绝望过度，每天都过着难以言喻的荒淫生活；有人说他每天都在斋戒沐浴，不停地向沙玛什神[1]祈祷；也有人说他最后只跟第一王妃一起跳入火海；可还有人说，他把数百位妾

① 古代两河流域的太阳神。

婢当成柴火扔进火里之后，自己才跳进去。不管怎样，现在一切都化为乌有了，我根本无法判断哪种说法是对的。最近，国王又吩咐我说，从那些说法中选择一个记录下来即可。这还只是一个例子，这样对待历史，真的没问题吗？”

见贤明的老博士依然保持着沉默，年轻的历史学家又将问题换成了以下形式：“所谓的历史，是指发生在过去的事情，还是指记录在黏土板上的那些文字呢？”

这个问题，似乎有点将狩猎狮子与狩猎狮子的浮雕混淆的意思。博士心里这么想着，嘴上却无法准确表达，便答道：“历史既是发生在过去的事，也是记录在黏土板上的事。这两个是一回事吧？”

“那漏写呢？”历史学家追问。

“漏写？别说笑了，没被写下来的事，当然就是不存在的了。没发芽的种子，说到底就是因为它原本就不存在。历史啊，就是这些黏土板上的事。”

年轻的历史学家露出略显怅然的表情，他看向博士指着的瓦片，那是本国最知名的历史学家纳布·沙利姆·休努记载的有关萨尔贡国王哈尔迪亚征讨记中的一枚。博士在说话间吐出来的石榴籽，脏兮兮地粘在了那枚瓦片的表面。

“波尔西帕的贤明之神那布的仆人——文字精灵们的可怕力量，伊什德·纳布呀，看来你还对其一无所知啊。文字的精灵们只要抓住一件事，让它以自己的形象显现，那么那件事就已经获得了不朽的生命。相反，没有被文字精灵那充满魔力的手触碰过的事，不管是什么，都必然消失。自太古以来，阿努·恩利尔的书上不曾记载过的星星，为什么就不存在呢？那是因为它们没有被阿努·恩利尔以文字的形式记录在书上。大玛尔祖库星（木星）侵犯了天界牧羊者（俄里翁）的领地，触怒了众神；月亮一出现侵蚀现象，佛摩尔人就要遭受灾祸，这些事都是因为被记载在了古书上才会存在。古代的苏美尔人之所以不认识‘马’这种动物，就是因为他们中还没有‘马’这个字。没有比这些文字精灵的力量更恐怖的东西了。你要认为是咱们在使用文字写文章，那就是大错特错。咱们才是被那些文字精灵任意使唤的仆人啊！不过，这些精灵带来的灾祸也着实不小，我现在就在研究这个问题。你会对记录历史的文字产生疑惑，就是因为你跟文字过于亲近，中了那些文字之灵的毒气。”

年轻的历史学家带着满脸疑惑的表情回去了。一想到连那位有为青年都被文字之灵所毒害、浸染，老博士又感伤了许久。跟文字关系过近，反而对文字开始抱有疑惑，这绝非矛盾之事。前几天，博士靠着天生的大胃口，几乎吃光了一头烤羊，而那之后的一段时间里，他看见活羊就会心生反感。

青年历史学家回去后不久，突然，纳布·阿赫·伊利瓦撑着他那发量稀少的头开始沉思：“今天，我好像是对那位青年赞美了文字之灵的威力吧？可恶！”他咂了下嘴，“连我都被文字之灵骗了。”

事实上，很久之前，文字之灵曾给老博士带来一种可怕的病。那是发生在他为了查明文字之灵的存在，终日盯着一个字看的那段时间之后的事。当时，一直具有固定含义和发音的文字，突然发生了分解，变成了单纯的线条集合，这件事之前已有提及，而在那之后，与之相同的现象，开始出现在文字以外的所有事物上。当老博士一动不动地盯着一栋房子看时，那座房子在他眼中、脑海中，就会变成木材、石头、砖块与灰泥的毫无意义的集合，它为什么必须是人的住所呢？这问题他怎么想都想不明白。他看人的身体时也一样，所有器官会被分解成一部分又一部分，毫无意义的奇怪形状。为什么这种形状的东西就会被认定为是人类呢？简直无法理解。不只眼睛看到的事物如此，人类的日常生活、一切习惯，都因为这种奇怪的分析病，丧失了它们至今所拥有的意义。可以说，人类生活的所有基础，看起来都值得怀疑。纳布·阿赫·伊利瓦博士感觉自己要发疯了。他想，如果还要将文字之灵的研究继续下去，到最后自己的命也会被那些精灵夺走。他感到惶恐不已，于是匆匆整理出研究报告，献给了亚述·巴尼·拔国王。不过，他自然还在报告中加入了几条政治意见：眼下，尚武之国亚述正被看不见的文字精灵全面侵蚀，但是几乎没有人察觉到这件事。如果现在能改掉对文字的盲目崇拜，以后也不至于落得后悔莫及的地步，云云。

文字之灵，当然不会对这位诽谤者置之不理。纳布·阿赫·伊利瓦的报告令国王大怒。作为狂热的那布神信仰者、当时一流的知识分子，国王会有如此反应也是理所应当的。老博士被命令即日起闭门反省。如果他不是国王儿时的师傅，恐怕会被下令活剥了皮吧。老博士对国王意料之外的不悦感到愕然，即刻领悟到，这正是奸诈的文字之灵对他的报复。

然而，报复并没有就此结束。几天后，当尼尼微、阿尔贝拉地区发生大地震时，博士恰巧正待在自家的书库里。由于他家的房子已经很老了，墙壁瞬间坍塌，书架也随之倾倒。大量书籍——数百枚沉重的黏土板，与文字们骇人的诅咒声，一起砸向了这位诽谤者，老博士就这样被残忍地压死了。

**图书在版编目（CIP）数据**

光 风 梦 /（日）中岛敦著；六花译. -- 杭州：浙江人民出版社, 2022.7

ISBN 978-7-213-10624-8

Ⅰ. ①光… Ⅱ. ①中… ②六… Ⅲ. ①中篇小说—小说集—日本—现代 Ⅳ. ①I313.45

中国版本图书馆CIP数据核字(2022)第089267号

# 光 风 梦

GUANG FENG MENG

〔日〕中岛敦 著 六花 译

出版发行 浙江人民出版社（杭州市体育场路347号 邮编 310006）
责任编辑 钱 丛
责任校对 陈 春
封面设计 山 川
电脑制作 刘珍珍
印　　刷 嘉业印刷（天津）有限公司
开　　本 889毫米×1194毫米 1 / 32
印　　张 8.75
字　　数 190千字
插　　页 4
版　　次 2022年7月第1版
印　　次 2022年7月第1次印刷
书　　号 ISBN 978-7-213-10624-8
定　　价 49.80元